CUENTOS EXTRAORDINARIOS

Edgar Allan Poe

Título: Cuentos extraordinarios
Título original: *Tales of the Grotesque and the Arabesque*
Autor: Edgar Allan Poe

© Edimat Libros, SA
C/ Primavera, 10, nave 35
28500 Arganda del Rey
Madrid-España
www.edimat.es

Traducción: María Victoria Tealdo Simo, María Jesús Sevillano Ureta,
    Pedro Ruiz de Luna González.
Diseño e ilustraciones de cubierta: Karakachoff Estudio
Ilustración de cubierta: Andrés Nancul para Karakachoff Estudio

ISBN: 978-84-9794-650-6
Depósito Legal: M-26313-2024

Impreso en España - *Printed in Spain*

INTRODUCCIÓN

Edgar Allan Poe, es uno de los padres del género detectivesco, del suspense, gran renovador de la novela gótica, del terror, y uno de los precursores de la ciencia ficción. Poe es un escritor romántico que está ciertamente preocupado por el estilo, de hecho, su influencia es reconocida por autores de la talla del norteamericano William Faulkner, el checo Franz Kafka, el argentino Jorge Luis Borges, el ruso Dostoievski o el alemán Thomas Mann, el universalmente conocido como Arthur Conan Doyle y su Sherlock Holmes o el cáustico Ambrose Bierce, del «Diccionario del diablo».

Nacido el 19 de enero de 1809, en Boston, Massachusetts, Poe vivió una vida marcada por tragedias y dificultades. Es el segundo hijo de una familia desdichada, su hermano mayor William Henry, morirá joven en Baltimore consumido por la tuberculosis. La hermana menor, Rosalie contraerá a los doce años una meningitis, sumiéndose entonces en una apacible demencia.

La vida de Poe comenzó con un toque de tragedia, ya que quedó huérfano a una edad temprana. Sus padres, David Poe Jr. y Elizabeth Arnold, ambos actores, murieron antes de que él cumpliera tres años. John Allan, un comerciante adinerado de Richmond, Virginia, se convirtió en el tutor legal de Poe y lo llevó a vivir con su familia. Allan le dio su nombre, pero nunca lo adoptó legalmente como hijo.

A pesar de la posición acomodada de los Allan, la relación entre Edgar y John nunca fue armoniosa. John Allan, aunque financió la educación de Poe en Inglaterra, no estaba dispuesto a proporcionarle una cantidad ilimitada de dinero. Esta tensión financiera persistió a lo largo de la vida de Poe, contribuyendo a su angustia y dificultades económicas.

En 1826 Edgar Allan Poe asistió a la Universidad de Virginia, en Charlottesville, muy a su pesar en la universidad no pudo estudiar más de dos semestres. Sin embargo, su rendimiento académico fue brillante, se dedicó al estudio de las lenguas clásicas y también del italiano, francés y español. Su tiempo allí se vio empañado por problemas financieros y conflictos con John Allan. Abandonó la universidad después de un año y se trasladó a Boston para comenzar su carrera como escritor. Publicó su primer libro, *Tamerlán y otros poemas,* en 1827, aunque tuvo poco éxito inicial.

En los años siguientes, Poe sirvió en el ejército de los Estados Unidos y trabajó como editor y crítico literario. Su crítica aguda y su estilo distintivo llamaron la atención, pero a menudo generaron controversia. Poe criticó a prominentes escritores de la época, lo que llevó a tensiones con la comunidad literaria.

En 1836, Poe se casó con su prima, Virginia Clemm, quien tenía sólo trece años en ese momento. Aunque su matrimonio fue aparentemente feliz, la salud de Virginia se deterioró con el tiempo.

Esta tragedia personal se sumó a las numerosas dificultades que Poe enfrentaba en su vida. En 1842, Virginia contrajo tuberculosis, una enfermedad que la afectó profundamente y que influyó en gran medida en la obra posterior de Poe. Su muerte en 1847 sumió a Poe en una profunda depresión y marcó el comienzo de sus propios problemas de salud.

El año 1845 verá la consagración de Poe como escritor, y también como poeta.

Edgar Allan Poe murió relativamente joven, a los cuarenta años, el 3 de octubre fue encontrado sucio y demacrado, casi inconsciente, raídas sus ropas, sin maleta y sin documentación en una calle de Baltimore. Nunca se sabrá a ciencia cierta qué es lo que ocurrió aquella noche, quizá una vida de abusos, quizá un paro cardíaco, quizá el alcohol y las drogas. Poe fue llevado al Washington Hospital de Baltimore, donde falleció cuatro días después. La lápida de Poe no se limita con rezar el nombre y la fecha de nacimiento y muerte, sobre el mármol, en el lugar donde debería ir la cruz, un cuervo tallado parece que vigila la tumba de su creador, en clara referencia a su obra.

A pesar de su vida breve y tumultuosa, el legado de Poe perdura. Su contribución al desarrollo del cuento de terror y la poesía gótica ha dejado una marca indeleble en la literatura mundial. Poe sigue siendo objeto de estudio en escuelas y universidades, y su influencia se extiende a través de diversas formas de medios, desde películas hasta música.

Su herencia vive en cada rincón de la literatura de misterio y terror, donde su genio creativo continúa fascinando y perturbando a las generaciones presentes y futuras.

Estas son sólo algunas de las numerosas obras de Edgar Allan Poe. Su influencia se ha mantenido a lo largo de los años, y sigue siendo muy significativa en la literatura de terror y misterio.

Manuscrito hallado en una botella publicado por primera vez en 1833. La historia narrada en primera persona por un hombre cuya identidad no se revela, es un viajero solitario, que tras varios sucesos en su vida se encuentra en un estado de aislamiento y desprecio por el mundo, se embarca en un viaje por mar.

El Rey Peste publicado por primera vez en 1835. El relato está ambientado en Londres, durante la aparición de una devastadora peste (posiblemente la peste negra). Los protagonistas son dos marineros, que, tras una tarde bebiendo en una taberna, deciden continuar su juerga por la ciudad.

El hombre de la multitud publicado por primera vez en 1840. La historia comienza en un café de Londres, donde el personaje está recuperándose de una enfermedad grave. Se sienta junto a la ventana, observando el bullicio de la gente que pasa por la calle, se dedica entonces a analizar y clasificar a las personas que ve.

Un descenso al Maelström publicado por primera vez en 1841, un hombre anciano cuenta su experiencia a otro personaje, mientras ambos están de pie en lo alto de una montaña, observando el famoso Maelström, un gigantesco y temido remolino en las costas de Noruega.

Nunca apuestes tu cabeza al diablo publicado en 1841. Una sátira mordaz que critica las expectativas morales y literarias de la época, con un tono irónico y humorístico que se distingue de otros cuentos más oscuros de Poe. Aunque mantiene algunos elementos característicos del autor.

El escarabajo de oro publicado en 1843. La historia combina elementos de criptografía, caza de tesoros y resolución de acertijos, y es una de las pocas historias que tuvo un éxito comercial considerable durante su vida. Es conocida por su compleja trama en torno a la búsqueda de un tesoro pirata escondido y el descifrado de un mensaje cifrado.

Los anteojos (título original: *The Spectacles)* publicado por primera vez en 1843. Esta obra tiene un tono ligero y humorístico, lo cual la distingue de los relatos más sombríos y macabros por los que Poe es conocido. La historia se centra en las consecuencias de la vanidad y la necedad, y contiene un giro final sorprendente, un recurso que Poe usaba magistralmente.

Metzengerstein es uno de los primeros relatos de Edgar Allan Poe, publicado por primera vez en 1832. Es un cuento gótico que combina temas sobrenaturales, tragedia, venganza y lo que parece ser la intervención de fuerzas oscuras.

Silencio es un breve relato, también conocido como *Silence: A Fable,* publicado por primera vez en 1835. Este cuento, narrado de una manera introspectiva y filosófica, se aleja del terror tradicional y ofrece una reflexión sobre el sufrimiento humano, el aislamiento y la soledad.

El hombre de negocios (título original: *The Business Man)* es un relato humorístico y satírico publicado en 1840. Destaca por su tono irónico y crítico hacia la sociedad de la época, en particular hacia las nociones de éxito, ambición y el mundo de los negocios.

La caja oblonga (título original: *The Oblong Box)* publicado en 1844. Comienza con la narración del protagonista, quien nos cuenta una historia de misterio que gira en torno a una caja de forma inusual. La historia se desarrolla en un barco de vapor.

El ángel de lo singular publicado en 1844. Este cuento es una exploración de temas sobrenaturales y filosóficos, se centra en la figura de un ángel que aparece de manera misteriosa y tiene un impacto profundo en los personajes de la historia.

Conversación con una momia publicado en 1845. A través de una conversación imaginaria con una momia, Poe explora temas de conocimiento, ciencia, y el sentido del ridículo en la investigación científica.

La incomparable aventura de un tal Hans Pfaall es una novela corta, publicada en 1835. El relato está presentado como una narración en primera persona por el protagonista, Hans Pfaall, un inventor y aventurero de origen humilde.

El diablo en el campanario publicado en 1839. El personaje que trabaja como campanero en una iglesia es un hombre solitario que vive en la torre del campanario, donde se encarga de las campanas y de mantener el funcionamiento del mecanismo que las acciona.

CUENTOS
EXTRAORDINARIOS

MANUSCRITO HALLADO EN UNA BOTELLA

Qui n'a plus qu'un moment à vivre
n'a plus rien à dissimuler.
QUINAULT, *Atys.*

De mi país y mi familia tengo poco que decir. El mal trato y el paso del tiempo me han alejado de uno y me han distanciado de la otra. La riqueza heredada me ha procurado una educación poco común y mi espíritu contemplativo me permitió ordenar metódicamente los conocimientos adquiridos por mis primeros estudios. Más que nada, las obras de los moralistas germanos me causaron gran placer, no por una admiración errónea de su elocuente locura, sino por la facilidad con la que mi rígida forma de pensar me permitió detectar sus falsedades. Muchas veces se me reprochó la aridez de mi genio; se me acusaba por mi deficiente imaginación como por un crimen y siempre me he destacado por el escepticismo de mis opiniones. De hecho, creo que mi preferencia por la filosofía física ha influido en mi mente con un error muy común de estos tiempos: me refiero al hábito de relacionar todo hecho, aun el menos susceptible de ser relacionado, con los principios de esa ciencia. En general, nadie puede ser menos propenso que yo a desviarse de los severos límites de la verdad por los fuegos fatuos de la superstición. He creído necesario exponer estas observaciones, por miedo a que el increíble cuento que voy a relatar pueda ser considerado como el desvarío de una imaginación exaltada, más que como una experiencia positiva de una mente para quien los sueños de la fantasía han sido letra muerta y una nulidad.

Después de muchos años de viajes por el extranjero, navegué en el año 18... desde el puerto de Batavia, en la rica y populosa isla de Java, hacia el archipiélago de las islas de la Sonda. Viajaba como pasajero, sin más motivo que una especie de nerviosismo que me acosaba como una fiera.

Nuestra nave, un precioso barco de unas cuatrocientas toneladas, con remaches de cobre, había sido construida en Bombay con teca de Malabar. Llevaba carga de algodón y aceite de las islas Laquevidas. También había a bordo bonote, melaza, manteca de leche de búfalo, coco y algunas cajas de opio. El almacenaje se había realizado sin cuidado y, en consecuencia, el barco se inclinaba.

Comenzamos el viaje con poco viento y durante muchos días nos mantuvimos cerca de la costa este de Java, sin más incidente para distraer la monotonía de nuestro crucero que el encuentro ocasional con algunos de los pequeños barcos del archipiélago al que nos dirigíamos.

Una tarde, mientras estaba apoyado en el coronamiento, distinguí en el noroeste una nube aislada muy particular, tanto por su colorido como por ser la primera que habíamos visto desde que partimos de Batavia. La observé hasta el anochecer, en que se extendió hacia el este y el oeste, ciñendo el horizonte con una estrecha franja de vapor, que parecía una larga línea de playa baja. Después atrajo mi atención el oscuro color rojo de la Luna y la especial apariencia del mar, que experimentaba un rápido cambio y cuyas aguas parecían más transparentes que de costumbre. Aunque podía ver perfectamente el fondo, lancé la plomada y vi que el barco estaba a quince brazas. Ahora hacía un calor insoportable y el aire estaba cargado con exhalaciones en espiral similares a las que surgen del hierro caliente. A medida que caía la noche, desapareció la brisa y llegó una impensable calma absoluta. La llama de una bujía colocada en la popa ardía sin moverse en absoluto y un cabello, sostenido entre dos dedos, podía colgar sin que pudiera percibir la más mínima vibración. Sin embargo, como el capitán dijo que no observaba ningún indicador de peligro y como nos estábamos dirigiendo hacia la costa, ordenó que se arriaran las velas y que se echara el ancla. No se apostó ningún guardia y toda la tripulación, principalmente compuesta de malayos, se echó a descansar en cubierta. Bajé con el presentimiento de que se avecinaba algo malo. Expresé mi temor al capitán, pero él no atendió a mi advertencia y se marchó sin siquiera dignarse contestarme. Sin embargo, mi preocupación no me permitió dormir y, sobre la medianoche, subí a cubierta. Cuando puse el pie en el último escalón de la escalera de toldilla, me sobresaltó un fuerte zumbido, como el que produce la rueda del molino al girar con velocidad, y, antes de poder saber de qué se trataba, sentí que el barco se estremecía. A continuación, nos invadía un mar de espuma que, pasando por encima de nosotros, barría la cubierta de proa a popa.

La terrible furia de la ráfaga consiguió, en gran medida, salvar el barco. A pesar de que estaba completamente cubierto de agua, como sus mástiles se habían volado por la borda, un minuto después, la nave se elevó a la superficie del mar y, después de vacilar un rato bajo la espantosa presión de la tempestad, finalmente se enderezó.

Es imposible asegurar por qué milagro escapé a la destrucción. Atontado por el golpe del agua, al recuperarme me vi atascado entre el codaste y el timón. Con gran dificultad, me puse en pie y, mirando asombrado a mi alrededor, me sorprendió la idea de que estábamos entre rompientes, por el terrible e inimaginable remolino de montañas de agua y espuma donde estábamos encerrados. Un instante después, escuché la voz de un viejo sueco que había embarcado con nosotros en el momento de la partida. Le llamé con todas mis fuerzas y rápidamente caminó hacia mí tambaleándose. Pronto descubrimos que éramos los únicos supervivientes del accidente. Todo, salvo nosotros mismos, había sido barrido de la borda. El capitán y los oficiales debían de haber muerto mientras dormían, ya que sus camarotes estaban completamente inundados. Sin ayuda, no esperábamos poder hacer gran cosa por la seguridad del barco y nos sentimos paralizados al pensar que pronto nos hundiríamos. Era de suponer que nuestro cable se habría partido como si fuera bramante al primer golpe del huracán; de lo contrario, nos habríamos hundido instantáneamente. Nos desplazábamos a una velocidad espantosa y las olas rompían sobre nosotros. La estructura de popa estaba demasiado destruida y el barco había sufrido daños considerables en todos los sentidos, pero con gran alegría descubrimos que las bombas no estaban atascadas y que el lastre no se había desplazado. Ya había pasado la furia de la ráfaga y la violencia del viento no representaba gran peligro para nosotros; sin embargo, temíamos que se detuviera completamente, ya que sabíamos que naufragaríamos como consecuencia de la marejada que vendría a continuación. Pero esta acertada apreciación no parecía verificable a corto plazo. Durante cinco días y sus noches, en los cuales sólo nos alimentamos de un poco de melaza que conseguimos con dificultad en el castillo de proa, el averiado barco se desplazó a una velocidad que desafiaba cualquier cálculo, ante incesantes ráfagas de viento que, si bien no se asemejaban a la primera en violencia, me resultaban más terribles que cualquier otra tempestad que hubiera visto alguna vez. Navegamos durante los primeros cuatro días, con algunas variaciones, hacia el sudeste y al sur, y debimos pasar cerca de la costa de Nueva Holanda. Al quinto día, el frío se volvió extremo, aunque el viento había virado un punto más en dirección hacia el norte. El Sol se elevó con un lánguido color amarillo y subió pocos grados sobre el horizonte, emitiendo una luz muy suave. No se veían nubes, pero el viento aumentaba y soplaba con furia irregular. Hacia el mediodía —por lo que podíamos calcular— nuevamente nos llamó la atención la apariencia del Sol. No irradiaba luz propiamente dicha, sino un brillo triste sin reflejo, como si sus rayos estuvieran polarizados. Antes de hundirse en el inmenso mar, su fuego central desapareció de repente, como si lo hubiera extinguido un poder inexplicable. Quedó sólo un opaco aro plateado, a medida que se hundía en el insondable mar.

En vano esperamos la llegada del sexto día, que para mí todavía no ha llegado y para el sueco nunca llegó. Desde ese momento, quedamos sumidos en una terrible oscuridad, tal que no hubiéramos podido ver nada a veinte pasos del barco. La noche eterna continuó envolviéndonos, sin que ni se suavizara con el brillo fosforescente del mar al que nos habíamos acostumbrado en el trópico. También observamos que, aunque la tempestad seguía rugiendo con implacable violencia, ya no podíamos distinguir las olas ni la espuma que hasta ese momento nos habían acompañado. A nuestro alrededor sólo había horror, profunda oscuridad y un sofocante desierto negro como ébano. El terror supersticioso fue aumentando en el espíritu del sueco y mi propia alma se vio envuelta en un silencioso asombro. No prestamos atención al barco, por considerarlo inútil; nos aseguramos lo mejor posible al tocón del palo de mesana y nos quedamos mirando con amargura hacia la inmensidad del mar. No teníamos medios para calcular el tiempo y era imposible conocer nuestra situación. Sin embargo, sabíamos perfectamente que habíamos llegado más al sur que cualquier navegante anterior y nos sorprendimos de no haber encontrado las habituales barreras de hielo. Mientras tanto, cada momento nos amenazaba con ser el último de nuestra vida; las inmensas olas se acercaban para destruirnos. El oleaje sobrepasaba todo lo que yo creía posible y es un milagro que no nos hubiéramos hundido en un instante. Mi compañero se refirió a lo ligero de nuestra carga y me recordó las excelentes características de nuestro barco, pero yo no podía evitar sentir la absoluta desesperanza de la esperanza misma y me preparaba tristemente para una muerte que, creía, nada podía postergar más de una hora, ya que con cada nudo de camino que atravesaba el barco, el oleaje de aquel terrible y oscuro mar se volvía más amenazante. Por momentos, jadeábamos en busca de aire, alzados a una altura mayor a la del albatros; en otros, nos mareábamos por la velocidad del descenso a algún infierno de agua, donde el aire parecía estancado y ningún sonido interrumpía el adormecimiento del monstruo marino.

Estábamos en el fondo de estos abismos, cuando un repentino grito de mi compañero rompió aterradoramente la noche. «¡Mire, mire! —me gritaba al oído—. Dios Todopoderoso! ¡Mire! ¡Mire!». Mientras él hablaba, comencé a notar un suave resplandor rojizo que aparecía a los lados del enorme abismo en que nos habíamos hundido, alumbrando con incertidumbre nuestra cubierta. Al alzar los ojos, tuve ante la vista un espectáculo que me heló la sangre. A una terrorífica altura por encima de nosotros y al borde de aquel precipicio de agua, se elevaba una gigantesca nave, tal vez de unas cuatro mil toneladas. Aunque surgía por sobre la cresta de una ola que lo superaba cien veces en altura, su tamaño excedía al de cualquier otro barco existente de línea o de la Compañía de la India Oriental. El enorme casco era negro y opaco y no mostraba ninguno de los habituales adornos de un barco. Sólo asomaba una línea de cañones de bronce por las cañoneras abiertas y su superficie reflejaba el brillo de innumerables faroles de batalla que se balanceaban en los aparejos. Pero lo que más horror y sorpresa nos inspiró fue que el barco mantuviera las velas desplegadas en medio de aquel mar sobrenatural y aquel indomable huracán. Al verlo por primera vez, sólo se veía su proa, mientras se elevaba lentamente del golfo oscuro y horrible de donde provenía. Durante un momento de intenso terror, se detuvo en el vertiginoso pináculo, como para contemplar su propia sublimidad; después tembló, vaciló y... cayó sobre nosotros.

En este momento, no sé qué repentino autocontrol sobrevino a mi espíritu. Alejándome todo lo que pude, esperé sin temor la ruina que nos aniquilaría por completo. Nuestro propio barco había dejado de luchar y su proa se hundía en el mar. En consecuencia, el choque de la masa descendente lo golpeó en la parte de su estructura que estaba casi bajo agua y el resultado inevitable fue que me lanzó violentamente sobre los aparejos de la otra nave.

Cuando caí, el barco viró y atribuí a la confusión reinante el hecho de haber pasado inadvertido para la tripulación. Sin dificultad, me dirigí hacia la escotilla principal, que estaba parcialmente abierta, y pronto encontré una oportunidad de esconderme en la bodega. No podría decir por qué lo hice. Una indescriptible sensación de miedo que se había apoderado de mí al ver por primera vez a los navegantes del barco pudo haber sido la razón de que me ocultara. No podía fiarme de unas personas que me habían provocado, con sólo verlos, tanto asombro, duda y aprensión. Por eso, creí más apropiado asegurarme un escondite en la bodega. Lo conseguí quitando una parte de la estructura movible, como para procurarme un sitio adecuado entre las enormes cuadernas del barco.

Apenas hube completado mi trabajo, unos pasos en la bodega me obligaron a hacer uso del escondite. Un hombre pasó cerca de mí con pasos débiles e inseguros. No podía ver su cara, pero tuve la oportunidad de observar su apariencia general. Mostraba signos de gran debilidad y avanzada edad. El peso de los años le hacía temblar las rodillas y la estructura de su cuerpo se estremecía por aquella carga. Hablaba solo, con voz baja y entrecortada, en un idioma que no podía entender, y tanteó en un rincón entre un montón de instrumentos extraños y antiguas cartas de navegación. Su actitud revelaba una mezcla salvaje del mal humor de la segunda infancia y la solemne dignidad de un dios. Finalmente, volvió a cubierta y no le vi más.

* * *

Un sentimiento que no puedo describir se apoderó de mi alma, una sensación que no admite análisis, para la que el aprendizaje de otros tiempos resulta inadecuado y para la que, creo, ni el futuro podrá ofrecerme la clave. Para una mente constituida como la mía, esta última consideración es un mal verdadero. Nunca, lo sé, nunca estaré satisfecho con la naturaleza de mis concepciones. Sin embargo, no debe sorprenderme que estas concepciones sean indefinidas, ya que tienen su origen en fuentes demasiado nuevas. Un nuevo sentido, una nueva entidad, se suma a mi alma.

* * *

Hace mucho tiempo que subí por primera vez a la cubierta de este terrible barco y creo que los rayos de mi destino se concentran en un foco. ¡Hombres incomprensibles! Envueltos en meditaciones de una clase que no puedo adivinar, pasan a mi lado sin notar mi presencia. Esconderme es una tontería de mi parte, ya que esta gente no quiere ver. Hace sólo un momento que pasé frente a los ojos del segundo; no hace mucho que me aventuré en el camarote privado del capitán y allí encontré los materiales con los que he escrito y estoy escribiendo. De cuando en cuando seguiré escribiendo este diario. Es verdad que puede ser que no halle la oportunidad de transmitirlo al mundo, pero no dejaré de hacer el intento. En el último momento, colocaré el manuscrito en una botella y lo lanzaré al mar.

* * *

Ocurrió un incidente que me dio nuevos motivos para meditar. ¿Estas cosas ocurren por un azar ingobernado? Subí a cubierta y me tendí, sin llamar la atención, sobre un montón de flechaduras y velas viejas, en el fondo de un bote. Mientras pensaba en la singularidad de mi destino, dibujé sin darme cuenta con un pincel con brea los bordes de un ala de trinquete que se encontraba a mi lado, doblada perfectamente sobre un barril. Ahora la vela está extendida en el barco y los toques descuidados del pincel se despliegan formando la palabra «Descubrimiento».

Últimamente estuve observando la estructura del barco. Aunque está armado, creo que no es un buque de guerra. Los aparejos, la construcción y el equipamiento general no corresponden a un barco de este tipo. Puedo decir qué no es, pero me temo que es imposible decir qué es. No sé cómo es, pero al observar el extraño diseño y su particular estructura de mástiles, el gran tamaño de sus velas, su sencilla proa y su anticuada popa, aparece repentinamente en mi mente una sensación de cosas familiares, y siempre se entremezcla con esas sombras indistintas de recuerdos una inexplicable memoria de antiguas crónicas extranjeras de tiempos remotos.

* * *

Estuve mirando la estructura del barco. Está construido con un material que desconozco. Una característica especial de la madera me llama la atención, como si no se correspondiera con el fin para el que se ha utilizado. Me refiero a su extrema porosidad, considerada independientemente de la condición de haber sido comida por los gusanos, como consecuencia de la navegación por estos mares y de estar podrida por el tiempo transcurrido. Tal vez parezca una observación más que curiosa, pero esta madera tenía todo el aspecto del roble español, si el roble español fuera dilatado por algún medio artificial.

Al leer la oración que antecede, recuerdo un extraño dicho de un viejo navegante holandés: «Es tan seguro —solía decir cada vez que alguien ponía en duda su veracidad—, es tan seguro como que existe un mar donde el barco mismo crece como el cuerpo viviente de un hombre de mar».

* * *

Hace una hora, me atreví a mezclarme con un grupo de tripulantes. No me prestaron ningún tipo de atención y, aunque me quedé en medio de todos ellos, parecían no tener la menor conciencia de mi presencia. Como el que vi por primera vez en la bodega, todos mostraban signos de ancianidad. Sus rodillas temblaban inseguras; sus hombros se doblaban con decrepitud; su piel arrugada temblaba contra el viento; sus voces eran bajas, temblorosas y entrecortadas; sus ojos brillaban con la humedad de los años, y sus grises cabellos se movían terriblemente en la tempestad. A su alrededor, en toda la cubierta, yacían esparcidos instrumentos matemáticos de la más extraña y obsoleta construcción.

* * *

Hace un tiempo, mencioné que una vela había sido izada. Desde entonces, el barco ha seguido su terrible carrera hacia el sur, agobiado por el viento, con toda la tela desplegada desde la punta de los mástiles hasta la parte interior, hundiendo constantemente las vergas del juanete en el más horroroso infierno de agua que se pudiera imaginar. He abandonado la cubierta, donde es imposible para mí mantenerme en pie, aunque la tripulación parece no experimentar muchos problemas. Me parece un milagro de milagros que nuestra enorme masa no sea tragada de una vez para siempre. Seguramente, estamos predestinados a andar siempre al borde de la eternidad, sin llegar a precipitarnos por fin en el abismo. Atravesamos olas mil veces más grandes que las que he visto jamás, con la misma facilidad de una gaviota, y las colosales aguas se alzan sobre nosotros como demonios de las profundidades, pero como demonios destinados a ser simples amenazas y que tienen prohibido destruir. Me inclino a atribuir estos frecuentes escapes a la única causa natural que puede explicar dicho efecto. Debo suponer que el barco está bajo la influencia de alguna corriente fuerte o de una impetuosa corriente de fondo.

* * *

He visto al capitán cara a cara y en su propio camarote, pero, como esperaba, no me prestó atención. Aunque el observador casual no halle en su apariencia nada que pueda parecer fuera de lo humano, se mezclaba un sentimiento de inevitable reverencia y temor con la sensación de maravilla con la que yo lo observaba. Es casi tan alto como yo, es decir, cinco pies y ocho pulgadas. Tiene una estructura corporal compacta, ni muy robusta ni todo lo contrario. Pero la singularidad de la expresión que gobierna su cara, la intensa, maravillosa, sorprendente evidencia de avanzada edad, tan clara, tan extrema, produce una sensación en mi espíritu, un sentimiento inefable. Su frente, aunque poco arrugada, parece llevar el sello de una mirada de años. Sus cabellos grises son signos del pasado y sus ojos aún más grises son sibilas del futuro. El suelo del camarote estaba cubierto de extraños folios con broches de hierro, arruinados instrumentos de ciencia y cartas obsoletas ya olvidadas. Apoyaba la cabeza en las manos y miraba, con ojos inquietos y llameantes, un papel que creí era una orden y que, en todo caso, tenía la firma de un monarca. Murmuró para sí, al igual que el primer marino que vi en la bodega, algunas palabras confusas y malhumoradas en lengua extranjera, y, aunque quien hablaba estaba cerca de mi codo, su voz parecía llegar a mis oídos desde una milla de distancia.

* * *

El barco y todo su contenido están impregnados por el espíritu de la vejez. La tripulación se desplaza como los fantasmas de siglos sepultados; sus ojos muestran ansiedad e intranquilidad, y cuando sus dedos se iluminan por el reflejo de las linternas de batalla me siento como no me había sentido antes, aunque toda mi vida fui anticuario y asimilé las sombras de las columnas caídas de Baalbek, de Tadmor y de Persépolis, hasta que mi propia alma se convirtió en una ruina.

* * *

Cuando miro a mi alrededor, me siento avergonzado de mis aprensiones anteriores. Si temblé ante el huracán que nos ha seguido hasta este momento, ¿cómo no horrorizarme ante el ataque de un viento y un océano para los que las palabras tornado y tempestad suenan triviales e ineficaces? Todo alrededor del barco es la oscuridad de la noche eterna y un caos de agua sin espuma; pero a una legua a cada lado de nosotros pueden verse, cada tanto y borrosas, gigantescas paredes de hielo que se alzan en el desolado cielo y como si fueran las murallas del universo.

* * *

Tal como imaginaba, el barco está en una corriente, si puede llamarse así a una marea que, aullando y gritando entre la inmensidad del blanco hielo, va hacia el sur como un trueno y con la velocidad de una catarata.

* * *

Creo que es imposible concebir el horror de mis sensaciones. Sin embargo, por encima de mi desesperación predomina la curiosidad por penetrar en los misterios de estas extrañas regiones y me reconcilio con los aspectos más horribles de la muerte. Resulta evidente que corremos hacia un conocimiento apasionante, un secreto que nunca compartiremos y cuya obtención nos lleva a la destrucción. Tal vez, esta corriente nos conduce al polo austral. Debemos confesar que una suposición tan salvaje en apariencia tiene todas las probabilidades a su favor.

* * *

La tripulación recorre la cubierta con pasos inquietos y temblorosos, pero hay en su rostro una expresión que se parece más a la ansiedad de la esperanza que a la apatía de la desesperación.

Mientras tanto, el viento sigue en popa y, como todas las velas están desplegadas, por momentos el barco se ve levantado sobre el mar. ¡Oh! ¡Horror y más horror! El hielo se abre de repente hacia la derecha y hacia la izquierda y estamos girando vertiginosamente, en inmensos círculos concéntricos, alrededor de los bordes de un gigantesco anfiteatro, cuyas paredes se pierden en la oscuridad y la distancia. ¡Poco tiempo me queda para pensar en mi destino! Los círculos se van haciendo más pequeños rápidamente. Nos precipitamos en el torbellino. Y entre el rugido, el oleaje y el trueno del océano y la tempestad, el barco se estremece y, ¡oh Dios mío!, se hunde.

NOTA DEL AUTOR: El *Manuscrito hallado en una botella* se publicó por primera vez en 1831. Sólo muchos años después llegaron a mis manos los mapas de Mercator, en los que el océano se representa como precipitándose por cuatro bocas en el golfo polar (Norte) y es absorbido por las entrañas de la Tierra. El polo aparece representado por una roca negra, que se alza a una altura prodigiosa.

EL REY PESTE
—UN CUENTO CON UNA ALEGORÍA—

Los dioses soportan y buenamente conceden a los reyes
las cosas que aborrecen en el camino de los canallas.

BUCKHURST,
La tragedia de Ferrex y Porrex.

Durante el caballeresco reinado del tercer Eduardo, una noche del mes de octubre, a eso de las doce, dos marineros de la tripulación de la Desenfadada[1], una goleta de transporte comercial que hacía la ruta entre Sluis[2] y el Támesis y que por entonces estaba anclada en ese río, se quedaron muy asombrados mientras estaban sentados en la barra de una cervecería de la parroquia de san Andrés, en Londres. Esta cervecería tenía por letrero el retrato de «El alegre lobo de mar».

Aunque estaba mal organizada, ennegrecida por el humo, era de techo bajo y en todos los demás detalles se ajustaba al carácter general de la época para lugares como aquel, la sala estaba a pesar de ello bastante bien adaptada a su finalidad, en opinión de los grotescos grupos desperdigados aquí y allá por ella.

De todos aquellos grupos, nuestros dos marinos formaban, creo, el más interesante, si no el más llamativo.

El que de ellos parecía ser el mayor, y a quien su acompañante se dirigía con el apodo característico de Piernas, era también con mucho el más alto de los dos. Debía medir unos dos metros, y su acostumbrada caída de hombros parecía haber sido la consecuencia obligada de una altura tan enorme; pero el exceso de altura estaba más que justificado por la carencia en otros aspectos. Era extraordinariamente delga-

---

[1]   En el idioma inglés, la palabra que designan a cualquier tipo de embarcación es de género femenino, que es *she*, ella. En este caso, con el nombre original *Free and Easy* (libre y fácil), Poe hace alusión a las cualidades marineras de la embarcación y a las de las mujeres preferidas por los marineros. *(N. del T.)*

[2]   O Sluys, «la exclusa», población holandesa de situación estratégica para el comercio y los intereses militares. *(N. del T.)*

do y, según afirmaban sus socios, podría haber respondido a un banderín en el tope del mástil[3], cuando estaba borracho, o haber servido de larguero de bauprés, cuando estaba sobrio. Pero esas bromas y otras de naturaleza semejante no habían producido nunca efecto alguno en los músculos de la risa del lobo de mar. Con sus altos pómulos, su gran nariz de halcón, su barbilla retraída, su caída mandíbula inferior y sus enormes ojos blancos y saltones, la expresión de su semblante, aunque teñida de una especie de terca indiferencia para con los asuntos y las cosas en general, no era por ello menos completamente solemne y seria, más allá de todo intento de imitación o descripción.

En todos sus aspectos exteriores, el marinero más joven era lo opuesto de su compañero. Su estatura no debía pasar de un metro veinte centímetros. Un par de achaparradas y arqueadas piernas aguantaban su rechoncha y difícil figura, a la par que sus brazos, excepcionalmente cortos y gruesos y sin puños normales en su extremo, pendían balanceándose a sus costados como las aletas de una tortuga marina. Unos ojos pequeños de color indeterminado centellaban muy hundidos en su cabeza. Su nariz quedaba enterrada en la masa de carne que rodeaba su redonda y llena cara amoratada, y su grueso labio superior se apoyaba sobre el todavía más grueso de abajo con un aire de estar satisfecho de sí mismo, muy realzado por el hábito que tenía su propietario de lamerlos a intervalos. Resultaba evidente que consideraba a su alto compañero de tripulación con una sensación a medias asombrada y perpleja, y lo miraba de cuando en cuando a la cara como el rojo sol poniente mira a los riscos de Ben Nevis[4].

Comoquiera que varias y ajetreadas habían sido las peregrinaciones de la respetable pareja por los diferentes surtidores del vecindario durante las primeras horas de la noche, y hasta los más generosos fondos no duran para siempre, nuestros amigos se habían aventurado en este mesón con los bolsillos vacíos.

Así, en el momento exacto en que esta narración empieza verdaderamente, Piernas y su compañero Hugh Tarpaulin[5] estaban sentados con los codos apoyados en la gran mesa de roble del centro de la sala y con las manos en las mejillas. Desde detrás de una enorme jarra sin

---

[3]   Señales de órdenes para la marinería. *(N. del T.)*
[4]   La mayor elevación del Reino Unido, en Escocia. *(N. del T.)*
[5]   Lona impermeable. *(N. del T.)*

pagar de «material de canturreo», le echaban el ojo a las aciagas palabras «Tiza no», que para su asombro e indignación se habían escrito sobre el umbral de la puerta utilizando el mismísimo mineral cuya presencia pretendían negar. En estricta justicia, no es que el don de descifrar caracteres escritos —un don que entre la gente común de aquel tiempo se consideraba poco menos cabalístico que el arte de escribir— pudiera haber sido puesto a cargo de cualquiera de los discípulos de la mar, pero a decir verdad había cierto giro en la formación de las letras, un bandazo indescriptible en todo ello que en opinión de ambos marinos auguraba un largo período de mal tiempo, lo que les decidió enseguida a «bombear el barco, amarrar todo el velamen y desplazarse rápidamente delante del viento», en palabras alegóricas del mismo Piernas.

Una vez dispusieron adecuadamente de lo que quedaba de cerveza y hecho un bucle con las puntas de sus cortas camisolas, salieron huyendo finalmente hacia la calle. A pesar de que Tarpaulin se metió rodando dos veces en la chimenea tomándola por la puerta, al final consiguieron llevar felizmente a cabo su huida; y media hora después de las doce encontramos a nuetros héroes listos para la trastada y corriendo para salvar la vida por un callejón oscuro en dirección a las gradas de San Andrés, perseguidos de cerca por la dueña de «El alegre lobo de mar».

En la época de esta azarosa narración, y periódicamente durante muchos años antes y después, toda Inglaterra, pero más especialmente la metrópolis, resonaba con el terrible grito «¡plaga!». La ciudad estaba despoblada en gran medida, y en aquellas zonas horribles de las inmediaciones del Támesis, donde entre los oscuros, estrechos y sucios pasajes y callejuelas se suponía que el Demonio de la Enfermedad había tenido su nacimiento, el Pavor, el Terror y la Superstición eran los únicos que se podía encontrar acechando por todas partes.

Por mandato del rey, aquellos territorios se pusieron *bajo prohibición,* y se prohibió bajo pena de muerte que nadie se introdujera en su lúgubre soledad. Aun así, ni el mandato del monarca, ni las grandes barreras que se erigieron en las entradas de todas las calles, ni la perspectiva de esa muerte detestable que, casi con absoluta certeza oprimía al miserable al que ningún peligro puede detener de la aventura, evitaban que, de la mano de las rapiñas nocturnas, los inmuebles vacíos y desocupados fuesen despojados de cada artículo, como el hierro, el latón y el plomo, que pudiera convertirse de alguna manera en un valor productivo.

Sobre todo en ocasión de la apertura anual de invierno de las barreras, se averiguaba generalmente que las cerraduras, los cerrojos y las bodegas secretas habían proporcionado una débil protección a esos ricos almacenes de vinos y licores que, debido a los riesgos y los problemas de traslado, muchos de los numerosos comerciantes que tenían tiendas en el vecindario consintieron en confiar durante el período de exilio a unas medidas de seguridad tan insuficientes.

Pero había muy pocos entre aquellas gentes aterrorizadas que atribuyesen esos hechos a la intervención de manos humanas. Espíritus de la peste, duendes de las plagas y demonios de la fiebre eran los diablillos de las fechorías más generalizados; y cuentos escalofriantes se contaban a toda hora, de manera que todo el conjunto de edificios prohibidos estaba al final envuelto en el terror como en una mortaja, y hasta los mismos saqueadores se espantaban de los horrores que sus propios estragos habían causado, dejando así todo el gran perímetro de la zona prohibida para la tristeza, el silencio, la pestilencia y la muerte.

Fue en una de esas descomunales barreras ya mencionadas que señalaban que el territorio de más allá estaba bajo la prohibición de la peste donde, corriendo en desbandada por un callejón, Piernas y el respetable Hugh Tarpaulin hallaron que su avance se veía impedido súbitamente. Volverse atrás era imposible, y no había tiempo que perder pues sus perseguidores les perseguían por los talones. Para dos marineros de pura sangre, trepar por el entramado de tablones toscamente fabricado era una pequeñez y, enloquecidos por la doble excitación del ejercicio y del alcohol, brincaron sin dudar al cercado y aguantaron su ebria carrera con gritos y juramentos, y pronto se desorientaron en sus intrincados y fétidos recovecos.

Ciertamente, si no se hubieran emborrachado hasta perder el sentido moral, sus tambaleantes pasos deberían haber sido paralizados por los horrores de la situación en que estaban. El aire era frío y húmedo. Los adoquines, sacados de sus alojamientos, se extendían en completo desorden entre la alta y exuberante hierba que se alzaba en torno a sus pies y sus tobillos. Las casas derrumbadas taponaban las calles. Por todas partes dominaban los olores más fétidos y venenosos. Y, con ayuda de esa luz pálida que ni de noche deja de emanar de una atmósfera vaporosa y pestilente, podían distinguise yaciendo en los senderos y callejones, o pudriéndose en las habitaciones sin ventanas, los cadáveres de muchos saqueadores nocturnos, detenidos por la mano de la plaga en el momento mismo de perpetrar sus robos.

Pero no residía en la fuerza de las imágenes, ni de las sensaciones, ni de otros impedimentos como estos suspender la carrera de hombres valientes por naturaleza, y en aquel momento repletos de valor y de «material de canturreo», que impávidos hubieran ido tambaleándose, tan directamente como su estado lo hubiera permitido, hacia las mismas fauces de la muerte. Adelante, aún más adelante seguía el lúgubre Piernas, haciendo que aquella desolada solemnidad se llenase de ecos y resonase con alaridos como el grito de guerra de los indios; y adelante, áun más adelante seguía el rechoncho Tarpaulin, agarrándose al jubón de su más activo compañero, y sobrepasando con mucho los más arduos esfuerzos de este último en el terreno de la música vocal, con mugidos *in basso*[6] desde la profundidad de sus estentóreos pulmones.

Ahora era evidente que habían llegado al bastión de la pestilencia. Su camino se hizo más maloliente y más horrible con cada paso y cada caída; los senderos eran más estrechos e intrincados. Grandes piedras y vigas que caían vertiginosamente de los tejados podridos que había sobre ellos daban prueba, con su tétrico y pesado caer, de la gran altura de las casas de alrededor; y mientras los esfuerzos reales se hacían necesarios para forzar el paso a través de los frecuentes montones de porquería, no era raro de ninguna manera que la mano cayera sobre un esqueleto, o que se apoyase en un cadáver con algo más de carne.

De repente, conforme los marineros se tropezaron contra la entrada de un edificio alto y de aspecto abominable, un grito más estridente de lo acostumbrado, proveniente de la garganta del alterado Piernas, fue respondido desde dentro con una rápida serie de malignos chillidos semejantes a la risa. Nada intimidados por ruidos de tal naturaleza, que en ese momento y en aquel lugar hubieran cuajado hasta la sangre en corazones menos irrevocablemente incendiados, los de la ebria pareja corrieron de cabeza hacia la puerta, la abrieron y entraron en medio de las cosas tambaleándose y soltando una descarga de maldiciones.

---

[6] «De bajo» (música). *(N. del T.)*

La sala en cuyo interior se encontraron resultó ser el taller de un director de pompas fúnebres, pero una trampilla abierta en el suelo del rincón, cerca de la entrada, dejaba ver abajo las largas hileras de una bodega, desde cuyas profundidades el esporádico ruido del descorche de botellas pregonaba que estaban bien guardadas con sus contenidos apropiados. En mitad de la sala había una mesa, en cuyo centro se alzaba una tina enorme de lo que aparentemente era ponche. Botellas de diferentes vinos y licores, junto a jarras, cántaros y botellones de todas las formas y calidades, estaban profusamente esparcidas sobre el tablero. A su alrededor se sentaba sobre apoyos para ataúd un grupo de seis. Me esforzaré por describir a este grupo uno por uno.

Frente a la entrada, y un poco más elevado que sus acompañantes, se sentaba un personaje que parecía ser el presidente de la mesa. Su estatura era elevada y enjuta, y Piernas se quedó perplejo al ver en él a una figura más demacrada que él mismo. Su cara era tan amarilla como el azafrán, pero ningún otro rasgo, excepto uno, era lo bastante señalado como para merecer una descripción particular. Este consistía en una frente tan atípica y horriblemente elevada como para adoptar la apariencia de un gorro o una corona de carne sobreañadida a la cabeza natural. Su boca estaba fruncida y marcaba hoyuelos en una expresión de horrenda afabilidad, y sus ojos, como en realidad los ojos de todos los de la mesa, estaban vidriados con los vapores de la borrachera. Este caballero estaba vestido de la cabeza a los pies con un paño mortuorio, ricamente bordado en seda y terciopelo, que envolvía despreocupadamente su cuerpo a la moda de las capas españolas. Su cabeza tenía hincadas por todos lados plumas azabache de carroza fúnebre, que él movía de un lado al otro con aire gallardo y deliberado; y en su mano derecha llevaba un enorme fémur humano, con el que parecía que acababa de derribar a algún miembro de la compañía por una canción.

Opuesta a él, y con la espalda hacia la puerta, había una dama de un carácter ni un ápice menos extraordinario. Aunque era tan alta como la persona recientemente descrita, no tenía derecho a quejarse de delgadez antinatural. Estaba claramente en el último estado de la hidropesía, y su figura casi se asemejaba a la del gran tonel de cerveza de octubre que estaba, con la espuma metida, cerca de su lado en un rincón de la sala. Su cara era sumamente redonda, colorada y llena; y se asociaba a su semblante la misma rareza, o más bien la falta de la misma, que he mencionado antes en el caso del presidente; es decir, que sólo un rasgo de su cara se diferenciaba lo suficiente como para requerir una descripción por separado. De hecho, el agudo Tarpaulin se dio cuenta inmediatamente de que la misma observación podría aplicarse a cada una de las personas del grupo, ya que cada una de ellas parecía estar en posesión del monopolio de alguna parte concreta de la fisonomía. Con la dama en cuestión esta parte era la boca. Comenzando en la oreja derecha, corría como un tremendo desfiladero hacia la izquierda; los cortos pendientes que llevaba puestos en uno y otro pabellón oscilaban continuamente sobre la apertura. Sin embargo, ella hacía todos los esfuerzos por mantener la boca cerrada y parecer digna en un vestido que consistía en una mortaja recientemente almidonada y planchada, que le llegaba bajo la barbilla y tenía un volante fruncido de batista en muselina de algodón.

A su mano derecha se sentaba una joven diminuta a la que parecía que ella trataba con condescendencia. Por el temblor de sus exangües dedos, por el amoratado tono de sus labios y por las leves manchas febriles que teñían su por lo demás plomizo semblante, esa frágil y pequeña criatura daba evidentes señales de una tisis galopante. Sin embargo, un aire de extremado *haut ton*[7] impregnaba todo su aspecto; vestía, de una manera elegante y *dégagée*[8], una gran y hermosa banda sinuosa del más fino linón de la India; su cabello caía en bucles sobre su cuello; una suave sonrisa jugueteaba sobre su boca; pero su nariz, extraordinariamente larga, delgada, sinuosa, flexible y granulada, colgaba muy por debajo de su labio inferior y, a pesar de la delicada manera como la movía de cuando en cuando con la lengua de un lado a otro, le daba a su semblante una expresión algo equívoca.

Frente a ella, y a la izquierda de la dama hidrópica, se sentaba un pequeño anciano, hinchado, resoplante y gotoso, cuyas mejillas se apoyaban sobre los hombros de su propietario como dos grandes pellejos de vino de Oporto. Con los brazos cruzados y con una pierna vendada colocada sobre la mesa, parecía creerse con derecho a alguna consideración. Resultaba evidente que se enorgullecía mucho de cada centímetro de su apariencia personal, pero que se complacía especial-

[7] «Maneras elevadas». En francés en el original. *(N. del T.)*
[8] «Desenvuelta». En francés en el original. *(N. del T.)*

mente en llamar la atención sobre su sobretodo de colores chillones. Este, a decir verdad, debía haberle costado no poco dinero y le sentaba sumamente bien; estaba hecho al estilo de uno de los cobertores curiosamente bordados que pertenecen a aquellos gloriosos escudos de armas que, en Inglaterra y en otras partes, acostumbran a colgarse de algún lugar visible en las residencias de la pasada aristocracia.

A su lado, y a la derecha del presidente, estaba un caballero de largas mangas blancas y calzones de algodón. Su estructura tembló de una manera ridícula con un ataque de lo que Tarpaulin llamó «los horrores». Sus mandíbulas, que habían sido afeitadas recientemente, estaban firmemente atadas con una tira de muselina; y sus brazos, que estaban atados de manera similar por las muñecas, evitaban que se sirviese con demasiada liberalidad de los licores de la mesa, una precaución que, en opinión de Piernas, se hacía necesaria por el extrañamente embrutecido y avinado tono de su rostro. Aun así, un par de prodigiosas orejas, que sin duda era imposible encerrar, destacaban en el ambiente del cuarto, y de cuando en cuando se alzaban en un espasmo por el sonido producido al extraer un corcho.

Frente a él, el sexto y último, se situaba un personaje de singular aspecto rígido, que, al estar afectado de parálisis, tenía que sentirse muy a disgusto, hablando seriamente, en su nada cómoda vestimenta. De una manera ciertamente especial, estaba instalado en un espléndido ataúd de caoba nuevo. Su cima o cabecera estaba apretada sobre el cráneo del portador y se extendía por encima a la manera de una capucha, lo que daba a toda su cara un aire de indescriptible interés. Se habían cortado agujeros para los brazos, no tanto en bien de la elegancia como en el de la conveniencia, pero aun así la vestimenta impedía que su propietario se sentara tan erguido como sus socios; y mientras él se apoyaba reclinado en el soporte en un ángulo de cuarenta y cinco grados, un par de enormes ojos desorbitados se elevaban mostrando sus horribles partes blancas hacia el techo, en asombro absoluto por su propia enormidad.

Ante cada uno de los del grupo había un trozo de cráneo que se utilizaba como copa para beber. Por encima había un esqueleto humano suspendido mediante una cuerda atada a una de las piernas y asegurada a un anillo en el techo. La otra extremidad, que no estaba limitada por tal grillete, salía del cuerpo en ángulo recto, lo que hacía que toda la floja y repiqueteante estructura colgara y girase a capricho de toda ráfaga esporádica de viento que encontrase su camino en la sala. En el cráneo de aquella cosa espantosa había gran cantidad de carbones encendidos que arrojaban una luz irregular, pero vigorosa, sobre toda la escena; al tiempo que ataúdes y demás mercaderías que pertenecían al taller del funerario estaban apilados hasta arriba por todo alrededor y contra las ventanas, evitando que ningún rayo de luz se escapara hacia la calle.

A la vista de esta asamblea extraordinaria y de sus aún más extraordinarios accesorios, nuestros dos marineros no se comportaron con el grado de decoro que podría haberse esperado. Piernas, apoyado contra la pared cerca de la que estaba por azar, dejó caer la mandíbula aún más abajo que de ordinario y abrió los ojos al máximo; mientras que Hugh Tarpaulin, encorvándose como para poner su nariz a la altura de la mesa y apoyando las manos abiertas en las rodillas, estalló en un rugido sonoro, largo y escandaloso de risa inmoderada y muy inoportuna.

No obstante, sin ofenderse por una conducta tan excesivamente irrespetuosa, el presidente sonrió muy cortésmente a los intrusos; los saludó de manera digna con un movimiento de su cabeza de plumas azabache; se levantó, tomó a cada uno de un brazo y los condujo a unos asientos que otros del grupo habían colocado mientras tanto para que se acomodaran. Piernas no ofreció la más mínima resistencia a todo esto, y se sentó como le dijeron; mientras que el gallardo Hugh quitó el apoyo del ataúd de su sitio cerca de la cabecera de la mesa, junto a la pequeña dama tísica de sinuosa tela, se dejó caer a su lado con mucho regocijo, vertió vino tinto en un cráneo y se lo bebió de un trago para su mejor conocimiento. Pero ante esa osadía el rígido caballero del ataúd pareció sumamente molesto, y consecuencias muy serias habrían resultado de ello de no ser porque el presidente golpeteó la mesa con su porra para desviar la atención de todos los presentes hacia el siguiente discurso:

«Es nuestro deber en este presente acontecimiento tan feliz».

«¡Alto ahí! —interrumpió Piernas con cara muy seria—, ¡alto ahí un momento, os digo, y decidnos quién diablos sois todos vosotros y que os traéis por aquí, aparejados como repugnantes demonios y tragándoos el caliente ron inmundo almacenado para el invierno por mi honrado compañero Will Wimble, el funerario!».

Ante esta muestra imperdonable de mala educación, todos los miembros del grupo original se levantaron a medias y profirieron la misma serie de salvajes chillidos demoníacos que antes habían llamado la atención del marinero. No obstante, el presidente fue el primero en recobrar la compostura y, volviéndose hacia Piernas con mucha dignidad, al rato volvió a empezar:

«Con mucho agrado satisfaremos cualquier curiosidad razonable que venga de huéspedes tan ilustres, por espontánea que sea. Sabed entonces que de estos dominios yo soy el monarca, y que aquí reino con mando íntegro bajo el título de «rey Pest[9] I».

»Esta sala, que tú crees sin duda soezmente que es el taller de Will Wimble, el funerario, que es un hombre a quien no conocemos y cuyo plebeyo apellido nunca antes de esta noche había estropeado nuestros reales oídos, esta sala, digo, es la Sala del Estrado de nuestro palacio, dedicada a las reuniones del Consejo de nuestro reino y a otros propósitos altos y sagrados.

»La noble dama que se sienta al lado opuesto es la reina Pest, nuestra Serena Consorte. Los otros elevados personajes que miras son todos de nuestra familia, y llevan la insignia de la sangre real bajo sus títulos respectivos de «Su Excelencia el archiduque de Pest-ífero»; «Su Excelencia el duque de Pest-ilente»; «Su Excelencia el duque de Tem-Pest-ad»; y «Su Alteza Serenísima la archiduquesa de Ana-Pest-o»[10].

»En lo que concierne —prosiguió— a tu pregunta sobre los asuntos por los que aquí estamos sentados en consejo, séanos perdonado responder que eso sólo interesa a nuestro propio interés regio y privado, y en manera alguna es importante para nadie más que para nosotros mismos. Pero en consideración a los derechos a los que como huéspedes y extranjeros podáis sentir que os corresponden, explicaremos además que estamos aquí esta noche, preparados por profundas investigaciones y rigurosos análisis, para examinar, ponderar y establecer totalmente el espíritu indefinible (las cualidades y naturaleza incomprensibles) de los tesoros inestimables del paladar: los vinos, cervezas y licores de esta importante ciudad. Y así lo hacemos para fomentar no tanto nuestros propios designios, cuanto el verdadero

---

[9] Peste. *(N. del T.)*
[10] Juegos de palabras, terminando con «anapesto» (ritmo poético y musical). *(N. del T.)*

bienestar de la soberana sobrenatural que reina sobre todos nosotros, cuyos dominios son ilimitados, y cuyo nombre es "Muerte"».

«¡Cuyo nombre es Davy Jones!11», exclamó Tarpaulin, sirviendo a la dama de su lado un cráneo de licor y llenando un segundo para él.

«¡Pícaro blasfemo! —dijo el presidente dirigiendo ahora su atención al honorable Hugh—, ¡abominable desgraciado blasfemo!; hemos dicho que en consideración a los derechos que ni hasta en tu indecente persona nos sentimos inclinados a violar, nos hemos dignado a responder tus intempestivas y groseras preguntas. Aún así, debido a vuestra profana intromisión en nuestro consejo, creemos nuestro deber multarte a ti y a tu compañero con un galón12 de melaza cada uno; y habiéndolos bebido a la prosperidad de nuestro reino (de un sólo trago y puestos de rodillas) seréis libres inmediatamente de seguir vuestro camino, o de quedaros y ser admitidos a los privilegios de nuestra mesa, según vuestros gustos personales respectivos».

«Eso sería un asunto totalmente imposible —respondió Piernas, a quien las suposiciones y la dignidad del rey Pest I habían inspirado evidentemente algún sentimiento de respeto, y que se levantó y se afianzó en la mesa mientras hablaba—, sería algo totalmente imposible, su majestad, despachar en mi bodega siquiera una cuarta parte de ese licor que su majestad acaba de mencionar. Y no digamos nada de las cosas que han subido a bordo por la mañana a modo de balasto, por no mencionar las varias cervezas y los licores cargados esta tarde en varios puertos. En este momento, tengo un cargamento completo de «material de canturreo» pescado y debidamente pagado en el letrero del «Alegre lobo de mar». Por tanto, Majestad, tened la bondad de tomar la intención por el hecho, porque de ninguna manera puedo ni quiero tragar otra gota, y menos aún una gota de esa horrible agua de cloaca que responde al nombre de *Black Strap*13».

«¡Amarra bien eso! —interrumpió Tarpaulin, no más asombrado por la longitud del discurso de su compañero que por la naturaleza de su negativa—, ¡amarra eso, patán!, ¡y yo no digo ninguna de tus palabras, Piernas! Mi casco todavía anda ligero, aunque confieso que tú pareces un poco cargado de la cofa; y en cuanto a tu parte de la carga,

---

11 También «el almacén de Davy Jones»: el fondo del océano, o «el demonio del mar». *(N. del T.)*
12 Unos cuatro litros. *(N. del T.)*
13 Melaza de poca calidad obtenida en la tercera extracción del azúcar de caña. *(N. del T.)*

mira, más que levantar una borrasca, yo mismo encontraré estiba para ella, pero».

«Este proceso —se interpuso el presidente—, no es en modo alguno acorde con los términos de la multa o sentencia, que es de naturaleza media y no debe alterarse ni retirarse. Las condiciones que hemos impuesto deben cumplirse al pie de la letra, y sin un momento de duda; y por el fracaso de dicho cumplimiento, ¡decretamos que aquí seáis atados con el cuello y los talones juntos, y luego debidamente ahogados como rebeldes en aquella cuba de cerveza de octubre!

«¡Una sentencia!, ¡una sentencia!, ¡una recta y justa sentencia!, ¡un decreto glorioso!, ¡una santa condena, digna y honesta!», gritó toda la familia Pest junta. El rey alzó su frente en innumerables arrugas; el hombrecillo gotoso resopló como un par de fuelles; la dama de la tela sinuosa agitó su nariz adelante y atrás; el caballero de los calzones de algodón levantó las orejas; la de la mortaja resolló como un pez agonizante, y el del ataúd adoptó un aspecto agarrotado y volvió los ojos hacia arriba.

«¡Ji!, ¡ji!, ¡ji!, ¡ji! —rio entre dientes Tarpaulin sin hacer caso de la agitación general—, ¡ji!, ¡ji!, ¡ji!... ¡Ji!, ji!, ¡ji!, ¡ji!... ¡Ji, ji, ji, ji, ji!... Yo decía —dijo—, yo estaba diciendo cuando el señor rey Pest le daba a alguien con su pasador, que por un asunto de dos o tres galones más o menos de *Black Strap,* era una pequeñez no sobrecargar a un borrachín marino como yo; pero cuando toca beber a la salud del Diablo (a quien Dios absuelva) y, bajando por la médula de mis huesos, a la de su fea majestad de ahí; a quien conozco tanto como sé que yo mismo soy un pecador, ¡y sé que no es otro en todo el mundo más que Tim Hurlygurly[14], el actor de teatro! ¡Anda!, esto es una clase de suposición muy distinta, que se escapa de mi comprensión completamente».

No se le permitió acabar su discurso con tranquilidad. Al oír el nombre Tim Hurlygurly, toda la asamblea saltó de sus asientos.

«¡Traición!», exclamó su majestad el rey Pest I.

«¡Traición!», dijo el hombrecillo gotoso.

«¡Traición!», gritó la archiduquesa de Ana-Pesto.

«¡Traición!», farfulló el caballero de las mandíbulas atadas.

«¡Traición!», bramó el del ataúd.

---

[14]   Alboroto, tumulto. *(N. del T.)*

«¡Traición!, ¡traición!», aulló su majestad de la entrada y, agarrando por la parte trasera de sus calzones al infortunado Tarpaulin, que justo había comenzado a servirse un cráneo de licor, lo levantó muy arriba en el aire y lo dejó caer sin ceremonias en el gran tonel abierto de su querida cerveza. Tarpaulin subió y bajó durante unos segundos como una manzana en un cuenco de ponche, y al final desapareció en el remolino de espuma que, en el ya de por sí efervescente licor, su lucha creó con facilidad.

Sin embargo, no fue dócilmente como el alto marinero vio la turbación de su compañero. El valiente Piernas empujó al rey Pest por la trampilla abierta, la cerró de golpe sobre él con un juramento y anduvo a zancadas hacia el centro de la sala. Una vez allí, tiró abajo el esqueleto que oscilaba sobe la mesa, y lo puso sobre ella con tanta energía y tan de buena gana que, cuando los últimos destellos de luz se apagaban en la sala, consiguió sacarle los sesos al caballerito de la gota. Entonces corrió con todas sus fuerzas contra la fatídica cuba llena de cerveza de octubre y de Hugh Tarpaulin, y la hizo rodar y rodar en un momento. Hacia afuera estalló un diluvio tan feroz de licor, tan impetuoso y tan arrollador, que la sala se inundó de parte a parte; la cargada mesa se volcó; los apoyos fueron empujados de espaldas; la fuente de ponche cayó en la chimenea, y las damas en la histeria. Montones de muebles devastados se revolcaban por todos lados. Las jarras, los cántaros y las damajuanas se mezclaban promiscuamente en la *melée*[15], y los botellones forrados de mimbre se encontraban desesperadamene con botellas de desechos. El hombre de los horrores se ahogó allí mismo; el pequeño caballero rígido iba flotando en su ataúd; y el victorioso Piernas agarró por la cintura a la dama gruesa de la mortaja, salió corriendo a la calle con ella y fue directo a la Desenfadada, seguido a toda vela por el temible Hugh Tarpaulin que, después de estornudar tres o cuatro veces, resollaba y jadeaba tras él con la archiduquesa de Ana-Pesto.

---

[15] «Contienda». En francés en el original. *(N. del T.)*

EL HOMBRE DE LA MULTITUD

Ce grand malheur, de ne pouvoir être seul.
La Bruyère.

Se ha dicho, con certeza, de un libro alemán: *er lasst sich nicht lesem* —no se puede leer—. Hay muchos secretos que no se pueden decir. Los hombres mueren de noche en sus lechos, estrechando las manos de sus espectrales confesores y mirando sus ojos piadosos, mueren con la desesperación de su corazón y la convulsión de sus gargantas, por lo oculto de los misterios que no *pueden* ser revelados. Muchas veces la conciencia del hombre soporta una carga de horror tan pesada que sólo puede ser arrojada en la tumba. Y así la esencia de todo crimen permanece inexpresada.

No hace mucho tiempo, en un atardecer de otoño, me senté en el mirador de la cafetería D..., de Londres. Durante algunos meses, había estado enfermo, pero ahora estaba convaleciente recuperando mis fuerzas y me sentía de un humor que es precisamente el opuesto al aburrimiento; un humor lleno de apetencia, en que se desvanecen los velos de la visión interior y la mente, electrizada, sobrepasa su condición habitual, como la viva y a la vez cándida razón de Leibniz sobrepasa la loca y endeble retórica de Gorgias. El simple hecho de respirar resultaba placentero y sentía gozo incluso en las fuentes más legítimas de dolor. Sentía calma, pero inquisitivo interés por todo. Con un cigarro en la boca y el periódico en mis rodillas, había estado divirtiéndome la mayor parte de la tarde, leyendo los anuncios, observando la promiscua compañía del salón, mirando hacia la calle a través de los cristales opacados por el humo.

La calle es una de las principales avenidas de la ciudad y había estado muy transitada todo el día. Pero, a medida que se acercaba la noche, la afluencia aumentó y en el momento en que las luces se encendieron, una doble y continua corriente de gente pasaba por la puerta. En este momento tan especial de la tarde nunca me había encontrado en una situación similar y el tumultuoso mar de cabezas humanas me proporcionó, por tanto, una agradable emoción novedosa. Por fin, dejé de lado todo lo que sucedía dentro del edificio y me dediqué a contemplar, absorto, la escena del exterior.

Primero, mis observaciones eran abstractas y generalizadas. Miraba a los paseantes en masa y pensaba en ellos desde la perspectiva de sus relaciones de grupo. Sin embargo, comencé de repente a observar los detalles y me detuve, con minucioso interés, en las innumerables variantes de figuras, vestimentas, apariencias, actitudes, rostros y expresiones.

La mayor parte de los que pasaban tenían una actitud satisfecha y seria, y parecían estar pensando en cómo abrirse paso entre el gentío. Su ceño estaba fruncido y sus ojos giraban con rapidez; cuando chocaban contra otros no mostraban síntomas de impaciencia, sino que se acomodaban la ropa y seguían adelante. Otros, también muchos, se movían incansables, con los rostros enrojecidos y hablando y gesticulando para sí mismos, como si se sintieran solos por la misma densidad de la compañía que los rodeaba. Cuando algo impedía su paso, esta gente dejaba de repente de murmurar, pero multiplicaba sus gesticulaciones y esperaba, con una sonrisa ausente y forzada instalada en sus labios, el paso de quien le estaba impidiendo seguir avanzando. Cuando los empujaban, saludaban profusamente a quienes los empujaban y parecían muy confundidos. No había nada que permitiera diferenciar claramente estas dos clases más allá de lo que he indicado. Sus vestimentas pertenecían a la categoría que puede denominarse decente. Eran, sin duda, hombres nobles, comerciantes, abogados, hombres de negocios y agiotistas, gente común de la sociedad; hombres que disfrutaban de su tiempo libre y hombres comprometidos en asuntos propios, que llevaban adelante negocios de su propia responsabilidad. No me llamaban mucho la atención.

El grupo de empleados era más obvio, y aquí pude hacer dos divisiones más notables. Había empleados novatos de casas ostentosas, jóvenes caballeros con chaquetas ajustadas, botas brillantes, pelo engominado y labios altaneros. Dejando de lado cierta apariencia al caminar, que podemos llamar *oficinesca;* la manera en que estas personas se comportaban me parecía un exacto facsímil de lo que había sido la perfección del *buen tono* un año o un año y medio antes. Lucían los modales ya abandonados por la clase media y esto, creo, es lo que mejor define su clase.

La división formada por los empleados de categoría superior de las firmas importantes o los «viejos estables» era inconfundible. Se les reconocía por sus chaquetas y pantalones negros o marrones, confeccionados para permitir al usuario sentarse cómodamente, con corbatas y chalecos blancos, amplios, zapatos fuertes y polainas o calcetines gruesos. Todos estaban un poco calvos, por lo que sus orejas, habituadas a sostener el lapicero, sobresalían de la cabeza. Observé que siempre se quitaban o se acomodaban el sombrero con ambas manos y llevaban relojes con cadenas cortas de oro de diseño antiguo. Tenían un aire que inspiraba respeto, si existe de verdad un aire tan honorable.

Había muchos individuos de apariencia brillante, que comprendí rápidamente que pertenecían a la raza de carteristas elegantes que invade todas las grandes ciudades. Observé esta categoría con gran interés y me pareció difícil imaginar cómo los caballeros podían confundirlos con otros caballeros. La exageración del tamaño del puño de sus camisas y un aire de excesiva sinceridad les traicionaba de inmediato.

Los jugadores, aunque pude distinguir muy pocos, eran muy fáciles de reconocer. Vestían todo tipo de ropa, desde el pequeño tahúr de feria, con chaleco de terciopelo, corbatín de fantasía, cadenas doradas y botones afiligranados, hasta el pillo, vestido con escrupulosa sencillez que no podría levantar sospecha alguna. Sin embargo, todos eran reconocibles por cierto color terroso de la piel, la mirada perdida y la palidez y lo apretado de sus labios. Además, había otros dos rasgos por los cuales siempre podría detectarlos: un bajo y controlado tono de voz y una anormal extensión del pulgar en ángulo recto a los otros dedos. Con mucha frecuencia, en compañía de estos tahúres, observé una clase de hombres algo diferentes en sus costumbres, pero siempre pájaros del mismo plumaje. Pueden definirse como los caballeros que viven de su astucia. Parecen precipitarse sobre el público en dos batallones: el de los *dandis* y el de los militares. De los primeros, los rasgos principales son la sonrisa y los cabellos largos. De los segundos, las levitas y el ceño fruncido.

Bajando en la escala de lo que se llama superioridad social, encontré temas más oscuros y profundos para especular. Vi buhoneros judíos, con ojos de halcón que brillaban en sus rostros, donde todos los demás rasgos eran la expresión de la humildad; mendigos calle-jeros profesionales, que rechazan con violencia a mendigos de peor apariencia, cuya desesperación los había llevado a buscar la caridad en la noche; débiles y espectrales inválidos, sobre los que la muerte había puesto su mano segura y que caminaban vacilantes entre la mul-titud, buscando piedad en cada rostro, como si quisieran encontrar el consuelo y la esperanza perdida; modestas jóvenes que volvían a su triste hogar después de largas horas de trabajo y que se retraían con más tristeza que indignidad de las miradas de los rufianes, cuyo con-tacto directo no podían evitar; mujeres de la ciudad de todas las clases y edades, la belleza inequívoca de la feminidad, que llevaba a pensar en la estatua de Luciano, de mármol de Paros por fuera y, por dentro, llena de basura; la horrible leprosa harapienta; la vieja arrugada, llena de joyas y maquillada para parecer joven; la niña de formas inmaduras pero a quien una antigua costumbre inclina a las horribles coqueterías de su profesión, mientras arde con la ambición de ser igual a las mayo-res; borrachos innumerables e indescriptibles, algunos harapientos y remendados, tambaleantes, incapaces de articular palabra, con el ros-tro morado y los ojos opacos; algunos con ropas enteras pero sucias, con una actitud provocativa pero vacilante, sensuales labios gruesos y rostros saludables; otros vestidos con trajes que alguna vez han sido buenos y que ahora se veían escrupulosamente cepillados; hombres que caminaban con un artificial paso, pero cuyos rostros se notaban pálidos de miedo, cuyos ojos eran extraños y rojos y que a su paso, a través de la multitud, toman con sus dedos temblorosos todos los objetos que se ponen a su alcance; además de estos, reposteros, porte-ros, carboneros, deshollinadores, cantantes callejeros, los que venden junto a los que cantan; artesanos harapientos y trabajadores exhaustos de todo tipo y todos llenos de una vivacidad ruidosa y extraordinaria que golpeaba en los oídos y causaba dolor a la vista.

A medida que avanzaba la noche, aumentaba para mí el interés de la escena, ya que no sólo el carácter general de la multitud variaba sustancialmente (los rasgos más suaves se retiraban y se llevaban al grupo más ordenado de gente, dejando paso a los más rústicos con el surgir de todas las especies de infamia a medida que se hacía más tar-de), sino que también los rayos de las lámparas de gas, suaves primero en su lucha con el día que moría, ahora daban a todo un brillo agitado y deslumbrante. Todo estaba oscuro, pero espléndido, como el ébano al que ha sido asimilado el estilo de Tertuliano.

Los extraños efectos de la luz me llevaron a un examen de las caras de la gente y, aunque la rapidez con que el mundo de la luz desaparecía frente a la ventana no me permitía más que echar una mirada a cada rostro, parecía que, en mi especial estado de ánimo, podía leer, incluso en el breve intervalo de una mirada, la historia de largos años.

Con la frente pegada a la ventana, me dediqué a estudiar la multitud, cuando de repente apareció un rostro (de un anciano decrépito, de unos sesenta y cinco o setenta años), un rostro que me llamó poderosamente la atención, por la absoluta exclusividad de su expresión. Nunca había visto nada que, ni remotamente, se pareciera a esa expresión. Recuerdo a la perfección que, al verlo, mi primer pensamiento fue que si Retzch lo hubiera visto, lo habría preferido sin duda a sus propias representaciones pictóricas del demonio. Al esforzarme, durante el breve tiempo de mi análisis original, por hallar un significado a lo que había experimentado, aparecieron en mi mente, de forma confusa y paradójica, las ideas de un amplio poder mental, de precaución, de penuria, de avaricia, de frialdad, de malicia, de sed de sangre, de victoria, de alborozo, de excesivo terror, de intensa y suprema desesperación. Me sentí especialmente sobresaltado, sorprendido, fascinado. «¡Qué historia extraña», me dije, «se escribe en ese pecho!». Tuve un ardiente deseo de seguir observando a ese hombre, de saber más sobre él. Me puse el abrigo rápidamente, y tomé mi sombrero y mi bastón, y salí a la calle, avanzando entre la multitud en la dirección que había visto que tomaba el hombre, pero ya había desaparecido. Con algo de dificultad, por fin volví a verlo, me aproximé y lo seguí de cerca con cuidado, de modo que no despertara su atención.

Así tuve la oportunidad de observar su persona. Era bajo de estatura, muy delgado y aparentemente muy débil. Su ropa, en general, era harapienta y descuidada; pero cada vez que aparecía bajo la fuerte luz de una lámpara, veía que su traje era de lino de buena textura, aunque estaba sucio. Y si no me engañaba la vista, a través de un desgarrón de su abrigo de segunda mano que lo envolvía, pude ver el brillo de un diamante y un puñal. Estas observaciones aumentaron mi curiosidad y me decidí a seguirlo adondequiera que fuera.

Era noche cerrada y la espesa niebla que envolvía la ciudad se convirtió finalmente en lluvia. Este cambio climatológico produjo un efecto extraño en la multitud, que comenzó a moverse con rapidez, bajo la sombra de un mundo de paraguas. El movimiento, los empujones y el rumor se hicieron mucho más intensos. Por mi parte, no me importaba la lluvia; en mi cuerpo había una fiebre antigua para la que la humedad resultaba un placer peligroso. Tapándome la boca con un pañuelo, continué mi camino. Durante media hora, el anciano se abrió camino con dificultad por la gran avenida; yo caminaba cerca de él por miedo a perderlo de vista. Como nunca se volvió, no pudo verme. Por fin, entramos en una calle transversal que, aunque había mucha gente, no estaba tan abarrotada como la calle principal que acabábamos de dejar. Aquí se produjo un evidente cambio en su comportamiento. Caminaba más lentamente y con menos decisión que antes, más vacilante. Cruzaba la calle varias veces, sin un motivo aparente. Y la multitud era tal que, cada vez que hacía estos movimientos, me veía obligado a seguirlo de cerca. La calle era estrecha y larga y siguió andando por allí durante casi una hora, durante la cual los transeúntes disminuyeron gradualmente en número hasta la cantidad de gente que se ve a mediodía en Broadway, cerca del parque, tal es la diferencia que existe entre la población de una ciudad como Londres y la de una de las más frecuentadas ciudades americanas. Al volver a torcer en una calle, llegamos a una plaza, muy iluminada y llena de vida. Reapareció el anterior comportamiento del anciano. Su mentón cayó sobre su pecho, mientras sus ojos se movían de un modo extraño bajo el ceño fruncido, mirando a todos los que tenía alrededor. Siguió su camino con firmeza y perseverancia. Sin embargo, me sorprendió ver, una vez que dio la vuelta a la plaza, que regresaba sobre sus pasos. Más me sorprendió aún ver que repetía el mismo camino varias veces. Una vez casi me descubrió al darse vuelta repentinamente.

En este ejercicio, perdió otra hora, después de la cual encontramos muchos menos transeúntes, que nos obstaculizaran el camino, que la primera vez. Estaba lloviendo mucho; empezó a hacer frío y la gente se fue retirando a sus casas. Con un gesto de impaciencia, el vagabundo entró en una calle comparativamente desierta. Por ella caminó un cuarto de milla con una velocidad que nunca hubiera soñado ver en nadie de su edad y que me dificultó la persecución. En unos minutos, nos encontramos en un enorme bazar, con cuyas tiendas el extraño parecía familiar y donde su comportamiento inicial apareció nuevamente, mientras se abría camino hacia un lado y hacia otro, sin motivo, entre la multitud de compradores y vendedores.

Durante la hora y media, aproximadamente, que pasamos en este lugar, tuve que tener mucho cuidado de no ser descubierto por él. Afortunadamente, llevaba un par de zapatos que me permitían andar sin hacer ruido y podía moverme en completo silencio. En ningún momento vio que lo estaba observando. Entró en una tienda tras otra, no preguntó por nada, no pronunció una sola palabra y miró todos los objetos con una extraña y vacía mirada. Ahora me sentía totalmente asombrado por su conducta y decidí firmemente que no me iría hasta no sentirme satisfecho con lo que supiera de él.

Un reloj dio sonoramente las once y la gente estaba abandonando el bazar. Un tendero, al cerrar un postigo, empujó al anciano y en ese instante vi que un fuerte estremecimiento le recorría el cuerpo. Salió corriendo hacia la calle, miró ansiosamente a su alrededor por un instante y después corrió con una velocidad increíble por varias callejuelas desiertas y sinuosas, hasta que volvimos a aparecer en la gran avenida donde habíamos comenzado, la calle del hotel D... Sin embargo, esta avenida ya no presentaba el mismo aspecto. Todavía brillaba con las luces de gas, pero la lluvia caía con fuerza y casi no quedaba gente a la vista. El extraño se puso pálido. Dio unos pasos más, con aire apesadumbrado, por la otrora poblada avenida. Después, con un fuerte suspiro, giró en dirección al río y, sumergiéndose en una complicada serie de pasajes y callejuelas, salió finalmente frente a uno de los principales teatros. Estaba a punto de cerrar y el público salía por las puertas. Vi que el anciano tomaba aire mientras se metía entre la multitud; pero pensé que la intensa agonía de su rostro se había calmado en alguna medida. Su cabeza cayó nuevamente sobre el pecho; tenía el aspecto con que lo había visto la primera vez. Observé que ahora seguía el camino por donde iba la mayor parte del público; pero, después de todo, sentía que era imposible comprender lo misterioso de su proceder.

Mientras avanzaba, la gente empezó a dispersarse y su antigua inquietud y vacilación volvieron a manifestarse. Durante un tiempo, siguió de cerca a un grupo de diez o doce personas; pero uno a uno fueron separándose hasta que sólo quedaron juntos tres, en una estrecha y oscura calleja poco frecuentada. El extraño se detuvo y, por un momento, pareció perdido en su pensamiento; después, con claros indicios de agitación, siguió rápidamente un camino que nos llevó a los límites de la ciudad, en una zona muy diferente de la que habíamos atravesado hasta entonces. Se hallaba en el barrio más ruinoso de Londres, donde todo tenía la apariencia de la más deplorable pobreza y del crimen más desesperado. Por la sombría luz de una lámpara ocasional, se veían edificios de madera altos, antiguos, carcomidos por los gusanos, inclinados de forma tan extraña y caprichosa que apenas podía distinguirse un pasaje entre ellos. El pavimento estaba mal colocado, fuera de lugar a causa de la maleza. La más horrible inmundicia salía de las cunetas. Toda la atmósfera destilaba desolación. Sin embargo, a medida que avanzábamos, los sonidos de vida humana reaparecieron poco a poco y, por fin, se veían grandes grupos de la más abandonada población londinense. Otra vez el anciano pareció animarse, como una lámpara que está a punto de apagarse. Una vez más, caminó con paso firme. De repente, giró en una esquina, nos envolvió una luz brillante y nos hallamos frente a uno de los enormes templos suburbanos de la intemperancia, uno de los palacios del demonio de la bebida.

Estaba casi amaneciendo, pero una gran cantidad de miserables borrachos entraban y salían por la puerta. Con un sofocado grito de alegría, el anciano se abrió paso, adoptó su actitud inicial y anduvo de un lado a otro, sin motivo aparente, entre la multitud. Sin embargo, no llevaba mucho tiempo así cuando un repentino movimiento general hacia la puerta indicó que la casa estaba a punto de cerrar por esa noche. Observé algo más intenso que la desesperación en el rostro del singular ser que había estado observando con tanta insistencia. Sin embargo, no dudó en su camino, sino que, con una energía enloquecida, retrocedió sobre sus pasos hacia el corazón de Londres. Corrió durante largo tiempo, mientras lo seguía con extraño asombro, resuelto a no abandonar algo que me interesaba más que nada en el mundo. Salió el sol mientras seguíamos andando y, cuando habíamos llegado a la zona más comercial de la ciudad, la calle del hotel D..., la vimos casi llena de gente y casi con tanta actividad como la habíamos dejado la noche anterior. Y entonces seguí, cada vez más confundido, en la persecución del extraño. Pero, como siempre, caminó de un lado a otro y durante todo el día no se alejó del torbellino de esa calle. Y, mientras se acercaban las sombras de la segunda noche, me sentí agotado a morir y, poniéndome frente al vagabundo, lo miré fijamente a la cara. No me vio, sino que siguió su solemne paseo mientras yo dejé de seguirlo y me quedé absorto contemplándolo. «Este anciano», me dije finalmente, «es el arquetipo y el genio del crimen misterioso. No quiere estar solo. *Es el hombre de la multitud.* Será inútil seguirlo, ya que no sabré nada más de él ni de sus actos. El peor corazón del mundo es un libro más repulsivo que el *Hortulus Animae*[16] y tal vez sea una de las grandes piedades de Dios que *er lasst sich nicht lesen.*

---

[16] El *Hortulus Animae cum Oratiunculis Aliquibus Speradditis,* de GRÜNNINGER. *(N. del T.)*

UN DESCENSO AL MAELSTRÖM

«Los caminos de Dios en la naturaleza, como en la providencia, no son como nuestros caminos; tampoco los modelos que construimos pueden proporcionar la vastedad, la profundidad y la inescrutabilidad de Sus obras, que tienen una profundidad mayor que la del pozo de Demócrito».

JOSEPH GLANVILLE.

Habíamos llegado a la cumbre del despeñadero más elevado. Durante algunos minutos, el anciano pareció mucho más cansado para hablar.

—No hace mucho —dijo finalmente— podría haberle guiado en esta ruta igual que lo haría el más joven de mis hijos; pero, unos tres años atrás, me ocurrió algo que nunca le había pasado a ningún mortal (o, por lo menos, a un mortal que haya sobrevivido para contarlo) y las seis horas de terror de muerte que soporté en ese momento me destrozaron en cuerpo y alma. Usted creerá que soy muy viejo, pero no lo soy. En un solo día, mis cabellos de color negro azabache se volvieron blancos, se debilitaron mis miembros y mis nervios quedaron tan frágiles que tiemblo al menor esfuerzo y me asusto de una sombra. ¿Sabe que apenas puedo mirar desde este pequeño acantilado sin sentir vértigo?

El «pequeño acantilado» —sobre cuyo borde se había tumbado con tanta negligencia a descansar de modo que la parte más pesada de su cuerpo colgaba del mismo, mientras que se cuidaba de caer apoyando el codo en una resbalosa arista del borde—, se elevaba formando un precipicio de roca negra y reluciente de unos mil quinientos o mil seiscientos pies, sobre una gran cantidad de despeñaderos situados más abajo. Nada me hubiera convencido de acercarme a menos de seis yardas de aquel borde. En realidad, estaba tan impresionado por la peligrosa posición de mi compañero que me recosté en el suelo, sujetándome de los arbustos cercanos, y no me atreví siquiera a mirar hacia el cielo, mientras luchaba en vano por alejar de mí la idea de que los cimientos de la montaña corrían peligro a causa de la furia de los vientos. Pasó largo tiempo antes de que pudiera juntar coraje para sentarme y mirar a lo lejos.

—Usted debe superar estas fantasías —dijo el guía— ya que le he traído hasta aquí para que pueda tener la mejor vista posible de la escena del hecho que le mencioné y para contarle toda la historia en el mismo escenario que tiene usted delante de su vista. Estamos ahora —continuó con la minuciosidad que le caracterizaba— cerca de la costa de Noruega, a sesenta y ocho grados de latitud, en la gran provincia de Nordland y en el terrible distrito de Lofoden. La montaña sobre cuya cima estamos sentados es Helseggen, la Nebulosa. Enderécese un poco... Sujétese a las plantas si siente vértigo..., así..., y mire, más allá de la franja de vapor que tenemos debajo, hacia el mar.

Miré, con vértigo, y observé una gran extensión de océano, cuyas aguas tenían un color tan parecido a la tinta que me traían a la mente la descripción de un geógrafo acerca del *Mare Tenebrarum*. Un panorama tan deplorablemente desolado como no podría imaginar el hombre. Hacia la derecha y la izquierda, hasta donde podía verse, se tendían, como murallas del mundo, cadenas de acantilados horriblemente negros y colgantes, cuyo aspecto lúgubre se reforzaba con el mar que, con sus crestas blancas y lívidas, rompían aullando y rugiendo en la eternidad. Exactamente frente al saliente donde nos encontrábamos y a una distancia de unas cinco o seis millas dentro del mar, había una pequeña isla de aspecto desértico o, mejor dicho, su posición podía distinguirse a través de los salvajes rompientes que la envolvían. Aproximadamente a dos millas más cerca de la tierra se levantaba otra de menor tamaño, horriblemente escarpada y estéril, rodeada en varias zonas por grupos de rocas oscuras.

En el espacio comprendido entre la isla más lejana y la costa, el aspecto del océano era algo inusual. Aunque en ese momento soplaba un viento tan fuerte hacia la costa que un bergantín que navegaba por el mar se mantenía a flote con dos rizos en la vela mayor y continuamente se hundía y se perdía de vista, no había un oleaje embravecido, sino breves, furiosos y rápidos golpes de agua en todas las direcciones. Tampoco podía verse espuma, excepto en la proximidad de las rocas.

—La isla allí a lo lejos —continuó el anciano— es la que los noruegos llaman Vurrgh. La que está en medio se llama Moskoe. Hacia el norte, a una milla, se encuentra Ambaaren. Más allá, Islesen, Hotholm, Keildhelm, Suarven y Buckholm. Todavía más lejos, entre Moskoe y Vurrugh, están Otterholm, Flimen, Sandflesen y Stockholm. Estos son los verdaderos nombres de estos sitios, pero ni usted ni yo podríamos entender el motivo por el cual fue necesario ponerles nombres. ¿Oye usted algo? ¿Ve usted algún cambio en el agua?

Llevábamos unos diez minutos en la cima del Helseggen, adonde habíamos llegado desde el interior de Lofoden, de modo que no pudimos ver el mar hasta que se apareció ante nosotros desde la cima. Mientras el anciano hablaba, escuché un sonido fuerte y que iba en aumento, como el mugir de un enorme rebaño de búfalos en una pradera americana. Y, al mismo tiempo, percibí lo que los marineros llaman picado, cuando se refieren al océano que, como el que teníamos abajo, se iba transformando en una corriente que se dirigía hacia el este. Mientras miraba, esta corriente iba adquiriendo una velocidad monstruosa. A cada momento incrementaba la velocidad y su descontrolada impetuosidad. En cinco minutos, todo el mar, hasta Vurrgh, se movía en una ingobernable furia; pero era entre Moskoe y la costa donde se producía con más rabia. Allí, la enorme superficie del agua se abría en miles de canales antagónicos, explotaba repentinamente en una frenética convulsión, encrespándose, hirviendo, silbando, girando en gigantes e innumerables torbellinos, y todo formaba una vorágine que corría hacia el este con una rapidez que el agua nunca alcanza, excepto en la caída por un precipicio.

Pocos minutos después, sobrevino otra alteración radical. La superficie en general se volvió más estable y los remolinos, uno por uno, fueron desapareciendo, mientras se veían prodigiosas fajas de espuma allí donde nada se había visto antes. Finalmente, estas fajas se extendían a gran distancia y se combinaban y adquirían el movimiento giratorio de los desaparecidos remolinos, como si fueran el origen de otro más vasto. De repente, en un instante, todo apareció como una realidad clara y nítida, formando un círculo de más de una milla. El borde del remolino estaba formado por una ancha faja de brillante espuma, pero ni una partícula de esta se mezclaba en el interior del espantoso embudo, que, hasta donde podía verse, era una lisa, brillante

51

y negra pared de agua, inclinada unos cuarenta y cinco grados hacia el horizonte, y giraba vertiginosamente, con un movimiento oscilante y agobiante, produciendo un ruido horrible, entre rugido y clamor, que ni siquiera la enorme catarata del Niágara despide en su inmensa caída.

La montaña temblaba desde la base y las rocas oscilaban. Me tumbé boca abajo y me aferré a las escasas hierbas con una gran agitación nerviosa.

—Esto —dije finalmente al anciano—, no puede ser sino el gran remolino de Maelström.

—Ese es el nombre que recibe algunas veces —me contestó—. Nosotros, los noruegos, lo llamamos Moskoe-ström, por la isla de Moskoe que hay en medio.

Las descripciones comunes de este torbellino no me habían preparado para lo que estaba viendo. La descripción que hacía Jonas Ramus, que tal vez sea la más detallada, no puede transmitir una idea real de la magnificencia o del horror de la escena... o de la salvaje sensación de novedad que turba al observador. No podría asegurar desde qué punto de vista aquel escritor lo había investigado ni en qué época, pero no creo que hubiera estado en la cima del Helseggen durante una tormenta. Sin embargo, hay en su descripción algunos pasajes que pueden citarse por los detalles que incluye, aunque el efecto que produce es excesivamente débil frente a lo impresionante del espectáculo.

«Entre Lofoden y Moskoe —dice—, la profundidad del agua oscila entre las treinta y seis y las cuarenta brazas; pero de otro lado, hacia Ver (Vurrgh), esta profundidad disminuye de tal modo que no permite el paso de un barco sin el riesgo de que encalle en las rocas, cosa que ocurre aun con el tiempo más calmo. Cuando se produce la pleamar, la corriente recorre el espacio entre Lofoden y Moskoe a una velocidad exagerada; pero el tronar de un impetuoso reflujo hacia el mar no puede ser igualado por la más fuerte y temible de las cataratas, ya que el ruido se oye desde varias leguas de distancia, y los vórtices o abismos son de tal extensión y profundidad que, si un barco resulta atraído por ellos, resulta absorbido y hundido inevitablemente y destruido contra las rocas, y cuando el agua se tranquiliza, los fragmentos del barco asoman a la superficie. Pero estos intervalos de sosiego se producen solamente en los cambios de marea y con buen tiempo, y su duración no es de más de un cuarto de hora y luego vuelve gradualmente la violencia. Cuando la corriente está más embravecida y su furia aumenta por una tormenta, es peligroso acercarse a menos de una milla de Noruega. Botes, barcos y navíos han sido tragados por no tomar esa precaución al acercarse. También ocurre con frecuencia que las ballenas se aproximan demasiado a la corriente y son dominadas por su violencia, y después es imposible describir los clamores y rugidos en sus inútiles luchas por escapar. Ocurrió una vez que un oso que trataba de nadar desde Lofoden hasta Moskoe fue atrapado por la corriente y arrastrado a la profundidad, mientras rugía tan terriblemente que podía oírse desde la costa. Grandes cantidades de troncos de abetos y pinos, absorbidos por la corriente, aparecen rotos y destruidos de forma tal que no son sino astillas. Esto muestra claramente que el fondo está formado por rocas agudas contra las cuales son arrastrados y golpeados los troncos, que se suceden de forma constante cada seis horas. En 1645, en la mañana del domingo de sexagésima, la furia de la corriente fue tan ruidosa e impetuosa que hasta cayeron las piedras de las casas de la costa».

Con respecto a la profundidad de las aguas, no lograba entender cómo podía calcularse dada la inmediata proximidad del torbellino. Las «cuarenta brazas» deberían hacer referencia sólo a las partes del canal cercanas a la costa de Moskoe o Lofoden. La profundidad en el centro de Moskoe-ström debe ser inmensamente mayor, y la mejor prueba de este hecho la da cualquier mirada que se proyecte al abismo del remolino desde la cima de Helseggen. Al mirar hacia abajo desde esta cumbre hacia el rugiente Flegetón allí abajo, no pude evitar sonreír por la simplicidad con la que el honrado Jonas Ramus registra, como algo difícil de creer, las anécdotas de las ballenas y los osos, ya que —lo que, según mi parecer, era un hecho evidente por sí mismo— el barco más grande que existiera, sometido a la terrible atracción, podría resistir tan poco como una pluma en un huracán y desaparecería completamente en un momento.

Los intentos de explicar el fenómeno (algunos de los cuales, recuerdo, parecían suficientemente posibles al leerlos) ahora cobraban un aspecto muy diferente e insatisfactorio. La idea predominante es que este y otros tres remolinos más pequeños entre las islas Feroe «no tienen otra causa que la colisión de las olas que suben y bajan por el flujo y el reflujo contra una cadena de rocas y bancos, que encierra el agua de modo que se precipita como una catarata, y así, cuanto más sube la marea, más profunda será la caída y el resultado natural de todo es un remolino o vórtice, cuyo poderoso poder de succión es suficientemente conocido a través de otros experimentos». Estas son las palabras que aparecen en la Enciclopedia Británica. Kircher y otros autores imaginan que en el centro del canal de Maelström existe un abismo que penetra en la tierra y vuelve a aparecer en alguna región remota (el golfo de Botnia se menciona en su caso). Esta opinión, vaga en sí misma, fue la que mi mente más rápidamente aceptó y, al mencionarlo al guía, me sorprendió escuchar decir que, aunque era la opinión más compartida por los noruegos sobre este tema, no era precisamente la suya. Con respecto a la hipótesis antes enunciada, confesó que era incapaz de comprenderla. Y en este caos estuve de acuerdo con él, ya que, aunque fuera concluyente en el papel, se vuelve totalmente ininteligible y hasta absurda entre los truenos del abismo.

—Ahora ha podido ver bien el remolino —dijo el anciano— y, si nos ubicamos detrás de esta roca, al socaire, para que no nos moleste el horrible ruido del agua, le contaré una historia que le convencerá de que yo debo saber algo del Moskoe-ström.

Me coloqué en el sitio indicado y él continuó:

—Mis dos hermanos y yo teníamos un queche aparejado como una goleta, de unas setenta toneladas, con el cual solíamos pescar entre las islas más allá de Moskoe, cerca de Vurrgh. En todas las mareas bravas siempre hay buena pesca, si se saben aprovechar las oportunidades, si se tiene el coraje de intentarlo; pero, entre todos los habitantes de la costa de Lofoden, nosotros tres éramos los únicos que intentábamos de forma regular salir a recorrer las islas, como le estoy contando. Las áreas más comunes de pesca están mucho más al sur. Allí se puede pescar a toda hora sin demasiado riesgo; por tanto, en general se prefieren estos sitios. Sin embargo, los lugares elegidos por aquí entre las rocas no sólo permiten pescar las mejores variedades, sino también en mayores cantidades. Así conseguíamos en un solo día lo que otros menos arriesgados tardaban una semana. En realidad, era para nosotros un desafío y cambiábamos el trabajo por el riesgo de la vida y el capital por coraje. Fondeábamos el queche en una cala a unas cinco millas más al norte de esta costa. Cuando el tiempo era bueno, solíamos aprovechar los quince minutos de tranquilidad para seguir por el canal principal del Moskoe-ström, más arriba del remolino, y después anclábamos en cualquier sitio cerca de Otterholm o Sandflesen, donde las mareas no son tan violentas como en otras áreas. Aquí nos quedábamos hasta que se acercara otro intervalo de calma, cuando poníamos proa en dirección a nuestro puerto. Nunca iniciábamos una expedición de este estilo sin tener un buen viento de lado para la ida y para el regreso —un viento que, con seguridad, no nos fuera a abandonar cuando volviéramos—, y era raro que nos equivocáramos en nuestros cálculos. Sólo dos veces en seis años tuvimos que pasar la noche anclados como consecuencia de la calma total, que es extraña en este lugar, y una vez tuvimos que quedarnos por allí casi una semana, muriéndonos de hambre, por una borrasca que se desató poco después de nuestra llegada y embraveció el canal de tal modo que era muy peligroso cruzarlo. En esta ocasión, podríamos haber sido llevados por el mar a pesar de todo (ya que los remolinos nos hacían dar vueltas tan violentamente que decidimos largar el ancla y la dejamos que arrastrara), de no haber sido porque entramos en una de esas innumerables corrientes cruzadas que aparecen y desaparecen según el día y que nos arrastró hasta el refugio de Flimen, donde, finalmente, nos detuvimos.

No podría contarle ni un veinte por ciento de las dificultades que encontramos «en el sitio de pesca» (es un lugar malo para estar, aun con buen tiempo), pero siempre nos arreglábamos para superar el desafío del Moskoe-ström sin accidentes, aunque algunas veces me ponía el corazón en la boca cuando llegábamos un minuto antes o después de la calma. A veces, el viento no era tan fuerte como habíamos creído al comenzar y entonces recorríamos menos camino del que deseábamos, mientras que la corriente hacía la situación inmanejable. Mi hermano mayor tenía un hijo de dieciocho años y yo tenía dos hijos fuertes, que habrían sido de gran ayuda en esos momentos, ya fuera para remar o para pescar; pero, de algún modo, aunque corríamos el riesgo nosotros mismos, no queríamos dejar que los jóvenes corrieran peligro, ya que, después de todo lo que hicimos y dijimos, era un peligro horrible, y esa es la verdad.

En unos días, se cumplirán tres años desde que ocurrió lo que le voy a relatar. Era el diez de julio de 18..., una fecha que la gente de esta parte del mundo nunca olvidará, ya que ese día sopló el huracán más terrible que alguna vez cayera del cielo. Sin embargo, durante toda la mañana y gran parte de la tarde, había una brisa suave y estable desde el sudoeste, mientras el sol brillaba con fuerza, de modo que ni el más anciano de los marinos podía haber previsto lo que iba a suceder.

Los tres, mis dos hermanos y yo, habíamos cruzado hacia las islas a eso de las dos de la tarde y en poco tiempo casi habíamos llenado el queche con pescado que, todos comentamos, eran muchos más ese día que en otras ocasiones. Eran las siete, por mi reloj, cuando levamos anclas e iniciábamos el regreso, a fin de atravesar la peor parte del Ström durante el momento de calma, que calculábamos que sería a las ocho.

Iniciamos el trayecto con un viento fresco de estribor y al principio navegamos con rapidez, sin siquiera pensar en el peligro, ya que no teníamos motivos para deducir que podría haberlo. Pero, de repente, sentimos que nos enfrentábamos a un viento procedente de Helseggen. Esto era muy insólito; nunca antes nos había ocurrido y empecé a sentirme intranquilo, sin saber exactamente por qué. Dirigimos el barco contra el viento, pero los remansos no nos dejaban avanzar. Estuve a punto de sugerir que volviéramos al punto donde habíamos anclado, cuando, al mirar hacia popa, vimos que todo el horizonte estaba cubierto por una nube color cobre que se iba elevando con asombrosa rapidez.

Mientras tanto, la brisa que nos había empujado se calmó por completo y nos encontramos en medio de una calma, a la deriva hacia todos los rumbos. Sin embargo, esta situación no duró lo suficiente como para darnos tiempo a pensar en ella. En menos de un minuto, la tormenta estaba sobre nosotros, y en menos de dos el cielo estaba completamente cubierto; con esto y con la espuma de las olas, oscureció tanto que no podíamos vernos entre nosotros.

El huracán que sobrevino no puede describirse. Los viejos marinos de Noruega nunca experimentaron nada igual. Habíamos soltado todo el trapo antes de que el viento nos alcanzara. Pero, al primer golpe, los dos mástiles volaron por la borda como si los hubieran arrancado... Y uno de los palos se llevó consigo a mi hermano mayor, que se había atado para mayor seguridad.

Nuestro barco parecía la pluma más ligera que puede haber sobre el agua. El puente del queche era cerrado, con una pequeña escotilla cerca de proa, que solíamos cerrar y asegurar, por precaución, cuando debíamos cruzar el Ström, contra el mar picado. Pero si no hubiera sido por esta circunstancia, habríamos zozobrado al instante, pues durante un momento quedamos sumergidos por completo. No puedo decir cómo fue que mi hermano escapó de la muerte, ya que nunca tuve la oportunidad de averiguarlo. Por mi parte, en cuanto solté el trinquete, me tiré boca abajo en el puente, con los pies contra la estrecha borda de proa, y me aferré a una armella cerca del palo mayor. El instinto me hizo actuar así y fue, sin duda, lo mejor que podría haber hecho. La verdad es que me encontraba demasiado aturdido como para pensar.

Durante unos momentos, como dije, estuvimos completamente inundados y durante todo este tiempo contuve mi respiración y me aferré a la armella. Cuando no pude aguantar más, me arrodillé, sin soltarme, y pude aclararme un poco. En ese momento, nuestro pequeño barco se sacudió, como un perro al salir del agua, y se liberó, en alguna medida, del mar. Estaba tratando de sobreponerme al estupor que me había embargado y de recuperar mis sentidos, para ver qué debíamos hacer, cuando sentí que alguien se aferraba de mi brazo. Era mi hermano mayor y mi corazón se llenó de alegría, ya que estaba seguro de que había caído; pero inmediatamente después, toda esta alegría se convirtió en horror, ya que él acercó su boca a mi oído y me gritó la palabra: «¡Moskoe-ström!».

Nunca nadie sabrá cuáles eran mis sentimientos en ese momento. Me estremecía desde la cabeza hasta los pies como si tuviera un ataque de fiebre. Sabía qué quería decir con esa palabra; sabía que deseaba que lo comprendiera. ¡Con el viento que nos arrastraba, íbamos directamente hacia el remolino del Ström y nada podría salvarnos!

Podrá usted imaginarse que al cruzar el canal Ström, lo habíamos hecho siempre mucho más arriba del remolino, incluso con buen tiempo, y debíamos esperar y respetar con cuidado el momento de calma. Pero ahora estábamos navegando hacia el remolino y ¡nada menos que en medio de este huracán! Pensé: «Seguramente, llegaremos en un momento de calma... y eso nos da esperanzas». Pero, a continuación, me maldije por ser tan tonto como para soñar algo así. Sabía muy bien que estábamos condenados y que sería lo mismo si estuviéramos en un barco diez veces más grande.

En ese momento, la primera furia de la tempestad había pasado o tal vez no la sentíamos tanto, porque estábamos corriendo por delante de ella. Pero el mar que al principio había estado aplacado por el viento y aparecía espumoso, se alzaba ahora en gigantescas montañas. También se había producido un cambio especial en el cielo. A nuestro alrededor, y en todas direcciones, seguía muy negro, pero en lo alto, casi encima de nosotros, se abrió un trozo de cielo despejado, tan despejado como jamás he vuelto a ver, brillante y azul, y allí aparecía la Luna llena con un resplandor que nunca había visto. Iluminaba todo a nuestro alrededor con gran claridad, pero, ¡oh, Dios, vaya escena para iluminar!

Ahora hice uno o dos intentos por hablar a mi hermano, pero, por algún motivo que desconozco, el ruido había aumentado de tal forma que no pudo oír mis palabras, aunque yo gritaba todo lo que podía en su oído. Después, movió su cabeza, pálido de muerte, y levantó un dedo como para decirme: «¡Escucha!».

Al principio no podía entender lo que me quería decir, pero un horrible pensamiento pasó por mi mente. Extraje mi reloj. Se había parado. Contemplé el cuadrante a la luz de la Luna y comencé a llorar, mientras lanzaba el reloj al océano. ¡Se había parado a las siete! ¡Estábamos atrasados con respecto a la hora de la calma y el remolino del Ström estaba en plena furia!

Cuando un barco es de buena construcción, está bien equipado y no lleva mucha carga, al correr con el viento durante la borrasca, las olas parecen resbalar por debajo del casco, lo que siempre resulta extraño para un hombre de tierra firme. Esto, en lenguaje marino, se denomina cabalgar.

Hasta ese momento habíamos cabalgado sin problema sobre las olas, pero de repente nos alcanzó una gigantesca masa de agua y nos levantó arriba..., más arriba, como si subiéramos al cielo. Nunca hubiera pensado que una ola podía llegar a semejante altura. Y entonces empezamos a caer, con una carrera, un deslizamiento y una zambullida que me hicieron sentir náuseas y mareos, como si estuviera cayendo en sueños desde la cima de una montaña. En el momento en que alcanzamos la cresta, pude mirar alrededor y lo que vi fue suficiente.

Observé en un instante cuál era nuestra posición exacta. El remolino del Moskoe-Ström estaba a un cuarto de milla adelante, pero no se parecía al Moskoe-Ström de siempre. Si no hubiera sabido dónde estábamos y qué cabía esperar, no habría reconocido para nada el lugar. Así las cosas, cerré involuntariamente los ojos ante tanto horror. Mis párpados se cerraron como en un espasmo.

Apenas habían pasado dos minutos, cuando sentimos que las olas disminuían y nos envolvía la espuma. El barco dio un medio giro a babor y se precipitó en su nueva dirección como una centella. Al mismo tiempo, se apagó por completo el ruido del agua a causa de algo así como un terrible alarido..., un sonido que, para que se dé una idea, era como si miles de barcos de vapor hubieran dejado escapar la presión de sus calderas al mismo tiempo. Ahora estábamos en el cinturón de la resaca que rodea al remolino y pensé que nos precipitaríamos un segundo más tarde por ese abismo, cuyo interior veíamos con dificultad, ya que nos movíamos a gran velocidad. El queche no parecía flotar en el agua, sino como una burbuja sobre la superficie de la resaca. Su banda de estribor estaba cerca del remolino y por babor surgía el mundo del océano que habíamos dejado. Se alzaba como una enorme pared entre nosotros y el horizonte.

Podría parecer extraño, pero ahora, cuando nos encontrábamos en la boca del abismo, me sentí más tranquilo que cuando nos estábamos acercando a él. Ya había perdido todas las esperanzas, librándome así de una buena parte del terror que me había debilitado. Creo que fue la desesperación la que me calmó los nervios.

Podría parecer presuntuoso, pero lo que le digo es verdad. Empecé a reflexionar acerca de lo magnífico que era una muerte en esas condiciones y qué tonto de mi parte había sido pensar en mi vida frente a tan maravillosa evidencia del poder de Dios. Creo que me ruboricé al pensar en esto. Después de un momento, me poseyó una increíble curiosidad acerca del remolino. Sentí un verdadero deseo de explorar sus profundidades, aun frente al sacrificio que estaba a punto de hacer, y mi principal preocupación era que nunca podría contar a mis viejos compañeros de la costa los misterios que podría ver. Sin duda, eran fantasías muy especiales como para ocupar la mente de un hombre en una situación tan extrema, y a menudo he pensado desde entonces que las revoluciones del barco alrededor del remolino pudieron trastornarme un poco la cabeza.

Hubo otra circunstancia que me ayudó a recuperar el control y esta fue el cese del viento, que no podía alcanzarnos en nuestra situación actual, ya que, como usted mismo pudo ver, el cinturón de resaca está considerablemente más bajo que el nivel general del océano y este ahora se elevaba por encima de nosotros, como una gran montaña negra. Si usted nunca ha estado en el mar en medio de una borrasca, no puede hacerse una idea de la confusión mental ocasionada por el viento y la espuma juntos. Lo ciegan, ensordecen y ahogan, y anulan toda posibilidad de actuar o reflexionar. Pero ahora estábamos, en gran medida, libres de estas molestias, igual que los condenados a muerte en prisión se ven favorecidos por algunas indulgencias que se les han negado mientras su sentencia sigue pendiente.

Es imposible decir cuántas veces recorrimos el circuito. Dimos vueltas y más vueltas durante quizá una hora, volando más que flotando, cada vez más hacia el centro y después cada vez más cerca del horrible borde interior. Todo este tiempo nunca solté la armella que me sostenía. Mi hermano estaba en la popa y se sujetaba de un pequeño barril vacío, fuertemente atado bajo el compartimento de la bovedilla, que era lo único que no había caído al mar cuando nos atacó el temporal. Mientras nos acercábamos al borde del abismo, se soltó y, aterrorizado, se precipitó hacia la armella e intentó desprenderme de ella, ya que no era lo suficientemente grande para ambos. Nunca me sentí tan triste como cuando vi que hacía esto, aunque sabía que estaba atravesando un momento de locura a causa del terror. Sin embargo, no hice ningún esfuerzo por discutir. Sabía que no tenía importancia quién de los dos pudiera sujetarse. Entonces dejé que se aferrara a la armella y pasé a la popa, donde estaba el barril. No me fue difícil, porque el barco se movía con cierta estabilidad y sólo se balanceaba con las oscilaciones y conmociones del remolino. En cuanto me hube afirmado en mi nueva posición, dimos un repentino golpe a estribor y nos precipitamos al abismo. Murmuré una rápida plegaria a Dios y pensé que todo había terminado.

Mientras sentía el mareo del vertiginoso descenso, instintivamente me aferré con más fuerza al barril y cerré los ojos. Durante unos segundos no me atreví a abrirlos, mientras esperaba la destrucción instantánea y me maravillaba por no estar sufriendo ya en mi lucha en el agua contra la muerte. El tiempo seguía pasando y yo seguía vivo. La sensación de estar cayendo había terminado y el movimiento del barco era parecido al que había experimentado antes, mientras nos encontrábamos en el cinturón de espuma, salvo que ahora estaba más inclinado. Junté coraje y miré otra vez lo que me rodeaba.

Nunca olvidaré la sensación de miedo, terror y admiración que tuve al mirar a mi alrededor. El barco parecía estar colgando, como por magia, a mitad de camino en el interior del abismo, enorme en su circunferencia, impresionante en su profundidad, y cuyas paredes lisas podrían parecer de ébano, de no haber sido por la asombrosa velocidad con que giraban y el suave resplandor que despedían bajo los rayos de la Luna, que en el centro de aquella abertura circular, entre las nubes que antes mencionaba, se derramaban en un despliegue de brillo dorado a lo largo de las paredes negras y hacia las remotas profundidades del abismo.

Al principio, me sentía demasiado confundido como para poder observar todo con precisión. La explosión general de la terrible inmensidad era todo lo que podía ver. Sin embargo, cuando me recuperé un poco, mi vista se fijó instintivamente hacia abajo. En esta dirección, podía obtener una visión despejada, debido a la posición en que el barco colgaba en la superficie inclinada del torbellino. La quilla estaba nivelada, es decir que la cubierta estaba paralela al agua. Pero el agua tenía una inclinación de más de cuarenta y cinco grados, por lo que parecíamos estar ladeados. Sin embargo, no pude dejar de observar que apenas tenía más dificultad en mantenerme aferrado al barco en esta situación que si estuviéramos a nivel, supongo que por la velocidad a la que girábamos.

Los rayos de la Luna parecían buscar el fondo mismo del profundo abismo, pero aun así no pude distinguir nada debido a la espesa niebla que envolvía todo y sobre la que lucía un magnífico arcoíris, como el estrecho y bamboleante puente que los musulmanes consideran el único camino entre el tiempo y la eternidad. Esta niebla o rocío era ocasionado, sin duda, por el choque de las grandes paredes del embudo cuando se encontraban en el fondo, pero no podría describir el aullido que surgía del abismo para elevarse hacia el cielo.

Al deslizarnos por primera vez dentro del abismo desde el cinturón de espuma de la superficie nos había llevado a gran distancia por la pendiente, pero nuestro posterior descenso no guardaba proporción con el primero. Dábamos vueltas y vueltas, con un movimiento irregular, con vertiginosos balanceos y sacudidas, que nos lanzaban algunas veces a cientos de yardas, mientras otras veces llegábamos a completar el circuito del remolino. Nuestro descenso, en cada vuelta, era lento, pero perfectamente perceptible.

Al mirar en torno a la inmensa masa de ébano líquido en que estábamos envueltos, observé que nuestro barco no era el único objeto abrazado por el remolino. Tanto encima como debajo de nosotros había fragmentos de barcos, grandes masas de madera de construcción y troncos de árboles, con muchos objetos más pequeños, tales como muebles, cajas rotas, barriles y duelas. Ya he descrito la extraña curiosidad que había ocupado el lugar de mi terror inicial. Parecía crecer dentro de mí a medida que me acercaba a mi espantoso destino. Comencé a observar, con un extraño interés, los numerosos objetos que flotaban con nosotros. Debo haber estado delirando, ya que hasta intentaba divertirme especulando sobre la velocidad relativa a los diversos descensos hacia la espuma del fondo. En un momento me encontré diciendo: «Este abeto seguramente será el próximo objeto que se precipite y desaparezca», y luego me sentí desilusionado porque los restos de un navío mercante holandés le ganaban en velocidad y se precipitaban antes. Al final, después de varias estimaciones de este tipo y de no haber acertado, el hecho de este invariable error de cálculo me hizo empezar a reflexionar sobre cosas que me hicieron temblar, y mi corazón empezó a latir más fuerte.

No era un nuevo miedo el que me afectaba, sino el comienzo de una esperanza más excitante. Esta esperanza surgió en parte de la memoria y en parte de las recientes observaciones. Recordé la gran variedad de restos flotantes que aparecían en la costa de Lofoden, que habían sido tragados y absorbidos por el Moskoe-ström. La gran mayoría de estos objetos estaban destrozados de manera extraordinaria; estaban como gastados, desgarrados, al punto que daban la impresión de un montón de astillas. Sin embargo, después recordé claramente que había algunos que no estaban para nada desfigurados. Ahora no podría explicar esta diferencia, salvo suponiendo que los fragmentos gastados fueran los únicos que habían sido completamente absorbidos y que los otros habían entrado en el remolino en otro momento de la marea o por alguna razón habían descendido con tanta lentitud después de entrar que no llegaron al fondo del remolino antes del cambio de flujo o reflujo, según el caso. En ambos casos pensé que era posible que hubieran sido devueltos al nivel del océano, sin correr la misma suerte de los que habían entrado antes en el remolino o habían sido tragados con mayor velocidad. De modo que hice tres observaciones importantes. La primera era que, como regla general, cuanto más grandes fueran los cuerpos, más rápido sería su descenso. La segunda era que, entre dos masas de igual tamaño —una con forma esférica y otra de cualquier otra forma—, la más veloz en el descenso era la esférica. La tercera era que entre dos masas de igual tamaño —una cilíndrica y otra de cualquier otra forma—, la de forma cilíndrica descenderá más lentamente. Desde que escapé, he tenido varias conversaciones sobre este tema con un viejo preceptor del distrito y fue él quien me explicó el uso de las palabras «cilindro» y «esfera». Me dijo —aunque olvidé la explicación— cómo lo que yo observaba era en realidad la consecuencia natural de las formas de los fragmentos que flotaban y me demostró cómo un cilindro que flota dentro de un remolino ofrecía más resistencia a la absorción y era arrastrado con mayor dificultad que un cuerpo igualmente voluminoso de cualquier forma[17].

Hubo una circunstancia sorprendente que me ayudó a reforzar estas observaciones y aumentó mi deseo de verificarlas. El hecho fue que, en cada revolución de nuestra barca, pasábamos un objeto como un barril o bien una verga o un mástil, mientras muchas de estas cosas, que habían estado a nuestro nivel cuando abrí por primera vez los ojos para contemplar las maravillas del remolino, se encontraban ahora mucho más arriba que nosotros y parecían haberse movido muy poco de su posición inicial.

Ya no dudé qué debía hacer. Decidí aferrarme con fuerza al barril del cual me sostenía, soltarlo de la bovedilla y precipitarme con él al agua. Llamé la atención de mi hermano mediante señas, señalé los barriles que flotaban cerca de nosotros e hice todo lo que pude para que entendiera lo que pensaba hacer. Por fin, creí que él había comprendido mi idea, pero, entendiéralo o no, movió su cabeza con desesperación, negándose a abandonar su armella. Era imposible alcanzarle; la

---

[17] Ver Arquímedes, *De Incidentibus in Fluido*, lib. 2. *(N. del T.)*

emergencia no admitía demoras y, entonces, en medio de una amarga lucha, le dejé a merced de su destino, me até al barril con unas cuerdas que lo habían sujetado a la bovedilla y me precipité con él en el mar, sin dudarlo un momento.

El resultado fue exactamente el que había esperado. Como soy yo el que ahora está contando esta historia, sabe usted que yo pude escapar y además está enterado de cómo lo hice y, por tanto, seré breve. Debía haber pasado aproximadamente una hora desde que había abandonado el barco, cuando, habiendo descendido bastante por debajo de mí, hizo tres o cuatro giros bruscos y sucesivos y, llevándose a mi querido hermano, se hundió en línea recta en el caos de espuma del abismo. El barril al cual me había atado bajó poco más de la mitad de la distancia entre el fondo del remolino y el lugar desde donde me había arrojado al agua. Fue entonces cuando comenzó a cambiar el aspecto del remolino. La pendiente de los lados del enorme embudo se fue haciendo menos rugosa. Las revoluciones del remolino fueron disminuyendo su violencia. Poco a poco, desaparecieron la espuma y el arcoíris, y dio la impresión de que el fondo del abismo se levantaba lentamente. El cielo estaba claro, los vientos se habían calmado y la Luna llena se ocultaba radiante en el oeste, cuando me encontré sobre la superficie del océano y pude ver claramente las playas de Lofoden, sobre el lugar donde había estado el remolino de Moskoe-ström. Era la hora de la calma, pero el mar todavía se levantaba en olas como montañas por los efectos del huracán. Fui arrastrado violentamente hacia el canal de Ström y, en unos minutos, llegué a la costa dentro de los «campos» de los pescadores. Un bote me rescató, agotado y (ahora que el peligro había desaparecido) mudo al recordar el horror. Los que me subieron a bordo eran mis antiguos compañeros, pero no me reconocieron, como si fuese un viajero que volvía del mundo de los espíritus. Mi cabello, que había sido negro el día anterior, estaba blanco como lo ve usted ahora. También dijeron que la expresión de mi rostro había cambiado. Les conté mi historia y no me creyeron. Ahora se lo digo a usted y no espero que usted me crea más que los alegres pescadores de Lofoden.

NUNCA APUESTES TU CABEZA AL DIABLO

CUENTO CON MORALEJA

Con tal que las costumbres de un autor sean puras y castas —dice Don Tomás de las Torres en el prefacio a sus *Poemas Amatorios—, importa muy poco que no sean igualmente severas sus obras.* Lo que quiere decir que con tal que la moralidad del autor sea pura, nada significa la moralidad de sus libros. Suponemos que Don Tomás se encuentra ahora en el Purgatorio por esta afirmación. Resultaría inteligente también, desde un punto de vista de justicia poética, mantenerle allí hasta que se hayan agotado sus *Poemas Amatorios,* o permanezcan definitivamente en las estanterías por falta de lectores. Toda ficción *debería tener* una moraleja; y, lo que es más, los críticos han descubierto que toda ficción la *tiene.* Philip Melancthon escribió hace algún tiempo un comentario sobre la *Batracomiomaquia* y demostró que el objetivo del poeta era fomentar la aversión por la sedición. Pierre la Seine, yendo un paso más allá, demostró que la intención era recomendar a los jóvenes moderación a la hora de comer y de beber. Por su parte, Jacobus Hugo se había convencido de que en Euenis, Homero insinuaba que era la persona de John Calvin; Antínoo era Martin Lutero; los lotófagos, los protestantes en general; y las arpías, los holandeses. Nuestros eruditos más modernos son igual de perspicaces. Estos señores muestran un significado oculto en *Los Antediluvianos,* una parábola en *Powhatan,* nuevas ideas en *Cock Robin* y trascendentalismo en *Pulgarcito.* En resumen, se ha demostrado que ningún hombre puede sentarse a escribir sin un motivo muy profundo. De ese modo, los autores se ahorran muchos problemas en general. Un novelista, por ejemplo, no necesita preocuparse de su moraleja, pues ahí esta —es decir, en algún lugar de su obra— y la moralidad y los críticos pueden preocuparse de sí mismos. Cuando llegue el momento adecuado, todo lo que dicho caballero pretendía, y todo lo que no pretendía, será sacado a la luz en el *Dial,* o en el *Down-Easter,* junto con todo lo que él debería haber pretendido y aquello que pretendió claramente; por tanto, todo llegará a aclararse al final.

No existe una base justa, por tanto, para la acusación que ciertos ignorantes han formulado contra mí: que nunca he escrito un cuento moral o, con palabras más precisas, un cuento con moraleja. Ellos no son los críticos predestinados a extraer y *desarrollar* mis moralejas: ese es el secreto. Tarde o temprano, la *North American Quarterly Humdrum* hará que se avergüencen de su estupidez. Por el momento, con el fin de aplazar la ejecución y mitigar las acusaciones contra mí, ofrezco esta triste historia adjunta; una historia sobre la que no se puede cuestionar su obvia moraleja, ya que cualquiera puede leerla en letras mayúsculas en el título de este cuento. Debería tener un reconocimiento esta disposición, más sabia que la de Fontaine y otros, que reservan la impresión que desean transmitir hasta el último momento y la introducen a hurtadillas al final de sus fábulas.

Defuncti injuriâ ne afficiantur era una ley de las doce tablas, y *De mortuis nil nisi bonum* es un mandato excelente —incluso aunque los muertos en cuestión no sean nada más que poca cosa—. No es mi intención, por tanto, vituperar a mi difunto amigo Toby Dammit. Era un perro triste, es cierto, y una muerte de perros es la que tuvo él; pero no tiene por qué avergonzarse de sus vicios. Se desarrollaron a partir de un defecto de su madre. Ella hizo todo lo posible en cuanto a azotes cuando él era un niño —pues para su bien reguladamente, los deberes eran siempre placeres, y los niños, como los filetes duros o los olivos griegos, mejoraban invariablemente si se los golpeaba— pero, ¡pobre mujer! tenía la desgracia de ser zurda, y mejor sería no azotar a un niño que hacerlo con la mano izquierda. El mundo gira de derecha a izquierda. No servirá de nada azotar a un niño de izquierda a derecha. Si cada golpe en la dirección adecuada expulsa la propensión al mal, se deduce que cada porrazo en dirección contraria hará aumentar su maldad. Yo solía estar presente cuando castigaban a Toby, e incluso en el modo de dar patadas, podía percibir que iba empeorando cada día. Al final vi, con lágrimas en los ojos, que no había esperanza ninguna para el villano, y cierto día en el que le habían golpeado hasta ponerle la cara tan negra que podría habérsele confundido con un pequeño africano, sin producir más efecto en él que el de retorcerse en un ataque de ira, ya no lo pude soportar más, y cayendo yo de rodillas, alcé mi voz y profeticé su destrucción.

Lo cierto es que su precocidad para el vicio era horrible. A los cinco meses de edad solía tener tales ataques de rabia que era incapaz de expresarse. A los seis meses, le sorprendí mordisqueando una baraja de cartas. A los siete meses tenía la costumbre de atrapar y besar a los bebés del sexo opuesto. A los ocho meses, se negó perentoriamente a firmar en favor de la Templanza. Así fue creciendo en iniquidad, mes a mes, hasta que, al finalizar el primer año, no sólo insistió en llevar *bigote,* sino que había contraído una gran propensión a maldecir, a hacer juramentos y a respaldar sus afirmaciones mediante apuestas.

Por medio de esta última práctica poco caballerosa, la destrucción que había pronosticado yo sobre Toby Dammit se cumplió finalmente. La costumbre había crecido mientras crecía él, y se había fortalecido mientras se fortalecía él; por eso, cuando se convirtió en un hombre, apenas podía pronunciar una frase sin salpicarla con una proposición al juego. En realidad no eran apuestas en firme, no. Haré justicia a mi amigo diciendo que antes hubiese puesto huevos. En su caso, aquello era simplemente una fórmula, nada más. Sus expresiones no tenían el más mínimo significado unido a ellas. Eran palabrotas, sencillamente, si no inocentes; frases imaginativas con las cuales redondeaba una frase. Cuando decía: «Apuesto esto o aquello», nadie pensaba en formalizar la apuesta, pero aun así, yo no podía dejar de pensar que era mi deber reprenderle. El hábito era inmoral, y así se lo decía. Era vulgar, y le rogaba que me creyera. La sociedad lo desaprobaba —y aquí no le decía nada más que la verdad—. Estaba prohibido por una ley del Congreso, —y aquí no tenía la menor intención de contarle una mentira—. Yo protestaba, pero no servía de nada; protestaba en vano. Si le suplicaba, él sonreía; si le imploraba, reía; si le sermoneaba, se burlaba; si le amenazaba, se ponía a jurar; si le daba patadas, él avisaba a la Policía. Si le tiraba de la nariz, se sonaba y apostaba su cabeza al Diablo a que no me atrevía a probar de nuevo aquel experimento.

La pobreza era otro vicio que la peculiar deficiencia física de la madre de Dammit le había inculcado. Era detestablemente pobre, y esa era la razón, sin duda, por la que sus expresiones expletivas sobre apostar rara vez tomaban un giro pecuniario. Nadie me obligará a decir que le haya oído hacer uso de tal figura del lenguaje como «Le apuesto un dólar». Normalmente era «Le apuesto lo que quiera» o «Le apuesto cualquier cosa» o, más significativamente aún, «*Apuesto mi cabeza al Diablo*».

Esa última forma es la que parecía agradarle más; tal vez porque implicaba menos riesgo, pues Dammit se había vuelto muy mezquino. Si alguien le hubiese aceptado la apuesta, su cabeza era pequeña, y por tanto, la pérdida hubiera sido también pequeña. Pero esas son reflexiones propias mías, y no estoy seguro que estar en lo correcto si se las atribuyo a él. En todo caso, empleaba cada vez más la frase en cuestión, a pesar de lo impropio que resultaba que un hombre apostara su cerebro como si se tratase de billetes de banco; pero este era un punto que la perversa disposición de mi amigo no le permitía comprender. Al final, abandonó toda forma de apuesta y se rindió a la de «*Apuesto mi cabeza al Diablo*», con una pertinacia y una exclusividad que me desagradaba tanto como me sorprendía. Siempre me desagradan esas circunstancias que no puedo explicar. Los misterios obligan al hombre a pensar, y así perjudica su salud. La verdad es que había algo en *el aire* que le daba Dammit a la pronunciación de su ofensiva expresión, algo en su *manera* de decirla, que primero me interesó y después me intranquilizó; algo que, a falta de un término que lo defina mejor, me he permitido llamar *raro;* pero que Coleridge habría llamado místico, Kant, panteístico; Carlyle, retorcido y Emerson, hiperenigmático. Empezó a no gustarme nada. El alma de Dammit se hallaba en peligro. Decidí emplear toda mi elocuencia a fin de salvarla. Me prometí atenderle como san Patricio había atendido al sapo, según dice la crónica irlandesa; es decir «despertarle para que tuviera consciencia de su situación». Me dirigí a la tarea de inmediato. Una vez más me preparé para protestar; de nuevo reuní todas mis energías para un último intento de recriminación.

Cuando hube terminado mi sermón, Dammit mostró una conducta muy equívoca. Durante un momento permaneció en silencio, mirándome a la cara de un modo inquisitivo; pero después, ladeó la cabeza y levantó las cejas al máximo. Luego extendió las palmas de las manos y se encogió de hombros. Después, guiñó el ojo derecho; luego repitió la operación con el izquierdo. A continuación, cerró ambos apretándolos mucho; después volvió a abrirlos de tal manera que llegué a alarmarme por las consecuencias. Colocándose el pulgar en la nariz, pensó en lo apropiado de realizar un indescriptible movimiento con los demás dedos. Finalmente, colocando los brazos en jarra, se dignó a responder.

Sólo puedo recordar los titulares de su discurso. Él quedaría muy agradecido si yo sujetaba mi lengua. No deseaba ninguno de mis consejos. Despreciaba todas mis insinuaciones. Tenía edad suficiente para cuidarse de sí mismo. ¿Pensaba yo que Dammit todavía era un niño? ¿Pretendía yo decir algo en contra de su carácter? ¿Pretendía insultarle? ¿Estaba loco yo? ¿Era consciente mi madre, en una palabra, de que yo me había ausentado de casa? Me hizo esta última pregunta confiando en mi veracidad y estaba dispuesto a creer mi respuesta. Una vez más me preguntó explícitamente si mi madre estaba enterada de que yo había salido. Mi confusión, dijo, me traicionaba y apostaría su cabeza al Diablo a que ella no estaba enterada.

Dammit no esperó a mi réplica. Girando sobre sus talones se marchó de mi presencia con un apresuramiento muy poco digno. Y más le valió actuar así. Había herido mis sentimientos; incluso me había encolerizado. Por una vez habría aceptado su insultante apuesta. Habría ganado su pequeña cabeza para el archienemigo de Dammit, pues lo cierto era que mi madre *estaba* muy bien enterada de mi ausencia temporal del hogar.

Pero *Khoda shefa midêhed* —el cielo nos conceda alivio— como dicen los musulmanes cuando alguien les pisa los pies. Cumpliendo con mi deber había sido insultado, y soporté el insulto como un hombre. Sin embargo, ahora me parecía que había hecho todo lo que se podría requerir de mí respecto a este individuo miserable, y decidí no importunarle más con mis consejos, sino abandonarle a su conciencia y a sí mismo. No obstante, aunque me abstuve de molestarle con mi consejo, no supuso que abandonara su compañía. Llegué incluso a seguirle la corriente en sus propensiones menos censurables; y hubo veces en las que me sorprendía alabando sus malvadas bromas, pero como los epicúreos alaban la mostaza, con lágrimas en los ojos; tan profundamente me apenaba su infame lenguaje.

Un hermoso día en el que habíamos salido de paseo los dos juntos, nuestra ruta nos llevó en dirección al río. Había un puente y decidimos cruzarlo. Estaba techado para proteger del mal tiempo, y al tener el interior pocas ventanas, resultaba desagradablemente oscuro. Al entrar en él, el contraste entre el resplandor del exterior y la oscuridad del interior afectó profundamente a mi ánimo. No sucedió así en el caso del desdichado Dammit, quien apostó su cabeza al Diablo a que yo estaba deprimido. Parecía estar de un excelente humor. Estaba muy animado, tanto que yo albergaba no sé qué intranquila sospecha. No me resultaba imposible que estuviese afectado de transcendentalismo. Sin embargo, no soy lo bastante versado en el diagnóstico de esa enfermedad como para hablar con decisión sobre ese punto, y, por desgracia, no había presente ninguno de mis amigos del *Dial*. Sugiero esa idea, no obstante, por cierta especie de austera bufonería que parecía haber invadido a mi pobre amigo y había ocasionado que se comportara como un necio. Nada lo disuadía de deslizarse y saltar por debajo y por encima de todo lo que se interponía en su camino; unas veces gritaba, otras susurraba toda clase de palabrotas, y aun así conservaba su rostro la mayor gravedad del mundo al mismo tiempo. Realmente no sabía si darle una patada o apiadarme de él. Al final, habiendo cruzado casi todo el puente y acercándonos a su final, nuestro paso se vio impedido por un torniquete de cierta altura. Pasé por él tranquilamente, empujándolo para que girara como es lo normal en estos casos. Pero este giro no le servía a Dammit. Insistió en saltarlo por encima diciendo que sería capaz a la vez de hacer una pirueta en el aire. Pues bien, hablando con conocimiento, no pensé que pudiera hacerlo. El mejor haciendo piruetas de esta clase era mi amigo Carlyle y como sabía que él no podría hacerla, no creía que fuera capaz Toby Dammit. Por tanto, así se lo dije con estas palabras, y que era una baladronada y que no podía hacer lo que decía. No me faltaron razones para sentir después lo que había dicho, pues de inmediato *apostó su cabeza al Diablo* a que podía hacerlo.

A pesar de mi anterior resolución, estaba a punto de replicar con algunos reproches contra su impiedad, cuando oí toser a mi lado. Aquella tos sonó muy parecida a la exclamación «¡Ejem!». Me sobresalté y miré a mi alrededor con sorpresa. Mi mirada se fijó finalmente en un recoveco que había en la estructura del puente, y en él la pequeña figura de un anciano caballero que cojeaba, de venerable aspecto. Nada podía ser más venerable que su aspecto en conjunto; pues, no sólo iba vestido con un traje negro, sino que su camisa estaba muy limpia y el cuello caía esmeradamente sobre un pañuelo blanco, mientras su cabello aparecía dividido en el medio, como el de una muchacha. Sus manos estaban cruzadas pensativamente sobre el estómago y los ojos en blanco.

Después de observarle detenidamente, percibí que llevaba puesto un delantal de seda negra sobre su ropa; y es algo que me resultó muy extraño. Sin embargo, antes de tener ocasión de hacer cualquier pregunta sobre aquella singular circunstancia, me interrumpió con un segundo «¡Ejem!».

No me hallaba preparado para responder de inmediato a esta observación. Lo cierto es que estas observaciones de naturaleza lacónica son prácticamente incontestables. Conozco una publicación trimestral que quedó perpleja por la palabra «¡Caray!». No me avergüenza decir, por tanto, que me volví a Dammit en busca de ayuda.

—Dammit —dije—, ¿estás ahí? ¿No oyes?, el caballero dice «¡Ejem!». Miré severamente a mi amigo mientras le dirigía a él, pues, a decir verdad, yo me sentía particularmente desconcertado, y cuando un hombre se desconcierta tanto ha de fruncir el ceño con aspecto duro, o es seguro que parecerá un necio.

—Dammit —comenté— aunque la repetición se parezca mucho a un juramento, nada más lejos de mis pensamientos. Dammit —añadí— el caballero dice «¡Ejem!».

No intenté defender mi comentario con más profundidad; no pensé en interiorizarlo, pero me he dado cuenta de que el efecto de nuestras palabras no siempre tiene la importancia que tiene para nosotros mismos, y si le hubiese lanzado una bomba o golpeado la cabeza con los *Poetas y poesía de Norteamérica,* no podría haberse quedado más turbado que cuando le dirigí aquellas sencillas palabras: «Dammit, ¿estás ahí? ¿No oyes?», el caballero dice «¡Ejem!».

—¿No me digas? —dijo finalmente con un grito ahogado, después de pasar por más colores que los de las banderas de un barco pirata cuando le persigue un barco de guerra—. ¿Estás seguro de que ha dicho *eso?* Bueno, en todo caso ya estoy en ello y bien podría atreverme también. Así que, ahí va entonces: «¡Ejem!».

Oír esto pareció agradar al anciano caballero, sólo Dios sabe por qué motivo. Abandonó su lugar en el recoveco del puente, avanzó cojeando con aire elegante, asió la mano de Dammit y la estrechó cordialmente, mirándole directamente a la cara mientras tanto con el más sincero aire de bondad que sea capaz de imaginar la mente de un hombre.

—Estoy seguro de que lo conseguirás, Dammit —dijo, con la más franca de las sonrisas—, pero hemos de realizar una prueba que conoces, sólo por mera formalidad.

—¡Ejem! —replicó mi amigo, quitándose el abrigo con un profundo suspiro, atándose un pañuelo alrededor de la cintura y alterando de un modo inexplicable su semblante girando los ojos hacia arriba y dejando caer las comisuras de los labios—. «¡Ejem!» y «¡Ejem!» de nuevo, después de una pausa; y ninguna otra palabra le oí decir que no fuese el «¡Ejem!».

«Bien —pensé yo, sin expresarlo en voz alta—, es un silencio bastante notable en Toby Dammit y, sin duda, consecuencia de su verbosidad anterior. Un extremo induce a otro. Me pregunto si ha olvidado las muchas preguntas sin respuesta que me hizo con tanta fluidez el día que eché mi último sermón. En todo caso, se ha curado del transcendentalismo».

—¡Ejem! —respondió Toby, como si hubiese estado leyendo mi pensamiento y con aspecto de oveja vieja en un ensimismamiento.

El anciano caballero le tomó del brazo y le condujo al interior del puente, a pocos pasos del torniquete.

—Mi buen amigo —dijo—, considero que debo permitirle esta distancia para correr. Espere aquí hasta que ocupe mi lugar junto al torniquete y así poder ver si pasa por encima de un modo elegante y transcendental, y que no omite ninguno de los movimientos propios de la pirueta. Mera formalidad, ya sabe. Yo diré «uno, dos, tres... adelante». Recuerde que ha de empezar cuando diga «adelante».

Se colocó junto al torniquete, hizo una pausa como si meditara profundamente; después, *miró hacia arriba* y, pensé, sonrió ligeramente; a continuación ató las cintas de su delantal, miró intensamente a Dammit y por fin pronunció las palabras acordadas:

—¡Uno... dos... tres... adelante!

Al oír exactamente la palabra «adelante», mi pobre amigo se lanzó al galope. El torniquete no era muy alto, como el de Lord; tampoco muy bajo, como el de los críticos de Lord, pero estaba seguro de que lo saltaría. ¿Y si no lo hacía? ¡Ah, esa era la cuestión!

«¿Qué pasaría si no lo hacía? —me pregunté— ¿Qué derecho tiene este anciano caballero a obligar a otro a saltar? ¡Este pequeño achacoso! ¿Quién *es*? Si *me* pide que salte, no lo haré, así de sencillo, y no me importa *quién diablos sea él*».

El puente, como digo, estaba cubierto de una manera muy ridícula, y producía un desagradable eco siempre, un eco que nunca había apreciado tan especialmente como cuando pronuncié estas cuatro últimas palabras.

Pero lo que dije, o lo que pensé, o lo que oí, ocupó sólo un instante. En menos de cinco segundos después de su salida, mi pobre Toby había dado el salto. Le vi correr con agilidad y dar un gran salto desde el suelo del puente, realizando los más imponentes movimientos con las piernas mientras se elevaba. Le vi en el aire, realizando una admirable pirueta justo encima del torniquete; y por supuesto que pensé que resultaba extraño que no *continuara* avanzando. Pero el salto completo fue cuestión de un segundo y, antes de tener ocasión de reflexionar en profundidad, cayó Dammit de espaldas al suelo, en el mismo lado del molinete en el que había empezado. En ese mismo instante, vi al anciano marcharse cojeando a toda velocidad después de haber recogido y envuelto algo en su delantal, algo que cayó pesadamente en él desde la oscuridad del arco que se hallaba justo encima del torniquete. Me asombró mucho todo aquello, pero no tuve tiempo de pensar, pues, curiosamente, Dammit yacía inmóvil y llegué a la conclusión de que habían herido sus sentimientos y necesitaba mi ayuda. Me apresuré hacia él y descubrí que había recibido lo que se podría denominar una grave herida. Lo cierto es que estaba privado de su cabeza, la cual busqué detenidamente sin poder hallarla por ninguna parte; así que decidí llevarle a casa y enviar a buscar a los homeópatas. Entretanto se me ocurrió algo, y abrí una ventana que había en esa parte del puente; enseguida descubrí la triste verdad. A unos cinco pies de la parte superior del torniquete, y cruzando el arco a modo de soporte, había extendida una delgada barra de hierro, con el filo colocado en horizontal, que formaba parte de una serie de ellas que servían para reforzar la estructura en toda su extensión. Parecía evidente que el cuello de mi desgraciado amigo había entrado en contacto con el filo de aquella barra.

No sobrevivió mucho a su terrible pérdida. Los homeópatas le suministraron no poca medicina, y la poca que le dieron dudó al tomarla. Así que al final empeoró y murió, dando una lección a todos los que llevan una vida disoluta y desenfrenada. Regué su tumba con mis lágrimas, añadí una barra siniestra en el escudo de armas de su familia y, por los gastos generales de su funeral, envié una factura muy moderada a los transcendentalistas. Los canallas se negaron a pagarla, así que tuve que desenterrar a Dammit de inmediato y lo vendí como carne para perros.

EL ESCARABAJO DE ORO

¡Oh! ¡Oh! ¡Este hombre baila como loco!
Le ha picado la tarántula.
TODO AL REVÉS.

Hace muchos años conocí a un tal William Legrand. Pertenecía a una antigua familia calvinista y alguna vez había sido rico, pero una serie de desgracias le habían llevado a pasar necesidades. Para evitar el sufrimiento provocado por tales desastres, dejó Nueva Orleáns, la ciudad de sus ancestros, y se instaló en la isla de Sullivan, cerca de Charleston, en Carolina del Sur.

La isla es muy particular. Está formada casi por completo por la arena del mar y tiene una extensión de tres millas. En ningún punto su ancho excede del cuarto de milla. Está separada del continente por un pequeño arroyo, que se abre camino en una solitaria zona de juncos y limo, lugar favorito de las pollas de agua. Como cabe suponerse, la vegetación es muy escasa o, al menos, enana. No se ven árboles de ningún tamaño. Cerca del extremo occidental, donde se encuentra el fuerte Moultrie, se encuentran algunas construcciones de poca importancia, que habitan durante el verano los que deciden alejarse del polvo y la fiebre de Charleston y donde puede encontrarse el palmito erizado. Toda la isla, a excepción de la zona occidental y una línea de playa blanca en la costa, está cubierta por una densa maleza de arrayán, muy apreciada por los agricultores de Inglaterra. El arbusto alcanza a menudo una altura de quince o veinte pies y forma un matorral casi impenetrable, que impregna el aire con su fragancia.

En uno de los lugares más apartados de este matorral, cerca del extremo oriental de la isla, Legrand se había construido una pequeña cabaña que ocupaba en la época que le conocí, por casualidad. Nuestra relación se convirtió rápidamente en amistad, ya que este hombre solitario despertaba interés y estima. Me parecía un hombre muy educado, con una inteligencia poco común, pero dominado por la misantropía y sujeto a complicados cambios de humor entre el entusiasmo y la melancolía. Tenía muchos libros, pero pocas veces los utilizaba. Sus principales entretenimientos eran la caza y la pesca o las caminatas por la playa y los sotos de arrayán, buscando caracolas o especies entomológicas; su colección de estas últimas hubiera despertado la envidia de un Swammerdamm. En estas excursiones le acompañaba un viejo negro llamado Júpiter, que había sido mantenido por la familia Legrand antes de que comenzaran los problemas, pero que no se planteaba abandonar, por amenazas o promesas, lo que él consideraba su derecho a seguir los pasos de su joven «amo Will». Es probable que los parientes de Legrand, que le consideraban algo inestable, hubieran hecho lo necesario para alentar esta obstinación de Júpiter, como forma de control y cuidado de aquel ser extraviado.

Los inviernos en la latitud de la isla Sullivan son pocas veces muy severos y el otoño de aquel año fue uno de los pocos casos en que se haría necesario encender fuego. Sin embargo, a mediados de aquel mes de octubre de mil ochocientos y algo, hubo un día de considerable frío. Poco antes del atardecer, me abrí paso por las malezas hacia la cabaña de mi amigo, a quien no había visitado en las últimas semanas, ya que mi casa, en ese momento, estaba en Charleston, a una distancia de nueve millas desde la isla, donde las comunicaciones eran mucho más difíciles que las actuales. Al llegar a la cabaña, golpeé la puerta, como era mi costumbre, y al no recibir respuesta busqué la llave donde sabía que la escondían, abrí la puerta y entré. En el hogar ardía un fuego muy acogedor. Era algo novedoso, aunque muy agradable. Me quité el abrigo, me instalé en un sillón cerca de los leños ardientes y esperé pacientemente la llegada de mis anfitriones.

Llegaron poco después del anochecer y me dieron una cordial bienvenida. Júpiter mostraba una sonrisa de oreja a oreja e insistió en preparar unas codornices para la cena. Legrand estaba en uno de sus accesos (¿cómo llamarlos si no?) de entusiasmo. Había encontrado un bivalvo desconocido, que formaba parte de una nueva especie, y además había cazado y guardado, con la ayuda de Júpiter, un escarabajo que creía totalmente nuevo, pero sobre el cual quería saber mi opinión al día siguiente.

—¿Por qué no hoy? —le pregunté, frotándome las manos cerca del fuego mientras mentalmente deseaba que toda la tribu de escarabajos se fuera al demonio.

—¡Si hubiera sabido que estaba usted aquí...! —dijo Legrand—. Pero hace tanto que no le veía, que no podía saber que me visitaría esta noche. Mientras venía para casa, me encontré con el teniente G..., del fuerte, y, como un tonto, le presté mi escarabajo. Por tanto, no será posible que usted lo vea hasta mañana por la mañana. Quédese aquí esta noche y le enviaré a Jup a buscarlo al amanecer. Es lo más adorable de toda la creación.

—¿Qué? ¿El amanecer?

—¡No, no! El escarabajo. Es de un brillante color dorado, del tamaño de una nuez, con dos manchas negras, una en un extremo del dorso y otra, un poco más grande, en el otro. Las antenas son...

—No tiene nada de raro, amo *Will,* ya le dije —interrumpió Júpiter—. El bicho es de oro, todo de oro, por dentro y por fuera, menos las alas. Nunca vi un bicho más pesado en mi vida.

—Bueno, supongamos que así es, Jup —respondió Legrand, con más severidad que la exigida por el caso—. ¿Es esa una razón para que dejes que las aves se quemen? El color —ahora se dirigía a mí— es realmente impresionante para justificar la idea de Júpiter. Nunca verá usted un brillo metálico semejante al de sus élitros. Pero esto no podrá usted juzgarlo hasta mañana por la mañana. Mientras tanto, puedo darle una idea de la forma —al decir esto, se sentó a una pequeña mesa sobre la que había una pluma y tinta, pero no había papel. Buscó en un cajón, pero no lo encontró.

—No importa —dijo finalmente—. Esto nos dará la respuesta.

Sacó del bolsillo de su chaleco un pedazo de lo que me pareció un sucio pergamino y comenzó a dibujar con la pluma. Mientras lo hacía, me quedé en mi sillón cerca del fuego, ya que todavía tenía frío. Cuando terminó el dibujo, me lo dio sin levantarse. Al recibirlo, se oyó un fuerte ladrido, seguido de un ruido de patas que arañaban la puerta. Júpiter la abrió y entró corriendo un gran terranova, propiedad de Legrand. El perro me saltó a los hombros y me llenó de caricias, ya que siempre le había hecho mucho caso en mis anteriores visitas. Cuando terminaron sus cabriolas, miré el papel y, a decir verdad, me sorprendí bastante por lo que mi amigo había dibujado.

—Bien —dije, después de contemplarlo durante unos minutos—, debo confesar que este es un escarabajo raro. Nunca vi algo igual, a menos que fuera un cráneo o una calavera, que es a lo que se parece de todas las cosas que alguna vez yo vi en mi vida.

—¿Una calavera? —repitió Legrand—. Sí, puede ser, tiene cierto parecido en este dibujo, sin duda. Las dos manchas superiores parecen ojos, ¿no? Y la más grande de abajo parece una boca, y la forma es oval.

—Puede ser —dije—. Pero, Legrand, me temo que no es usted un gran artista. Voy a tener que esperar a ver el escarabajo para poder darme una idea de su apariencia real.

—Bueno, no sé —dijo, un poco molesto—. Yo dibujo bastante bien. Al menos, debería, ya que tuve muy buenos maestros y presumo de no ser ningún estúpido.

—Pero, mi amigo, entonces está usted de broma —observé—. Esto es bastante parecido a un cráneo. Diría que es un cráneo excelente, según la sabiduría popular en estos temas de fisiología. Y su escarabajo debe ser el escarabajo más raro del mundo si se parece al dibujo. En fin, esto podría ser un indicio de una superstición. Supongo que lo llamará *scarabœus caput jominis* o algo por el estilo. Hay muchos nombres similares en la historia natural. Pero, ¿dónde están las *antenas* de las que habló?

—Las antenas... —dijo Legrand, que parecía inexplicablemente acalorado con el tema—. Estoy seguro de que usted debe ver las antenas. Las dibujé con tanta claridad como se ven en el insecto original y entiendo que debería ser suficiente.

—Puede ser —dije—. Tal vez sea como dice, pero aún no las veo.

Y le entregué el papel sin hacer más comentarios para no irritarle, pero me sorprendió mucho el giro que había tomado nuestra conversación. Su mal humor me dejó perplejo. Y, en cuanto al dibujo del bicho, no se veía ninguna antena e insisto en que se parecía mucho a una calavera.

Recibió el papel muy malhumorado y estaba a punto de estrujarlo, aparentemente para tirarlo al fuego, cuando al mirar el dibujo nuevamente algo le llamó la atención. En un momento, su cara se sonrojó violentamente y, enseguida, se puso muy pálido. Durante algunos minutos, siguió escrutando el dibujo sin moverse de su asiento. Finalmente, se levantó y, con una vela que tomó de la mesa, se sentó en un cofre, situado en el rincón más alejado de la habitación. Nuevamente, examinó ansiosamente el papel, haciéndolo girar en todas las direcciones. Sin embargo, no dijo nada y su actitud me sorprendió mucho. De todos modos, pensé que era prudente no exacerbar su creciente mal humor con ningún comentario. Después, sacó una cartera de su bolsillo, colocó en ella el dibujo y guardó todo en un pupitre, cerrándolo con llave. Ahora parecía más tranquilo, pero su aire de entusiasmo había desaparecido. Parecía, sin embargo, más absorto que enfadado. A medida que fue pasando la noche, se perdía más en su ensoñación, sin que ninguno de mis comentarios pudiera sacarle de este estado. Yo había tenido la intención de pasar allí la noche, como antes, pero viendo el ánimo de mi anfitrión, me pareció mejor irme. No me presionó para que me quedara; pero, cuando me iba, me estrechó la mano con más cordialidad que de costumbre.

Pasado un mes (durante el cual no vi a Legrand), recibí, en Charleston, la visita de su ayudante, Júpiter. Nunca había visto al buen viejo negro más desanimado y me temí que algún desastre le hubiera ocurrido a mi amigo.

—Bien, Jup —le dije—. ¿Qué pasa ahora? ¿Cómo está tu amo?

—De verdad, amo, no está tan bien como debía.

—¡No está bien! Lo siento mucho. ¿De qué se queja?

—Ese, ese es el problema. No se queja de nada, pero está muy mal por todo eso.

—¿Muy mal, Júpiter? ¿Por qué no me lo dijiste antes? ¿Está en cama?

—No, no es eso, no está. No está en ninguna parte. Ese es el problema. Mi mente está muy preocupada por el pobre amo Will.

—Júpiter, me gustaría entender de qué estás hablando. Dices que tu amo está enfermo. ¿No te ha dicho qué le duele?

—No, amo, es inútil. No dice lo que le pasa. Pero, entonces, ¿por qué va de un lado a otro, con la cabeza *pa'bajo* y los hombros *pa'rriba,* blanco como las plumas de un ganso? Y después se pasa el tiempo haciendo números...

—¿Qué hace?

—Hace números y figuras en una pizarra. Las figuras más raras que he visto en toda mi vida. Estoy empezando a tener miedo, le confieso. Tengo que estar siempre vigilándole. El otro día se levantó antes del amanecer y no apareció en todo el día. Ya tenía un palo para pegarle cuando volviera, pero le vi tan atontado que no me animé. Estaba tan triste...

—¿Cómo? En realidad, creo que no tienes que ser tan severo con el pobre hombre. No le pegues, Júpiter. Puede estar bastante mal y no soportarlo. Pero, ¿no puedes hacerte una idea de qué ha causado su enfermedad o su cambio de conducta? ¿Pasó algo desagradable desde la última vez que te vi?

—No, amo, no pasó nada malo desde que le vi, sino desde antes, creo. El mismo día que usted estuvo allí.

—¿Cómo? ¿Qué quieres decir?

—Eso, amo, el bicho; eso quiero decir.

—¿El qué?

—El bicho. Para mí que el bicho le picó en la cabeza.

—¿Y qué te hace suponer eso, Júpiter?

—Tiene bastantes pinzas... y boca también. En mi vida vi un bicho más endemoniado. Pateaba y mordía todo lo que se le acercaba. Amo Will lo cogió con rabia, pero tuvo que soltarlo enseguida. En ese momento le habrá picado. No me gustaba la boca del bicho. Yo tampoco quería cogerlo con mis dedos, pero lo envolví con un pedazo de papel que encontré. Le puse un papel en la boca... Eso hice.

—Y, entonces, ¿crees que el escarabajo mordió a tu amo y que eso hizo que enfermara?

—Yo no creo nada. Lo sé. Si no, ¿por qué sueña tanto con el oro, si no es porque le mordió el escarabajo de oro? Yo he oído hablar de escarabajos de oro antes.

—Pero, ¿cómo sabes que sueña con oro?

—¿Cómo lo sé? Porque habla en sueños. Por eso lo sé.

—Bueno, Jup, tal vez tengas razón. Pero, ¿a qué circunstancias debo atribuir el honor de tu visita de hoy?

—¿Qué pasa, amo?

—¿Me traes algún mensaje del señor Legrand?

—No, amo, le traje una carta.

Y Júpiter me entregó una nota que decía lo siguiente:

«Querido...: ¿Por qué hace tanto tiempo que no le veo? Espero que no haya cometido la tontería de ofenderse por alguna pequeña brusquedad que pude haber tenido con usted. No, eso no es posible.

Desde que le vi la última vez, me he sentido muy ansioso. Tengo algo que decirle, pero casi no sé cómo hacerlo o si debo hacerlo.

No he estado bien los últimos días y el pobre Jup me molesta mucho con sus bien intencionadas atenciones. ¿Me creerá usted si le cuento que el otro día había preparado un garrote para castigarme por haberme escapado y por haber pasado todo el día, *solus,* en las colinas de tierra firme? Creo firmemente que mi mal aspecto, como enfermo, me salvó de una paliza.

Desde que nos vimos, no he añadido nada nuevo a mi colección.

Si puede, venga con Júpiter. Por favor, venga. Espero verle esta noche; es muy importante. Le aseguro que se trata de un asunto de la máxima importancia.

Un afectuoso saludo.

WILLIAM LEGRAND».

Algo en el tono de la carta me inquietó. Su estilo no se parecía en nada al de Legrand. ¿Con qué estaría soñando? ¿Qué nueva excentricidad había invadido su excitable cerebro? ¿Qué «asunto de la mayor importancia» podía estar preocupándole? Lo que contaba Júpiter no me dejaba tranquilo. Temí que el continuo peso de la desgracia, finalmente, había acabado con la razón de mi amigo. Entonces, sin dudarlo un momento, me preparé para acompañar al criado.

Al llegar al muelle, vi que en el fondo del bote donde debíamos embarcar había una guadaña y tres palas nuevas.

—Eso, amo, es una guadaña y tres palas.

—Obviamente. Pero, ¿qué hacen aquí?

—El amo Will me hizo comprarlas en la ciudad y han sido muy caras.

—Pero, a ver, dime, en nombre de todo lo misterioso, ¿para qué necesita tu amo Will guadañas y palas?

—No me pregunte lo que no sé contestar, pero que me lleve el demonio si el amo Will sabe algo más que yo. Pero todo es culpa del bicho.

Al ver que no encontraría una respuesta satisfactoria de Júpiter, cuyo intelecto parecía absorto por el «bicho», subí al bote y comenzamos a navegar. Había una brisa tranquila pero fuerte y enseguida llegamos a una pequeña cala al norte del fuerte Moultrie y, después de caminar un par de millas, llegamos a la cabaña. Eran casi las tres de la tarde. Legrand había estado esperándonos con mucha ansiedad. Me estrechó la mano con nerviosa impaciencia, que me preocupó y aumentó mis sospechas. El rostro de Legrand estaba pálido, casi como un espectro, y sus profundos ojos brillaban de una forma muy poco natural. Después de preguntarle por su salud, y sin saber qué más decir, quise saber si había recuperado ya el escarabajo del teniente G...

—Sí —respondió sonrojándose violentamente—. Lo recuperé la mañana siguiente. Nada me hará separarme del escarabajo. ¿Sabe que Júpiter tiene razón?

—¿En qué? —pregunté, con un triste presentimiento.

—En suponer que este escarabajo es de oro verdadero.

Hablaba con mucha seriedad, lo que me preocupó de un modo indescriptible.

—Este insecto me ayudará a hacer fortuna —continuó, con una sonrisa de triunfo—, a recuperar las posesiones de mi familia. ¿Le sorprende, entonces, que lo valore tanto? Desde que la Fortuna me lo trajo, debo hacer un uso adecuado de él y llegaré hasta el oro del cual el escarabajo es sólo un índice. ¡Júpiter, tráeme el escarabajo!

—¿Qué? ¿El bicho, amo? Mejor que no me meta en líos por ese bicho. Tráigalo usted mismo.

Enseguida, Legrand se levantó y, con mucha seriedad, me trajo el insecto de una caja de cristal donde estaba guardado. Se trataba de un escarabajo hermoso y, hasta ese momento, desconocido para los naturalistas, lo que lo hacía especialmente valioso desde el punto de vista científico. Tenía dos manchas negras redondas cerca de una extremidad del dorso y otra larga cerca de la otra. Los élitros eran extremadamente brillantes y duros, con apariencia de oro bruñido. El peso del insecto era realmente considerable y, teniendo en cuenta todos los detalles, no podría culpar a Júpiter por su opinión al respecto; pero lo que no era fácil de explicar era que Legrand compartiera ese parecer.

—Mandé a buscarlo —dijo, en tono grandilocuente, cuando terminé de examinar al insecto—. Mandé a buscarlo, porque quería contar con su consejo y su ayuda para cumplir con los designios del destino y del escarabajo...

—¡Mi querido Legrand! —exclamé interrumpiéndole—. Usted no está bien y debería tomar algunas precauciones. Váyase a la cama y me quedaré con usted por unos días, hasta que haya superado esto. Está calenturiento y...

—Tómeme el pulso —me pidió.

Se lo tomé y, a decir verdad, no noté ningún síntoma de fiebre.

—Pero puede usted estar enfermo aunque no tenga fiebre. Déjeme que le aconseje. Vaya primero a la cama. Después...

—Usted se equivoca —me interrumpió—. Estoy todo lo bien que podría esperar, teniendo en cuenta la excitación que estoy padeciendo. Si realmente quiere el bien para mí, deberá aliviar esta excitación.

—¿Y cómo se supone que lo debe hacer?

—Muy fácil. Júpiter y yo saldremos en una expedición a las colinas de la tierra firme y, para esta expedición, necesitaremos la ayuda de alguien en quien podamos confiar. Usted es la única persona en quien confiamos. Triunfemos o no, esta excitación que usted percibe en mí habrá terminado.

—Siento el deseo que ayudarle como sea —respondí—, pero, ¿me está diciendo que este insecto infernal tiene algo que ver con la expedición a las colinas?

—Sí.

—Entonces, Legrand, no podré participar de tan absurdo plan.

—Lo siento, lo siento mucho, pero deberemos intentarlo nosotros solos.

—¡Intentarlo ustedes solos! Este hombre está loco. ¡Espere! ¿Cuánto tiempo se proponen estar fuera?

—Tal vez toda la noche. Saldremos de inmediato y volveremos, como sea, al amanecer.

—¿Y me promete usted, por su honor, que cuando termine este capricho suyo y todo este asunto del escarabajo (¡Dios mío!) se haya resuelto, volverá a su casa y seguirá mis consejos como si fuera su médico?

—Sí, lo prometo. Y ahora, salgamos; no podemos perder más tiempo.

Acompañé a mi amigo, profundamente deprimido. Salimos alrededor de las cuatro: Legrand, Júpiter, el perro y yo. Júpiter llevaba la guadaña y las palas, que insistió en cargar, más por miedo —me pareció— de que estuvieran al alcance del amo que por diligencia o exceso de complacencia. Estaba muy malhumorado y las únicas palabras que pronunció durante todo el viaje fueron: «Ese maldito bicho...». Por mi parte, me hice cargo de un par de linternas, mientras Legrand se contentó con llevar al escarabajo, que colocó en el extremo de un hilo y que hacía dar vueltas mientras andaba, como si fuera un prestidigitador. Al ver esto último, prueba de la locura de mi amigo, casi no pude contener las lágrimas. Sin embargo, pensé que era mejor seguirle la corriente, por lo menos por el momento o hasta que pudiera adoptar medidas más enérgicas con alguna posibilidad de éxito. Mientras tanto, me dediqué, en vano, a tratar de averiguar el motivo de la expedición. Al haber logrado que le acompañara, no parecía querer conversar sobre temas de poca importancia y, como respuesta a todas mis preguntas, sólo me dijo: «¡Ya veremos!».

Cruzamos el arroyo al extremo de la isla por medio de un esquife y, remontando las colinas de la costa de la tierra firme, seguimos en dirección noroeste, por un sendero de campo excesivamente salvaje y desolado, donde no había rastros de huellas humanas. Legrand nos guiaba con gran decisión. Sólo se detenía un momento de cuando en cuando para consultar lo que parecían ser las marcas que había dejado con anterioridad.

De este modo, viajamos durante dos horas y el sol ya se estaba ocultando cuando entramos en la región más desolada que habíamos recorrido. Era una especie de meseta, cerca de la cumbre de una colina casi inaccesible, cuyas laderas presentaban una densa arboleda y estaban sembradas de enormes peñascos que parecían estar despegados del suelo y que no rodaban a los valles inferiores sólo porque los frenaban los troncos. Los profundos precipicios en todas direcciones daban a aquel escenario un aire aún más solemne.

La plataforma natural a la que habíamos trepado estaba cubierta de espesas zarzas, que no podríamos haber atravesado si no hubiéramos tenido la guadaña. Júpiter, a las órdenes de su amo, comenzó a abrir un sendero en dirección hacia un gigantesco tulípero, que se encontraba, junto con ocho o diez robles, a nivel más alto y sobrepasándolos a todos (y hubiera sobrepasado a cualquier otro) por la belleza de su follaje, por su forma, por la extensión de sus ramas y su imponente apariencia. Cuando llegamos a este árbol, Legrand se dirigió a Júpiter para preguntarle si podría treparlo. El viejo parecía un poco asombrado por la pregunta y no contestó durante unos momentos. Al final, se acercó al enorme tronco, caminó a su alrededor y lo examinó con mucho cuidado. Cuando hubo completado su inspección, sólo dijo:

—Sí, amo, Jup trepa cualquier árbol que haya visto en su vida.

—Entonces, sube lo antes posible, ya que más tarde estará muy oscuro para ver lo que buscamos.

—¿Hasta dónde tengo que trepar, amo? —preguntó Júpiter.

—Primero sube por el tronco principal y después te indicaré por dónde seguir y entonces... ¡Espera! Llévate el escarabajo.

—¿El bicho, amo Will? ¿El bicho de oro? —gritó el negro, retrocediendo—. ¿Para qué tengo que subir con el bicho? Maldito si lo hago...

—¡Cómo un negro grande como tú va a tener miedo, Jup, de llevar un inofensivo escarabajo muerto! Lo puedes llevar con el hilo, pero si no subes con él de alguna manera, me veré obligado a romperte la cabeza con esta pala.

—¿Qué pasa ahora, amo? —preguntó Jup, evidentemente avergonzado y dispuesto a hacer caso—. Siempre busca pelea con el pobre negro. Sólo estaba bromeando. ¡Cómo voy a tener miedo del bicho! ¿Qué me importa el bicho? —tomó cuidadosamente el extremo del hilo y, manteniendo el insecto tan lejos de su cuerpo como le era posible, se dispuso a trepar por el árbol.

El tulipero, o *Liriodendron Tulipiferum,* el más magnífico de los árboles americanos, cuando es joven, tiene un tronco especialmente liso y a menudo llega a una gran altura sin ramas laterales; pero cuando envejece, la corteza se vuelve irregular y rugosa, y van apareciendo pequeñas ramas en el tronco. De este modo, la dificultad de trepar era más aparente que real. Abrazando el ancho cilindro, todo lo que podía, con los brazos y las rodillas, buscando con las manos algunas ramas salientes y apoyando los pies descalzos sobre otras, Júpiter, después de estar a punto de caer una o dos veces, llegó por fin hasta la primera bifurcación y pareció considerar que había terminado con su cometido. En realidad, el riesgo había desaparecido, aunque ahora se encontraba a sesenta o setenta pies del suelo.

—¿Hacia dónde tengo que ir, amo Will? —preguntó.

—Sigue la rama más grande, la de este lado —dijo Legrand.

El negro obedeció rápidamente, pero con bastante dificultad. Subió más y más, hasta que no pudo ver su figura a través del denso follaje que le envolvía. Su voz sonó como el eco.

—¿Cuánto más tengo que subir?

—¿A qué altura estás? —preguntó Legrand.

—Nunca estuve más alto —respondió el negro—. Puedo ver el cielo a través de la cúspide del árbol.

—No importa el cielo, pero atiéndeme lo que te voy a decir. Mira hacia abajo y cuenta las ramas que tienes debajo de ti, desde este lado. ¿Cuántas ramas has pasado?

—Una, dos, tres, cuatro, cinco... Pasé cinco grandes ramas, amo, de este lado.

—Entonces, debes subir una rama más.

Unos minutos después volvió a oírse la voz que ahora anunciaba que había llegado a la séptima rama.

—Ahora, Jup —gritó Legrand, evidentemente muy excitado—. Ahora quiero que sigas por esa rama todo lo que puedas. Si ves algo extraño, dímelo.

A estas alturas ya no me quedaban dudas de que mi amigo estaba loco. No tenía más remedio que declararle demente y sentí ansiedad por llevarle de regreso a casa. Mientras pensaba qué era lo mejor que podía hacer, se oyó nuevamente la voz de Júpiter.

—Amo, tengo miedo de seguir por esta rama. Es una rama muerta.

—¿Has dicho que es una rama muerta, Júpiter? —gritó Legrand con la voz temblorosa.

—Sí, amo, muerta, y bien muerta. Acabada para siempre.

—Por todos los cielos, ¿qué hago? —preguntó Legrand, profundamente deprimido.

—¿Qué va a hacer? —aproveché la posibilidad de intercalar una frase—. ¡Pues puede volver a casa y acostarse! ¡Vamos, ahora mismo! Se hace tarde y, además, no olvide su promesa.

—¡Júpiter! —gritó sin prestarme la menor atención—. ¿Me oyes?

—Sí, amo, le oigo muy bien.

—Intenta cortar la madera con tu cuchillo para ver si está muy podrida.

—Podrida está, amo, estoy seguro —contestó el negro poco después—. Pero no tan podrida que tenga que parar aquí. Puedo intentar seguir un poco más si voy solo.

—¿Solo? ¿Qué quieres decir?

—Pues... el bicho. Es un bicho muy pesado. Si lo tiro, la rama no se romperá con el peso de un negro.

—¡Qué listo! —gritó Legrand, aparentemente muy aliviado—. ¿Qué tonterías estás diciendo? Si tiras el escarabajo, te retorceré el cuello, Júpiter, ¿me oyes?

—Sí, amo, no hace falta que le grite tanto al pobre negro.

—Bien, ahora escucha. Si te arriesgas a seguir un poco más por la rama y no dejas caer el escarabajo, en cuanto bajes te regalaré un dólar de plata.

—Ya estoy caminando, amo Will —respondió el negro, rápidamente—. ¡Ya llegué casi a la punta!

—¿Casi hasta la punta? —gritó Legrand—. ¿Dices que estás en la punta de ese rama?

—Falta poco, amo... ¡Oh...! Dios me ayude. ¿Qué es esto que hay en el árbol?

—Y bien —gritó Legrand muy contento—, ¿qué es lo que hay?

—¡Es... es una calavera! Alguien se olvidó la cabeza en el árbol y los cuervos comieron toda su carne.

—¿Una calavera? ¡Perfecto! ¿Cómo está sujeta a la rama?

—Voy a ver, amo... Es muy raro, amo, muy raro. Hay un clavo en la calavera, que la mantiene sujeta al árbol.

—Bueno, Júpiter, ahora te diré exactamente lo que tienes que hacer. ¿Me oyes?

—Sí, amo.

—Presta atención. Primero busca el ojo izquierdo de la calavera.

—¡Humm...! ¡Esto sí que es raro! ¡No tiene ojo a la izquierda!

—¡Imbécil! ¡El agujero donde estaba el ojo! ¿Oyes? ¿Sabes distinguir tu mano derecha de la izquierda?

—¡Ah, sí, amo! Claro que lo sé. La mano izquierda es la que uso para cortar leña.

—Perfecto, ya sé que eres zurdo. Bueno, el ojo izquierdo está del mismo lado que la mano izquierda. Ahora sabrás encontrar el ojo izquierdo del cráneo o el agujero donde antes estaba el ojo. ¿Lo encuentras?

Después de un largo silencio, por fin, el negro dijo:

—¿El ojo izquierdo de la calavera está del mismo lado que la mano izquierda de la calavera? ¡Pero si la calavera no tiene mano izquierda...! Bueno, no importa, ya tengo el ojo izquierdo... ¡Aquí está! ¿Y ahora qué hago?

—Pasa el escarabajo por él y déjalo caer hasta donde llegue el hilo... Ten cuidado de no soltar el extremo.

—Ya está, amo, Es muy fácil pasar el bicho por el agujero. Mire cómo baja...

Mientras hablaban, no se veía rastro de Júpiter. Sin embargo, al descender, apareció el escarabajo en el extremo del hilo y brilló como un globo de oro puro al rayo del sol poniente, que aún alcanzaba a iluminar la altura donde estábamos. El escarabajo colgaba debajo del nivel de las ramas y, si Júpiter lo hubiera soltado, habría caído a nuestros pies. Legrand tomó la guadaña y despejó un espacio circular de tres o cuatro yardas de diámetro, justo debajo del insecto. Cuando término de hacerlo, ordenó a Júpiter que soltara el hilo y bajara del árbol.

Clavó una estaca, con mucho cuidado, en el suelo, en el mismo sitio donde había caído el escarabajo. Luego extrajo del bolsillo una cinta métrica. Fijó un extremo de la cinta en la parte del tronco del árbol más cercana a la estaca. Después la estiró hasta tocar la estaca y siguió desenrollándola, siguiendo la dirección fijada por los dos puntos, hasta una distancia de cincuenta pies. Mientras tanto, Júpiter limpiaba el lugar con ayuda de la guadaña. En el punto así logrado clavó otra estaca y, a su alrededor, dibujó un imperfecto círculo de unos cuatro metros de diámetro. Luego Legrand tomó una pala, nos dio una a Júpiter y a mí, y nos pidió que caváramos lo más rápido posible.

A decir verdad, nunca me sentí muy inclinado a una tarea de este estilo y, en este momento en particular, habría dejado de hacerlo de buena gana, ya que se acercaba la noche y me sentía cansado de tanto ejercicio. Pero no vi ninguna vía de escape y tenía miedo de perturbar el equilibrio de mi pobre amigo si me negaba. Si hubiera contado con la ayuda de Júpiter, no habría dudado en intentar llevar al lunático por la fuerza; pero conocía demasiado bien al viejo para esperar que me ayudara, en cualquier circunstancia, a luchar contra su amo. No había ninguna duda de que este sufría la influencia de las innumerables supersticiones del Sur acerca del dinero enterrado y de que su fantasía había sido confirmada por el hallazgo del escarabajo o, tal vez, por la obstinación de Júpiter por insistir en que era un «bicho de oro de verdad». Una mente con tendencia a la demencia es claramente susceptible de dejarse arrastrar por estas sugestiones, en especial si estas coinciden con ideas preconcebidas. Después me vino a la mente el discurso del pobre hombre cuando dijo que el escarabajo era «la señal de la fortuna». Sobre todo, me sentía tristemente afectado y perplejo, pero decidí tomar las cosas lo mejor posible, seguir cavando con buena disposición y convencer lo antes posible al visionario, por comprobación visual, de la falsedad de sus pensamientos.

Cuando se encendieron las linternas, nos pusimos a trabajar con una dedicación digna de una causa más racional. Y, mientras la luz caía sobre nuestros cuerpos y nuestras herramientas, no podía dejar de pensar en el pintoresco cuadro que ofrecíamos y qué extrañas y sospechosas habrían parecido nuestras actividades a cualquiera que pasara casualmente por allí.

Seguimos cavando durante dos horas. Casi no hablamos y nos preocupaban especialmente los ladridos del perro, que se interesaba en nuestro trabajo. Finalmente, se volvió tan molesto que temimos que podría llamar la atención de quienes anduvieran por las inmediaciones; aunque, en realidad, el más inquieto era Legrand, ya que, por mi parte, me hubiera sentido muy contento de que algo interrumpiera la escena y tuviéramos que hacer volver a mi amigo a casa. Júpiter fue quien finalmente le acalló; salió del pozo muy resuelto y, con sus tirantes, hizo un bozal para cerrar la boca del animal. Luego volvió muy sonriente al trabajo.

Después de dos horas, ya habíamos llegado a una profundidad de cinco pies y no había señales de ningún tesoro. Luego hicimos una pausa y empecé a desear que la farsa hubiera terminado. Sin embargo, Legrand, aunque se mostraba muy desconcertado, se rascó la frente y volvió a empezar. Habíamos cavado todo el círculo de cuatro pies de diámetro, pasamos el límite y seguimos dos pies más de profundidad. No aparecía nada. El buscador de oro, por quien yo sentía pena, finalmente salió del pozo sin ocultar la amargura de la desilusión y comenzó lentamente a ponerse la chaqueta que se había quitado al empezar el trabajo. Mientras tanto, no hice ningún comentario. Obedeciendo a un gesto de su amo, Júpiter comenzó a recoger las herramientas. Cuando terminó, y después de quitar el bozal al perro, iniciamos, en un profundo silencio, el regreso a casa.

Habíamos recorrido apenas unos doce pasos, cuando Legrand gritó, corrió hacia Júpiter y le sujetó por el cuello. El sorprendido negro abrió enormemente los ojos y la boca, soltó las palas y se puso de rodillas.

—¡Bribón! —dijo Legrand, haciendo silbar las palabras entre sus dientes—. ¡Negro del infierno! ¡Maldito pícaro! ¡Habla! ¡Dime ahora mismo y no sueltes una tontería! ¿Cuál... cuál es tu ojo izquierdo?

—¡Oh, Dios! Amo..., ¿no es este mi ojo izquierdo? —rogó el aterrado Júpiter, mientras con la mano se tapaba el ojo derecho y la mantenía en esa posición desesperadamente, temiendo que el amo se lo arrancase.

—¡Lo sabía! ¡Lo sabía! ¡Hurra! —gritó Legrand, soltando al negro y dando vueltas y cabriolas, que sorprendieron enormemente a Júpiter, quien, poniéndose en pie, miraba mudo primero a su amo y después a mí, alternativamente.

—¡Vengan! Tenemos que regresar —dijo el amo—. ¡El juego no ha terminado todavía!

Y nos condujo nuevamente hacia el árbol.

—Júpiter —dijo cuando llegamos al pie del árbol—. Ven aquí. ¿El cráneo estaba fijado a la rama con la cara hacia afuera o con la cara hacia la rama?

—Hacia afuera, amo, y así fue como los cuervos comieron sus ojos sin problema.

—Bueno, entonces, ¿era este ojo o aquel a través del cual dejaste caer el escarabajo? Legrand tocaba cada uno de los ojos de Júpiter.

—Fue este, amo, el ojo izquierdo, como usted me dijo —y el negro señalaba su ojo derecho.

—Suficiente. Debemos intentarlo de nuevo.

Mi amigo, cuya demencia ahora presentaba ciertos rasgos de arrebato, extrajo la estaca que señalaba el punto donde había caído el escarabajo y la colocó a unas tres pulgadas hacia el oeste. Después, estiró la cinta métrica desde el punto más cercano del tronco hasta la estaca, como antes, y, continuando en línea recta hasta una distancia de cincuenta pies, señaló un sitio alejado varias yardas desde el punto donde habíamos estado cavando.

En este nuevo punto, Legrand trazó un círculo un poco más grande que el anterior y nos pusimos a trabajar con las palas. Yo estaba agotado, pero casi sin entender qué cambió mi forma de pensar, ya no sentía aversión por el trabajo que debíamos realizar. Me sentí inexplicablemente interesado, hasta algo excitado. Tal vez había algo en la extravagante conducta de Legrand, algo de premonición o de seguridad, que me impresionaba. Cavé con ansiedad y me encontré buscando, con expectación, ese tesoro que había ocupado la mente de mi desafortunado amigo. En el momento en que estos delirios se apoderaban más de mí, y cuando habíamos estado trabajando durante una hora y media, nuevamente nos interrumpieron los violentos aullidos del perro. Al principio su inquietud había sido, evidentemente, el resultado de un capricho o un juego, pero ahora tenía un tono más amargo y serio. Cuando Júpiter trató de ponerle el bozal, se resistió con furia y, saltando al agujero, cavó frenéticamente la tierra con sus patas. Pocos segundos después, ponía al descubierto una masa de huesos humanos que formaban dos esqueletos completos entre los cuales se veían botones metálicos y algunos restos aparentes de lana podrida. Al golpear una o dos veces con la pala, sacamos a la superficie un ancho cuchillo español. Seguimos cavando y descubrimos tres o cuatro monedas de oro y plata.

Al verlas, Júpiter no pudo contener su alegría, pero la expresión del rostro de su amo era de profunda decepción. Sin embargo, nos pidió que siguiéramos cavando y, en cuanto terminó de decirlo, me tropecé y caí hacia adelante, al enganchar la punta de mi bota en una anilla de hierro semienterrada en la tierra removida.

Seguimos trabajando con fervor y debo decir que nunca pasé diez minutos de más intenso entusiasmo. Durante este tiempo, habíamos desenterrado un cofre de madera oblonga que, a juzgar por su excelente estado de conservación y maravillosa firmeza, habría sido sometida a algún proceso de mineralización, probablemente con ayuda de bicloruro de mercurio. El cofre tenía tres pies y medio de largo, tres pies de ancho y dos pies y medio de profundidad. Estaba firmemente asegurado con bandas de hierro forjado, que formaban una especie de enrejado sobre todo el cofre. A cada lado, cerca de la tapa, había tres anillos de hierro, seis en total, por medio de los cuales seis personas podían levantarlo con firmeza. Nuestros esfuerzos combinados sólo sirvieron para mover levemente el cofre en su lecho de tierra. De pronto, vimos que era imposible mover semejante peso. Por suerte, la tapa no estaba sujeta más que por dos pasadores. Los corrimos, temblando y jadeando de ansiedad. En un momento, un tesoro de incalculable valor apareció brillando delante de nuestra vista. Cuando los rayos de las linternas cayeron sobre él, hicieron brotar un confuso montón de oro y joyas que nos cegaron.

No intentaré describir los sentimientos que me invadieron. Por supuesto, la sorpresa predominaba. Legrand parecía agotado con tanta excitación y pronunció muy pocas palabras. Durante unos instantes, la cara de Júpiter se volvió tan pálida como puede estarlo un negro. Parecía estupefacto, como si lo hubiera fulminado un rayo. En ese momento, cayó de rodillas y enterró en el oro sus brazos desnudos y hasta los codos, y los dejó allí un rato, como si disfrutara del lujo de un baño. Finalmente, suspiró y exclamó, como si hablara consigo mismo:

—¡Y todo esto viene del bicho de oro! ¡El maldito bicho de oro! ¡El pobre bicho de oro, al que tan mal traté! ¿No te avergüenzas de ti mismo, negro? ¡Contesta!

Finalmente, se hizo necesario advertir tanto al amo como al criado de la conveniencia de transportar el tesoro. Se estaba haciendo tarde y nos llevaría mucho trabajo llevar todo a la casa antes del amanecer. Era difícil decir qué hacer y tardamos mucho tiempo en decidirlo, ya que todos teníamos las ideas muy confusas. Por fin, aligeramos el cofre quitando dos tercios de su contenido y así pudimos, con bastante dificultad, levantarlo del pozo. Depositamos los objetos que quitamos entre las zarzas y dejamos al perro para cuidarlos, con estrictas órdenes de Júpiter de que no se moviera del lugar ni abriera la boca hasta que volviéramos. Llevamos rápidamente el cofre a casa y llegamos, después de grandes esfuerzos, a la una de la madrugada. Agotados como estábamos, no era humano seguir de inmediato. Descansamos hasta las dos, cenamos y volvimos a salir hacia las colinas, con tres sacos fuertes que, afortunadamente, encontramos en la cabaña. Poco antes de las cuatro, llegamos al pozo, dividimos el resto del botín en partes iguales entre los tres y, dejando el pozo al descubierto, volvimos a casa, donde llegamos con nuestras cargas doradas cuando comenzaban a asomar en el este las primeras luces del alba, entre las copas de los árboles.

Estábamos extenuados, pero la excitación del momento no nos permitió descansar. Después de un sueño intranquilo de tres o cuatro horas, nos levantamos, como si nos hubiéramos puesto de acuerdo, para examinar el tesoro.

El cofre estaba lleno hasta el borde y pasamos el día entero y gran parte de la noche siguiente en investigar el contenido. Nada estaba en orden. Todo había sido amontonado sin cuidado. Clasificamos los objetos y nos encontramos frente a una riqueza mucho mayor de lo que habíamos supuesto. En monedas, había más de cuatrocientos cincuenta mil dólares, calculando el valor de las piezas, con tanta exactitud como nos fue posible, teniendo en cuenta las tablas de valores de la época. No había una sola partícula de plata. Era todo oro antiguo y de gran variedad: francés, español y alemán, junto con algunas guineas inglesas y algunas monedas de las cuales nunca habíamos visto un ejemplar. Había varias monedas muy grandes y pesadas, tan gastadas que no podíamos leer las inscripciones. No se trataba de dinero americano. El valor de las joyas era más difícil de calcular. Había diamantes, algunos de ellos extremadamente grandes y delicados, ciento diez en total, y ni uno de ellos era pequeño; dieciocho rubíes de notable brillo; trescientas diez esmeraldas, todas preciosas; veintiún zafiros y un ópalo. Las piedras habían sido arrancadas de sus monturas y arrojadas al cofre sueltas. Las monturas que encontramos entre el resto del oro, parecían haber sido golpeadas con martillos, como para evitar ser identificadas. Además, había una gran cantidad de adornos de oro macizo; casi doscientos anillos y pendientes; ricas cadenas, treinta, creo; ochenta y tres crucifijos muy grandes y pesados; cinco incensarios de gran valor; una increíble ponchera, adornada con hojas cinceladas y figuras báquicas; dos puños de espada, finamente trabajados, y una gran cantidad de objetos más pequeños que ahora no recuerdo. El peso de estos valores excedía las trescientas cincuenta libras. Y en esta estimación no he contado ciento noventa y siete relojes de oro magníficos, tres de ellos por un valor, cada uno, de quinientos dólares. Muchos de ellos eran muy antiguos y no tenían valor como relojes, ya que la máquina había sufrido la corrosión, pero todos eran ricas joyas y estaban guardados en cajas de gran valor. Calculamos el contenido total del cofre, esa noche, en un millón y medio de dólares, y, cuando más tarde liquidamos dijes y joyas (guardando algunas para nuestro uso personal), descubrimos que la estimación del valor del tesoro había quedado muy por debajo de la realidad.

Por fin, cuando terminamos el examen y quedó, en cierto modo, apagada la intensa excitación del momento, Legrand, que vio que me moría de impaciencia por encontrar una solución a este extraordinario enigma, inició a detallar todas las circunstancias relacionadas con él.

—Recordará —dijo— la noche en que le entregué el boceto que hice del escarabajo. También recordará que me quedé perplejo por su insistencia en que mi dibujo parecía una calavera. Cuando usted hizo esta aseveración, pensé que estaba de broma; pero después recordé las peculiares manchas que había al dorso del insecto y admití que su observación tenía algún fundamento. Sin embargo, sus comentarios irónicos me habían irritado, ya que me considero un buen artista, y, por tanto, cuando me devolvió el trozo de pergamino, traté de arrugarlo y tirarlo al fuego.

—Se refiere al trozo de papel —dije.

—No. Parecía papel y al principio pensé que eso era, pero cuando me puse a escribir sobre él descubrí, de repente, que era un trozo de delgado pergamino. Estaba un poco sucio, como usted recordará. Bien, cuando estaba a punto de arrugarlo, mi vista recayó sobre el boceto que usted había estado mirando y puede imaginar mi sorpresa cuando me di cuenta de que, en realidad, allí se veía una figura de una calavera exactamente donde, según mi parecer, yo había dibujado un escarabajo. Por un momento, me sentí demasiado perplejo para pensar con exactitud. Sabía que mi dibujo era muy diferente de este, aunque se podían distinguir ciertas similitudes en el aspecto general. Luego tomé una vela y me senté en el otro extremo del salón. Comencé a examinar el pergamino más de cerca. Al darlo la vuelta, vi mi propio dibujo al dorso, exactamente como yo lo había dibujado. Mi primera idea fue de mera sorpresa por la notable similitud de diseño, por la especial coincidencia del hecho de que, aunque lo desconocía, debería haber un cráneo del otro lado del pergamino, inmediatamente debajo de la figura del escarabajo, y que este cráneo, no sólo en diseño sino en tamaño, se pareciera tanto a mi dibujo. Quiero decir que la particularidad de esta coincidencia me dejó estupefacto durante un rato. Este es el efecto normal de estas coincidencias. La mente lucha por establecer una relación, una secuencia de causa y efecto, y al no poder hacerlo sufre una especie de parálisis temporal. Pero, cuando me recuperé de este estupor, me invadió una convicción que me sorprendió aún más que la coincidencia. Sin duda, empecé a recordar que no había ningún dibujo sobre el pergamino cuando hice mi boceto del escarabajo. Estaba seguro de ello, ya que recordaba que había dado vuelta el pergamino varias veces buscando la parte más limpia. Si la calavera hubiera estado allí, sin duda la habría visto. Aquí estaba el misterio que me pareció imposible explicar, pero aun en ese primer momento pareció brillar, levemente, en lo más remoto y secreto de mi inteligencia, como una luciérnaga mental, la verdad que la aventura de anoche nos demostró. Me levanté y, guardando el pergamino, descarté otros pensamientos hasta que me encontrara solo. Cuando usted se fue y Júpiter se durmió, me dediqué a una investigación más metódica del asunto. En primer lugar, consideré el modo en el cual el pergamino había llegado a mi poder. El sitio donde encontramos el escarabajo estaba en la costa de la tierra firme, a una milla hacia el este de la isla y a poca distancia del nivel de la marea alta. Cuando lo atrapé, me mordió con fuerza, lo que hizo que se me cayera de las manos. Júpiter, con su habitual cuidado, antes de agarrar al insecto, que había volado hacia él, buscó una hoja o algo así para apoderarse del bicho con cierta seguridad. En ese momento, sus ojos y los míos descubrieron el trozo de pergamino, que entonces creí que era un papel. Estaba medio enterrado en la arena y sólo asomaba una esquinita. Cerca del sitio donde lo encontramos, reparé en los restos de la quilla de una embarcación que debió ser el bote de un barco. Los restos daban la impresión de haber estado allí durante mucho tiempo, porque apenas podía verse la forma primitiva de las maderas. Júpiter recogió el pergamino, envolvió con él al escarabajo y después me lo entregó. Poco después, nos dirigimos a casa y nos encontramos con el teniente G... Le enseñé el escarabajo y me pidió que se lo prestara para llevarlo al fuerte. Se lo di y lo puso directamente en el bolsillo de su chaleco, sin el pergamino en el que había sido envuelto y que yo seguía teniendo en la mano mientras él examinaba el insecto. Tal vez temiera que yo cambiara de idea y pensó que era mejor asegurarse... Usted sabe lo entusiasta que es de todos los temas relacionados con la historia natural. Al mismo tiempo, sin ser consciente de ello, debí haber guardado el pergamino en mi propio bolsillo. Usted recordará que, cuando me dirigí a la mesa para hacer el dibujo del escarabajo, no encontré papel en el lugar habitual. Miré en el cajón y tampoco había allí. Busqué en mis bolsillos, como buscando una carta vieja, cuando mi mano halló el pergamino. Con tanto detalle le cuento la forma exacta en que llegó a mi poder, ya que me impresionó de forma especial. Usted creerá que fantaseo, pero ya había establecido algo así como una conexión. Había unido dos eslabones de una gran cadena. Había un barco cerca de la costa y no muy lejos de allí había un pergamino, no un papel, con una calavera dibujada. Por supuesto, se preguntará cuál es la conexión. Y yo le contesto que el cráneo o la calavera es el emblema reconocido de los piratas. La bandera con la calavera se iza en todos los combates. Dije que lo que encontramos era pergamino, no papel. El pergamino dura, es casi imperecedero. Casi nunca se conectan asuntos de poca importancia con el pergamino, ya que para escribir o dibujar no se adapta tan bien como el papel. Esta reflexión me sugirió algún significado, algo importante, en la calavera. No dejé de observar, además, la forma del pergamino. Aunque una de sus puntas se había destruido, por accidente, podía verse que su forma original era oblonga. Era un trozo de pergamino que podría haberse elegido para escribir un documento importante, algo que debía ser recordado mucho tiempo y con mucho cuidado.

—Pero —intervine— usted dice que el cráneo no estaba en el pergamino cuando usted dibujó el escarabajo. ¿Cómo puede establecer una conexión entre el barco y la calavera, si, como usted mismo admite, la calavera debe haber sido dibujada (Dios sabe cómo o por quién) en algún momento posterior al instante en que usted dibujó el escarabajo?

—Ahí reside todo el misterio, si bien el secreto, en este punto, no tiene para mí mayor dificultad. Iba por el buen camino y no podría llegar sino a un solo resultado. Por ejemplo, pensé lo siguiente: Cuando dibujé el escarabajo, no aparecía ninguna calavera sobre el pergamino. Cuando completé el dibujo, se lo entregué a usted y lo estuve observando detenidamente hasta que me lo devolvió. Por tanto, usted no dibujó el cráneo, como tampoco lo hizo ninguno de los presentes.

Entonces no fue realizado por ningún agente humano. Y, no obstante ello, fue realizado. A esta altura de mis reflexiones, intenté recordar y recordé con perfecta claridad cada incidente ocurrido en el período en cuestión. Hacía frío (¡extraño y feliz accidente!) y habíamos encendido el fuego en el hogar. El ejercicio me había hecho entrar en calor y me senté cerca de la mesa. Sin embargo, usted había acercado su silla a la chimenea. En el momento en que le entregué el pergamino, y mientras usted intentaba inspeccionarlo, entró *Wolf,* mi terranova, y le saltó a los hombros. Usted lo acarició con la mano izquierda y lo alejó, mientras su mano derecha, que sostenía el pergamino, colgaba entre sus rodillas cerca del fuego. En un momento pensé que el fuego lo había alcanzado y estaba a punto de alertarle, pero antes de hacerlo, usted había retirado la mano y comencé la inspección. Cuando consideré estos detalles, no dudé ni un momento que había sido el calor el agente que había hecho surgir en el pergamino el cráneo que vi dibujado en él. Usted sabe muy bien que existen y han existido, desde siempre, preparados químicos con los que se puede escribir sobre papel o pergamino, sin que se pueda ver lo que se ha escrito a menos que se lo someta a la acción del fuego. Se utiliza a menudo azufre diluido en agua regia mezclado con cuatro veces su peso en agua. El resultado es una coloración verde. El régulo de cobalto, disuelto en esencia de salitre, produce un color rojo. Estos colores desaparecen un tiempo después de la escritura, pero aparecen nuevamente al aplicar calor. Entonces inspeccioné la calavera con cuidado. Los bordes externos, los bordes del dibujo más cercanos al borde del pergamino, eran mucho más precisos que los otros. Está claro que la acción del calor había sido imperfecta o desigual. Inmediatamente encendí un fuego y sometí el pergamino en su totalidad al calor. Primero, sólo noté que las líneas más suaves del dibujo se reforzaban. Pero, al seguir con el experimento, apareció, en la esquina del pergamino, en diagonal a la mancha donde estaba dibujada la calavera, una figura que me pareció una cabra. Sin embargo, al mirarlo más de cerca, reconocí que se trataba de un cabrito.

—¡Bueno, bueno! —dije—. Seguro que no tengo derecho a reírme de usted, ya que un millón y medio en dinero es un asunto demasiado serio como para hacer bromas, pero no irá usted a buscar el tercer eslabón de la cadena. No será posible establecer ninguna conexión entre los piratas y la cabra. Como sabe, los piratas no tienen nada que ver con las cabras. Pertenecen al campo de interés de los granjeros.

—Pero acabo de decirle que el dibujo no correspondía a una cabra.

—Bueno, un cabrito, entonces, que es casi lo mismo.

—Casi, pero no del todo —dijo Legrand—. Usted habrá oído hablar de un tal capitán Kidd[18]. Enseguida pensé que la figura del animal era una especie de firma jeroglífica o simbólica. Y digo firma, porque su sitio en el pergamino me sugirió esta idea. Del mismo modo, la calavera dibujada en la esquina opuesta parecía un sello, un símbolo estampado. Pero me desconcertó que no hubiera nada más, que no hubiera un cuerpo de mi supuesto documento, el texto en sí.

—Supongo que usted esperaba encontrar una carta entre un sello y una firma.

—Algo así. El hecho es que me impresionó el presentimiento de que se acercaba la buena fortuna. No puedo explicar por qué. Tal vez fuera el deseo más que la absoluta creencia, pero, ¿sabe usted que las palabras tontas de Júpiter cuando dijo que el insecto era de oro macizo tuvieron un notable efecto en mi imaginación? Y después toda esa serie de accidentes y coincidencias. ¡Era todo tan extraordinario! ¿Ve usted cómo un simple accidente fue lo que hizo que este día, el único día del año en el que hizo suficiente frío como para encender el fuego y que, sin el fuego o sin la entrada del perro en el momento exacto en que apareció, nunca me hubiera dado cuenta de que había una calavera dibujada y, por tanto, nunca hubiera llegado a mi poder este tesoro?

—Pero continúe usted. Estoy impaciente.

—Bien. Seguro que ha escuchado hablar de muchas historias y vagos rumores sobre tesoros enterrados por Kidd y sus compañeros en la costa del Atlántico. Estos rumores deben tener algún fundamento. Y los rumores han existido por tanto tiempo y con tanta continuidad que empecé a pensar que el tesoro continuaba enterrado. Si Kidd hubiera escondido por un tiempo los frutos de sus andanzas para recuperarlos tiempo después, es difícil que los rumores hubieran llegado a nosotros sin grandes cambios. Usted podrá ver que las historias que se cuentan versan sobre buscadores de dinero y no sobre los que lo encuentran. Si el pirata hubiera recuperado su dinero, el tema hubiera perdido actualidad. Me pareció que algún accidente, como por ejem-

---

[18]   Cabrito, en inglés, se dice *Kid*. *(N. del T.)*

plo la pérdida de un documento que indicara su localización, no le habían permitido conocer el medio de recuperarlo y que este accidente era conocido por sus seguidores, quienes de otro modo nunca habrían sabido que el tesoro había sido escondido y quienes, sin haber conseguido recobrarlo, habían dado origen, y después actualidad universal, a los informes que ahora se conocen. ¿Ha oído decir alguna vez que se haya desenterrado algún tesoro importante en la costa?

—Nunca.

—Pues bien, se sabe que los tesoros acumulados por Kidd eran inmensos. Por tanto, di por hecho que aún estaban enterrados y no le sorprenderá que le diga que tuve la esperanza, casi la certeza, de que ese pergamino que encontramos de un modo tan extraño contenía un documento perdido sobre la localización.

—Pero, ¿cómo procedió usted?

—Acerqué nuevamente el pergamino al fuego, después de aumentar el calor, pero no apareció nada. Pensé que era posible que la capa de suciedad podría tener algo que ver con el error. Entonces limpié cuidadosamente el pergamino, vertiendo agua caliente. Después, lo coloqué en una fuente de hojalata con el dibujo de la calavera hacia abajo y puse la fuente sobre las brasas del carbón. En unos minutos, cuando la fuente se había calentado por completo, quité el pergamino y con mucha alegría lo vi manchado en varias partes con lo que parecían ser números alineados. Nuevamente, lo coloqué en la fuente y tuve que esperar otro minuto. Al quitarlo, todo estaba como usted lo ve ahora.

Ahora Legrand, después de recalentar el pergamino, me lo dio para que lo inspeccionara. Aparecían los siguientes caracteres, toscamente trazados en rojo, entre la calavera y la cabra:

53‡‡†305))6*;4826)4‡);806*;48†8¶60))85;I‡‡(;”‡*8†83(88)5*†;46 (;88*96*?;8)*‡(;485);5*†2:*‡(;4956*2(5*—4)8¶8*;4069285);)6‡8) 4‡‡;I(‡9;48o8I;8:8‡I;48†85;4)485†528806*8I(‡9;48:(88;4(‡?34;48) 4‡;I6I;:I88;‡?;

—Pero —dije, devolviéndole el pergamino— me quedo a oscuras como antes. Si las joyas de Golconda hubieran tenido que esperar mi solución a este enigma, estoy seguro de que no habría podido conseguirlas.

—Sin embargo —dijo Legrand—, la solución no es tan difícil como usted podría imaginar al ver de una primera ojeada los caracteres. Verá usted que estos forman una cifra, es decir, que encierran un sentido. Pero, por lo que se sabe de Kidd, no podía imaginarlo capaz de emplear las criptografías más difíciles. De repente, me convencí de que era sencillo, pero que para la torpe inteligencia de un marino resultaba absolutamente indescifrable sin tener la clave.

—¿Y de verdad lo resolvió usted?

—Muy fácilmente. He resuelto otros de una dificultad diez mil veces mayor. Las circunstancias y cierta tendencia personal me han llevado a interesarme por estos enigmas y dudo que el ingenio humano pudiera construir un enigma de este tipo, que el ingenio humano no pudiera descifrar si se lo propone. De hecho, una vez que puse en orden legible esos caracteres, no me preocupó demasiado la dificultad de descubrir su significado. En este caso, y en todos los casos de escritura secreta, la primera pregunta concierne al lenguaje de la cifra, ya que los principios de solución, especialmente cuando se refieren a las cifras más sencillas, dependen de las características del idioma. En general, la única alternativa pasa por experimentar (siguiendo las probabilidades) todas las lenguas que conoce quien intente la solución, hasta llegar a la verdad que se busca. Pero, con la cifra que tenemos delante de nuestros ojos, toda dificultad desapareció con la firma. El juego de palabras acerca de «Kidd» se aprecia sólo en inglés. Si no hubiera sido por esta consideración, habría empezado por el español y el francés, ya que estos eran los idiomas en los que normalmente se escribían estos mensajes secretos si provenían de un pirata de los mares españoles. Por tanto, entendí que la criptografía estaba escrita en inglés. Como ve, no hay divisiones entre las palabras. De haber existido estas divisiones, la tarea habría sido comparativamente fácil. En ese caso, habría comenzado por cotejar y analizar las palabras más cortas y, si hubiera aparecido una palabra de una sola letra (como *a* o *I*, es decir *uno* o *yo*), habría considerado la solución como asegurada. Pero al no existir divisiones, mi primer paso fue determinar cuáles eran las letras menos frecuentes. Al contar todas ellas, construí la siguiente tabla:

Del carácter	8	hay	33
"	;	"	26
"	4	"	19
"	‡)	"	16
"	*	"	13
"	5	"	12
"	6	"	11
"	†I	"	8
"	o	"	6
"	92	"	5
"	:3	"	4
"	?	"	3
"	¶	"	2
	—.	"	1

En inglés, la letra que más se utiliza es la *e*. Después, la lista es la siguiente: *o i d h n r s t u y c f g l m w b p q x z*. Predomina la *e*, tanto que existen pocas oraciones en las que esta letra no sea el carácter predominante. Así tenemos el comienzo del fundamento de algo más que una mera adivinanza. El uso general que puede hacerse de la tabla es obvio, pero, en esta cifra en particular, necesitamos esta ayuda de forma muy parcial. Como nuestro carácter predominante es el «8», comenzaremos por asumir que era la *e* de nuestro alfabeto. Para verificar esta suposición, observemos si el «8» aparece doble, ya que la *e* aparece doble en inglés, en palabras como *meet, fleet, speed, seen, been, agree,* etc. En este caso, la vemos doble no menos de cinco veces, a pesar de la brevedad de la criptografía.

Asumimos, pues, que el «8» es la *e*. Ahora bien, de todas las palabras, la más frecuente es *the*. Veamos entonces si hay otras repeticiones de tres caracteres en el mismo orden, cuando el último es un «8». Si descubrimos repeticiones de dichas letras así ordenadas, es muy probable que representen la palabra *the*. Al investigar, vemos no menos de siete de estas secuencias con los caracteres «;48». Por tanto, podemos inferir que «;» representa a la *t*, «4» representa a la *h* y «8» representa la *e,* y así queda conformada esta última. Hemos dado un importante paso.

Pero, habiendo establecido una sola palabra, podemos establecer un punto muy importante, es decir, varios comienzos y terminaciones de otras palabras. Por ejemplo, si nos referimos a la penúltima vez en que aparece la combinación «;48», no muy lejos del fin de la cifra. Sabemos que el «;» que sigue inmediatamente es el comienzo de una palabra y de los seis caracteres que siguen a este *the* vemos no menos de cinco. Escribamos los caracteres con las letras que sabemos que representan, dejando un espacio para el que desconocemos:

t eeth.

Aquí podemos afirmar que las letras *th* no forman parte de la palabra que empieza con la primera *t,* ya que, luego de probar todo el alfabeto para adaptar una letra al espacio libre, convenimos en que es imposible formar una palabra de la cual dichas *th* formen parte. Por tanto, nos quedamos con

t ee,

y, repasando otra vez el alfabeto, llegamos a la palabra *tree* (árbol) como posible lectura. Así ganamos otra letra, la *r,* representada por «(,» con las palabras *the tree* (el árbol) en yuxtaposición.

Pasando estas palabras, muy cerca, vemos nuevamente la combinación «;48», que empleamos como para terminar lo que precede. Tenemos así:

the tree ;4(‡?34 the

o, reemplazando los signos por las letras correspondientes que conocemos,

the tree thr‡?3h the.

Ahora si, en lugar de los caracteres desconocidos, dejamos espacios en blanco o reemplazamos por puntos, podemos leer:

the tree thr... h the,

donde se adivina la palabra *through* (a través). Y este nuevo descubrimiento nos da tres nuevas letras: *o, u* y *g,* representadas por «‡?» y «3».

Al observar con cuidado la cifra, buscando combinaciones conocidas de caracteres, encontramos, cerca del principio, la siguiente secuencia:

83(88, o sea *egree,*

que, sin duda, es el final de la palabra *degree* (grado) y nos descubre otra letra, la *d,* representada por «†».

Cuatro letras después de la palabra *degree,* vemos la combinación

;(48;88

Al traducir los caracteres conocidos y representar los desconocidos con puntos, como antes, leemos:

th rtee

una combinación que nos sugiere inmediatamente la palabra *thirteen* (trece), y tenemos otros dos caracteres, *i* y *n,* representados por «6» y «*».

Al referirnos al comienzo de la criptografía, encontramos la combinación

53‡‡†

Al traducir, como antes, obtenemos:

good

que nos asegura que la primera letra es una *A,* y así las dos primeras palabras son *A good* (un buen, una buena).

Ahora podemos ordenar nuestra clave, a partir de lo que hemos descubierto, en forma de tabla, para evitar confusión. Sería la siguiente:

5	representa la	*a*
†	"	*d*
8	"	*e*
3	"	*g*
4	"	*h*
6	"	*i*
*	"	*n*
‡	"	*o*
(	"	*r*
;	"	*t*

Por tanto, tenemos no menos de diez de las letras más importantes representadas y no será necesario continuar con los detalles de la solución. He dicho lo suficiente como para convencerle a usted de que las cifras de este tipo son fáciles de resolver y como para hacerle entender el fundamento de esta idea. Pero tenga claro que esto que tenemos delante pertenece a una clase muy sencilla de criptografía. Sólo queda darle la traducción completa de los caracteres que hay en el pergamino, sin enigma. Es así:

«Un buen vidrio en el hotel del obispo en la silla del diablo cuarenta y un grados trece minutos nor-nordeste tronco principal séptima rama lado este tirad del ojo izquierdo de la cabeza del muerto una línea de abeja del árbol a través del tiro cincuenta pies afuera».

—Pero todavía estoy igual que antes con respecto al enigma —dije—. ¿Cómo se puede encontrar un significado a todo esto de «la silla del diablo», «la cabeza del muerto» y «hotel del obispo»?

—Confieso —respondió Legrand— que el asunto todavía es difícil si se lo mira por encima. Mi primera idea era dividir la oración según la división natural sugerida por quien hizo la criptografía.

—¿Quiere decir puntuarla?

—Algo por el estilo.

—Pero, ¿cómo era posible?

—Reflexioné que era un punto a favor del escritor haber puesto las palabras sin división, como para aumentar la dificultad de su solución. Ahora bien, un hombre no muy listo, al perseguir este objetivo, podría exagerar. Cuando, en la composición, llegara a un corte que requiriera naturalmente una pausa o un punto, tendería a poner más signos de los que habitualmente lleva un texto. Si usted observa el mensaje, en este caso, podrá detectar cinco casos de exageración. Teniendo esta pista, realicé la siguiente división: «Un buen vidrio en el hotel del obispo en la silla del diablo —cuarenta y un grados trece minutos— nor-nordeste tronco principal séptima rama lado este —tirad del ojo izquierdo de la cabeza del muerto una línea de abeja del árbol a través del tiro cincuenta pies afuera».

—Esta división también me deja a oscuras.

—También me pasó a mí durante algunos días —respondió Legrand—. Durante esos días, investigué en las cercanías de la isla de Sullivan para ver si encontraba un edificio conocido con el nombre de Hotel del Obispo. Como no conseguí averiguar nada al respecto, pensé en extender mi área de acción y actuar de forma sistemática, cuando una mañana recordé de repente que este «hotel del obispo» podía referirse a una antigua familia llamada Bessop, que, desde mucho tiempo atrás, posee una casa de veraneo a unas cuatro millas de las plantaciones. Volví a mis averiguaciones al norte de la isla y me dirigí hacia allí para hablar con los negros más viejos de las plantaciones. Finalmente, una mujer muy mayor me dijo que había oído hablar de un sitio llamado *Bessop's Castle* (castillo de Bessop) y que me podía guiar hasta allí, pero que no era ningún castillo ni hotel, sino una gran roca. Ofrecí pagarle por sus molestias y, después de dudar un poco, decidió acompañarme hasta el lugar. Lo encontramos sin mucha dificultad y, dejándola de lado, empecé a investigar el lugar. El «castillo» era un grupo irregular de acantilados y rocas, una de las cuales era muy imponente por su altura y por su apariencia artificial y aislada. Trepé hasta su cima y me sentí desconcertado acerca de cuál sería el próximo paso. Mientras pensaba, mis ojos encontraron un estrecho saliente en la parte oriental de la roca, más o menos a una yarda desde donde me encontraba. Este saliente se proyectaba unas dieciocho pulgadas y no tenía más de un pie de ancho; un hueco del acantilado, justo encima de él, le daba un aspecto tosco, parecido a una de esas sillas con respaldo cóncavo usadas por nuestros antepasados. No tuve duda de que se trataba de la «silla del diablo» a la que se refería el mensaje y ahora creí haber encontrado la solución a todo el secreto del enigma. Sabía que el «buen vidrio» podía referirse sólo a un telescopio, ya que la palabra «vidrio» rara vez se usa con otro significado entre los hombres del mar. Debía usar un telescopio y desde un sitio determinado, sin admitir otra posibilidad. Tampoco dudé que las frases «cuarenta y un grados y trece minutos» y «nordeste por el norte» eran indicaciones para la nivelación del telescopio. Muy entusiasmado por estos descubrimientos, me dirigí rápidamente a casa, busqué un telescopio y regresé a la roca. Me deslicé por la cornisa y vi que sólo en una posición podía mantenerme sentado. Esto confirmó mi idea preconcebida. Decidí utilizar el telescopio. Por supuesto, los «cuarenta y un grados y trece minutos» sólo podían referirse a la elevación sobre el horizonte visible, ya que el sentido horizontal estaba claramente indicado por las palabras «nordeste y norte». Establecí esta última dirección con la ayuda de una brújula de bolsillo; después, apuntando con el telescopio lo más cerca posible de un ángulo de cuarenta y un grados de elevación, lo moví con cuidado hacia arriba y hacia abajo hasta que me llamó la atención un orificio en la copa de un árbol que sobrepasaba a todos los demás desde la distancia. En el centro de esta copa vi un punto blanco, pero no podía distinguir qué era. Ajusté el foco del telescopio y miré nuevamente, hasta que descubrí que se trataba de un cráneo humano. Al descubrir esto, me alegré tanto que consideré resuelto el enigma, ya que la frase «tronco principal, séptima rama, lado este» sólo podía referirse a la posición del cráneo en el árbol, mientras que «tirad del ojo izquierdo de la cabeza del muerto» no admitía a su vez más que una interpretación, en relación con la búsqueda de un tesoro escondido. Comprendí que se trataba de dejar caer una bala desde el ojo izquierdo del cráneo y la línea de abeja o, en otras palabras, la línea recta, dibujada desde el punto más cercano del tronco a través del «disparo» (o el lugar donde la bala caía) y siguiendo hasta una distancia de cincuenta pies, indicaría un punto determinado, y debajo de este punto pensé que sería al menos posible que se ocultara un valioso depósito.

—Todo esto —dije— está sumamente claro y muy sencillo y explícito, a pesar de ser tan ingenioso. ¿Qué hizo usted al abandonar el Hotel del Obispo?

—Una vez que me aseguré de conocer la exacta ubicación del árbol, volví a casa. En el momento en que dejé la silla del diablo, el agujero circular desapareció. Desde cualquier sitio que mirara, me resultaba invisible. Esto es lo que me parece más ingenioso de todo el asunto (y tenga en cuenta que lo he comprobado a través de varios experimentos): que el orificio circular en cuestión sea visible solo desde el punto que encontré en la estrecha cornisa de la roca. En esta expedición al Hotel del Obispo me acompañó Júpiter, quien, sin duda, venía observando desde había unas semanas la distracción en que me hacía sumido y tuvo especial cuidado en no dejarme solo. Pero al día siguiente me levanté muy pronto y me las arreglé para ir a las colinas a buscar el árbol. Después de mucho trabajo, lo encontré. Cuando volví a casa por la noche, mi criado tenía toda la intención de darme una paliza. Del resto de la aventura creo que usted sabe tanto como yo.

—Supongo —dije— que usted confundió el sitio al primer intento de cavar por el error de Júpiter al dejar caer el insecto a través del ojo derecho de la calavera, en vez del izquierdo.

—Exactamente. Este error supuso una diferencia de dos pulgadas y medias en el «disparo», es decir, de la posición de la estaca cercana al árbol, y si el tesoro hubiera estado debajo del «disparo» el error no habría tenido mayor importancia. Pero el «disparo» junto con el punto más cercano del árbol, eran sólo dos puntos para establecer una línea de dirección; por supuesto, el error, aunque parecía irrelevante al principio, aumentó al seguir con la línea y cuando llegamos a una distancia de cincuenta pies, nos habíamos alejado por completo del sitio correcto. Si yo no hubiera estado totalmente convencido de que allí había un tesoro enterrado, todo nuestro trabajo habría sido en vano.

—Pero su grandilocuencia y su forma de balancear el escarabajo... Estaba seguro de que usted estaba loco. ¿Y por qué insistió en dejar caer el insecto, en lugar de una bala?

—Para ser sincero, me sentí algo enfadado por su evidente sospecha referente a mi salud mental y entonces decidí castigarle tranquilamente, a mi modo, con un poco de mistificación en frío. Por eso balanceaba el escarabajo y, también por eso, lo hice bajar desde la calavera. Cuando usted observó lo mucho que pesaba el insecto, decidí hacerlo así.

—¡Ah, entiendo! Y ahora sólo me queda un aspecto por aclarar. ¿Qué deduciremos de los esqueletos hallados en el agujero?

—Esta es una cuestión que ni usted ni yo podríamos resolver. Sólo se me ocurre una explicación posible... y, no obstante, me cuesta creer una barbaridad como la que acarrea mi sugerencia. Está claro que Kidd —si fue Kidd quien escondió el tesoro, cosa que no dudo— debió hacerlo con ayuda. Pero cuando su trabajo terminó, debió pensar que era necesario deshacerse de los que participaron de su secreto. Tal vez bastaron un par de golpes de azada, mientras sus ayudantes seguían trabajando en el pozo; tal vez, fueron necesarios una docena. ¿Quién sabe?

LOS ANTEOJOS

Hace muchos años estaba de moda ridiculizar la idea de «el amor a primera vista», pero quienes piensan, no menos que quienes sienten profundamente, siempre han defendido su existencia. En realidad, los descubrimientos modernos en lo que podría denominarse magnetismo ético o magnetoestética[31], hacen que sea probable que los afectos humanos más naturales, y por consiguiente los más intensos y verdaderos, sean aquellos que surgen en el corazón como si fuera por afinidad eléctrica; en poca palabras, que los grilletes físicos más alegres y duraderos son los que se anclan con una sola mirada. La confesión que estoy a punto de hacer añadirá otra muestra a las ya casi innumerables de la veracidad de esta postura.

Mi relato necesita que sea un tanto minucioso. Aún soy un hombre muy joven, todavía no he alcanzado los veintidós años de edad. Mi apellido actual es muy corriente y más bien plebeyo: Simpson. Digo «apellido actual» porque sólo últimamente se me llama así, ya que he adoptado legalmente este apellido el año pasado para recibir una gran herencia que me dejó un pariente lejano, el señor Adolphus Simpson. El legado estaba condicionado a que yo llevase el nombre del testador (el apellido, no el nombre de pila; el mío es Napoleón Bonaparte, o más apropiadamente, estos dos son mi primer y segundo apelativos).

Adopté el apellido Simpson con cierta reticencia, ya que por mi verdadero patronímico, Froissart, sentía un orgullo muy excusable al creer que yo podía seguir la línea de mis antepasados hasta el inmortal autor de las *Crónicas*[32]. Ya que estamos con el asunto de

---

[31] Teoría que asocia el magnetismo con las emociones y las capacidades intelectivas humanas. *(N. del T.)*

[32] Jean Froissart (siglo xiv). *(N. del T.)*

los apellidos, podré mencionar de pasada una excepcional coincidencia en el sonido de los apellidos de algunos de mis predecesores inmediatos. Mi padre era cierto *monsieur* Froissart, de París. Su esposa, mi madre, con quien se casó cuando ella tenía quince años, era una tal *mademosielle* Croissart, hija mayor del banquero Croissart, cuya esposa, que a su vez tenía sólo dieciséis años cuando se casó, era la hija mayor de un tal Victor Voissart. Este *monsieur* Voissart se casó, muy llamativamente, con una señorita de apellido parecido, cierta *mademoiselle* Moissart. Ella era también casi una niña cuando se casó, y también su madre, madame Moissart, que sólo tenía catorce años cuando la llevaron al altar. Esta clase de matrimonios precoces son comunes en Francia. Así que aquí están Moissart, Voissart, Croissart y Froissart, todos en la misma línea descendente directa de antepasados. Pero mi propio apellido, como digo, se convirtió en Simpson por disposición de la Legislación vigente, y con tanta repugnancia por mi parte, que durante cierto tiempo dudé de veras de aceptar un legado que llevaba adherida una cláusula tan inútil y fastidiosa.

En cuanto a dotes personales, no carezco en modo alguno; por el contrario, creo que estoy bien formado y que poseo lo que nueve décimas partes de la humanidad llamarían un rostro bien parecido. Mi altura es de un metro ochenta; mi cabello es negro y rizado, mi nariz bastante correcta. Mis ojos son grandes y grises, y aunque en realidad son débiles hasta un grado inoportuno, aun así no podría sospecharse defecto alguno en ellos por su apariencia. Sin embargo, esa misma debilidad me ha molestado siempre mucho y he recurrido a toda clase de soluciones, menos llevar lentes. Es natural que al ser joven y bien parecido me disgusten los lentes, y me he negado resueltamente a emplearlos. Sé que no existe nada en absoluto que tanto desfigure el semblante de una persona joven, o que tanto imprima cada rasgo con un aire de timidez y recato, cuando no de total mojigatería y envejecimiento. Por otra parte, el monóculo está envuelto en una atmósfera de completa afectación y amaneramiento. Hasta ahora he conseguido arreglármelas como he podido sin el uno ni los otros. Pero basta ya de todos estos detalles meramente personales, que a fin de cuentas tienen una importancia menor. Me contentaré con decir, además, que soy de temperamento sanguíneo, fervoroso, impulsivo y fogoso, y que he sido un devoto admirador de las mujeres toda mi vida.

Una noche del pasado invierno entré en un palco del teatro P... en compañía de un amigo, el señor Talbot. Aquella noche había ópera y los carteles mostraban un aliciente excepcional, tanto así que la sala estaba excesivamente abarrotada. Sin embargo, llegamos a tiempo de conseguir instalarnos en los asientos de primera fila que nos habían reservado, hacia los que tuvimos que abrirnos paso un poco dificultosamente con los codos.

Durante dos horas, mi compañero, que era un entusiasta de la música, prestó toda su atención al escenario, y yo, mientras tanto, me entretenía en observar al público, que en su mayor parte consistía en la élite de la ciudad. Cuando ya había quedado satisfecho ese próposito, estaba a punto de volver mis ojos hacia la *prima donna,* cuando se quedaron detenidos y clavados por una silueta que había en uno de los palcos privados y que en mi observación había pasado por alto.

Si viviera mil años no podría olvidar nunca la intensa emoción con la que contemplé aquella silueta. Era de mujer, la más exquisita que hubiera contemplado nunca. Hasta entonces, su rostro estaba vuelto hacia el escenario, de modo que durante varios minutos no pude conseguir una buena vista de él; pero la forma era divina, ninguna otra palabra puede expresar adecuadamente sus magníficas proporciones, incluso la palabra «divina» parece absurdamente pobre cuando la escribo.

La magia de una encantadora forma de mujer —la necromancia de la gracia femenina— siempre ha sido un poder que me parece imposible de resistir, pero aquí estaba presente la gracia personificada, encarnada, el bello ideal de mis imaginaciones más locas y apasionadas. La silueta, casi todo lo que la estructura del palco permitía ver, estaba algo por encima de la estatura media, y casi rayaba lo majestuoso sin alcanzarlo verdaderamente. Su plenitud y su forma eran deliciosas. La cabeza, de la que sólo era visible la nuca, rivalizaba en contorno con la de la griega Psiqué, y se mostraba más que se ocultaba en un elegante tocado de velo liviano, lo que me me hizo recordar el *ventum textilem* de Apuleyo. El brazo derecho se apoyaba en la balaustrada del palco, y excitaba todos los nervios de mi cuerpo con su exquisita simetría. Su parte superior estaba envuelta en una de esas mangas sueltas y abiertas que están de moda en la actualidad, y que llegaba muy poco más abajo del codo. Por debajo llevaba otra manga ajustada de un material delicado, que terminaba en un puño de rico encaje y caía elegantemente sobre el dorso de la mano, dejando ver solamente los finos dedos. Sobre uno de ellos centelleaba un anillo de diamantes, al instante vi que era de un valor extraordinario. La admirable redondez de la muñeca estaba muy bien adornada por el brazalete que la rodeaba, y que asimismo estaba adornado y abrochado por un penacho de joyas, que proclamaban de inmediato, en palabras que no podían malinterpretarse, la riqueza y el meticuloso gusto de su portadora.

Estuve mirando esta aparición regia al menos media hora, como si me hubiera convertido de repente en piedra; y durante ese tiempo sentí plenamente la fuerza y la verdad de todo lo que se ha dicho o cantado en relación con el «amor a primera vista». Mis sentimientos eran completamente diferentes de cualquier otro que hubiera tenido hasta entonces, hasta en presencia de las representantes más célebres del encanto femenino. Una incomprensible afinidad del alma por el alma, afinidad que yo me veo conminado a considerar magnética, parecía fijar no sólo mi vista, sino todas mis potencias de pensamiento y sentimiento a la admirable hermosura que tenía ante mí. Vi —sentí—, supe que estaba profunda, loca e irremisiblemente enamorado; y eso incluso antes de ver el rostro de la persona amada. La pasión que me consumía era tan verdaderamente intensa, que de veras creo que no se habría aplacado lo más mínimo si los rasgos de su rostro, aún invisibles, llegasen a mostrar un carácter meramente ordinario. Así es de anómala la naturaleza del único amor verdadero, del amor a primera vista, y así de poco depende en realidad de las condiciones exteriores, que sólo parecen crearlo y controlarlo.

Mientras me hallaba así envuelto en la admiración de esta visión encantadora, una perturbación repentina entre el público hizo que ella girase la cabeza un poco hacia mí, de manera que contemplé todo el perfil de su rostro. Su belleza superaba todas mis expectativas, y aún así, había algo en ella que me decepcionaba, sin que yo sea capaz de saber concretamente qué era. Digo «decepcionaba», pero esa no es la palabra justa. Mis sentimientos fueron acallados y exaltados al tiempo. Tenían menos del trance y más del calmado entusiasmo del sosiego ardoroso. Quizá esta manifestación de sentimientos se suscitó al aire de Madonna y de dignidad de su rostro, pero comprendí enseguida que no podían haber surgido solamente de eso. Había algo más, un misterio que yo no podía elaborar, cierta expresión del semblante que me perturbaba ligeramente y al mismo tiempo elevaba en grado sumo mi interés. En realidad, yo me hallaba exactamente en ese estado mental que prepara a un hombre joven e impresionable para cualquier acto extravagante. Si la dama hubiera estado sola, sin duda alguna yo habría entrado en su palco y me habría acercado a ella arriesgándome a todo; pero afortunadamente se ocupaban de ella dos acompañantes, un caballero y una mujer notablemente hermosa, al parecer unos pocos años más joven que ella.

En mi mente di vueltas a mil argucias con las que conseguir que en lo sucesivo me presentasen a la dama de más edad, o, por ahora y en donde fuese, una vista más nítida de su belleza. Me hubiera cambiado de asiento por uno más cercano al de ella, pero al estar la sala abarrotada eso era imposible; y los rígidos decretos de la moda habían prohibido últimamente la utilización de gemelos en un caso como este, aunque hubiera tenido la suerte de tener unos conmigo (pero no los tenía), y por consiguiente estaba desesperado.

Por último, consideré utilizar a mi acompañante.

«Talbot —dije—, usted tiene unos gemelos, déjemelos».

«¿Gemelos de ópera?, ¡no!, ¿que cree usted que haría yo con unos gemelos?». En ese momento se volvió impacientemente hacia el escenario.

«Pero, Talbot —seguí, tironeando de él por el hombro—, escúcheme, por favor. ¿Ve el palco del escenario allá? No, ese no, el siguiente. ¿Ha visto alguna vez una mujer tan encantadora?».

«Es muy hermosa, sin duda», dijo.

«Me pregunto quién será».

«Pero, en nombre de todo lo angélico, ¿no sabe usted quién es? «No conocerla prueba que uno mismo es desconocido», como dicen. Es la célebre madame Lalande, la belleza del momento por excelencia y el tema de conversación de toda la ciudad. Es inmensamente rica también, viuda y buen partido; acaba de llegar de París».

«¿La conoce?».

«Sí, tengo ese honor».

«¿Me la presentará usted?».

«Ciertamente, y con mucho gusto. ¿Cuándo quiere que lo haga?».

«Mañana a la una, le llamaré a B...».

«Muy bien, y ahora sujete la lengua, si puede».

Respecto a esto último me vi forzado a seguir el consejo de Talbot, porque permaneció obstinadamente sordo a cualquier otra pregunta o sugerencia y durante el resto de la noche se ocupó exclusivamente de lo que ocurría en el escenario.

Mientras tanto, mis ojos seguían cautivados por madame Lalande, y con el tiempo tuve la gran suerte de conseguir una completa vista frontal de su rostro. Era exquisitamente encantador (eso, por supuesto, ya me lo había dicho el corazón antes, incluso si Talbot no me hubiera complacido sobre ello), pero aún me perturbaba ese algo ininteligible. Por fin llegué a la conclusión de que mis sentidos se impresionaban por cierto aire de gravedad, de tristeza, o, más apropiadamente, de hastío, que se llevaba algo de la juventud y frescura de su semblante, pero sólo para dotarlo de una ternura y majestad seráficas, y así, por supuesto, dotar a mi ardoroso y romántico temperamento con un interés diez veces mayor.

Al final, mientras mis ojos se deleitaban de aquella manera, por un estremecimiento casi imperceptible de parte de la dama percibí con gran agitación que repentinamente se había dado cuenta de la intensidad de mi mirada. Pero yo seguía absolutamente fascinado y no podía retirarla ni siquiera un instante. Ella volvió el rostro a un lado, y de nuevo sólo pude ver el cincelado contorno de su nuca. Tras unos minutos, como si le apremiase la curiosidad por ver si yo todavía estaba mirándola, volvió poco a poco otra vez la cabeza y se encontró de nuevo con mi mirada ardiente. Sus grandes ojos oscuros bajaron al instante y un súbito rubor cubrió sus mejillas. Pero cuál fue mi sorpresa al ver que ella no sólo no apartó su cabeza la segunda vez, sino que de su ceñidor sacó sorprendentemte un monóculo doble, lo levantó, lo ajustó y luego me miró a través de él fija y deliberadamente durante varios minutos.

Si hubiera caído un rayo a mis pies no me habría quedado tan completamente pasmado; sólo pasmado, no ofendido ni indignado en lo más mínimo, aunque una acción tan atrevida por parte de cualquier otra mujer habría sido probable que ofendiese o indignase. Pero todo ello se hizo con tanta calma, con tanta indiferencia, con tanto sosiego, con un aire tan evidente de la mejor educación en pocas palabras, que no se percibía como simple descaro y mis únicos sentimientos eran de admiración y de sorpresa.

Me di cuenta de que en la primera elevación de los anteojos se había quedado satisfecha con una inspección momentánea de mi persona. Cuando retiraba su instrumento, fue como si la asaltara una segunda idea y volvió a levantarlo, y así siguió mirándome con la atención fija durante varios minutos, estoy seguro de que cinco como mínimo.

Este gesto suyo, tan notable en un teatro norteamericano, atraía la observación general y dio origen a un movimiento indefinido, o agitación, entre el público. Esto me dejó confuso unos momentos, pero no produjo efecto visible en el semblante de madame Lalande.

Cuando satisfizo su curiosidad (si tal cosa era) dejó los anteojos y tranquilamente prestó otra vez atención al escenario, con su perfil vuelto de mí como antes. Yo seguí mirándola infatigablemente, aunque era totalmente consciente de mi grosería al hacerlo. Inmediatamente vi un cambio lento y sutil en la posición de su cabeza, y muy pronto me convencí de que la dama, aunque simulaba mirar al escenario, estaba en realidad mirándome a mí. No es necesario decir el efecto que tal conducta por parte de una mujer fascinante tuvo sobre mi excitable imaginación.

Después de haberme examinado durante quizá un cuarto de hora, el hermoso objeto de mi pasión se dirigió al caballero que la acompañaba, y mientras hablaba con él vi claramente, por las miradas de ambos, que la conversación se refería a mí.

Al concluir, madame Lalande se giró de nuevo hacia el escenario, y durante unos minutos pareció absorta en la interpretación. Pero al finalizar ese período me vi lanzado a una agitación extrema cuando vi que desplegaba por segunda vez los anteojos que colgaban a su lado, que se enfrentaba a mí totalmente como antes y que, sin considerar la renovada agitación del público, me vigilaba de arriba abajo con la misma compostura maravillosa que previamente tanto había deleitado y confundido mi alma.

Al arrojarme a una fiebre de excitación (a un delirio absoluto de amor), esta conducta extraordinaria servía más para incentivarme que para desconcertarme. Sumido en la disparatada intensidad de mi devoción, me olvidé de todo menos de la presencia y el majestuoso encanto de la visión que se enfrentaba a mi mirada. Esperé mi oportunidad, y cuando creí que el público estaba completamente sumergido en la ópera, al final atrapé los ojos de madame Lalande y en ese momento saludé, leve pero inconfundiblemente, con la cabeza.

Se ruborizó muy intensamente; luego apartó los ojos; después miró alrededor despacio y cautelosamente, aparentemente para ver si mi impulsiva acción había sido percibida; y luego se inclinó hacia el caballero sentado a su lado.

En ese momento tuve una ardiente sensación por la falta de decoro que yo había cometido, y no me esperaba nada menos que una denuncia instantánea, mientras que la imagen de pistolas al amanecer flotaba rápida e incómoda por mi mente. Sin embargo, me quedé inmediata y sumamente aliviado cuando vi que la dama simplemente le había pasado un programa al caballero, sin hablar con él; pero quien esto lee podrá formarse una ligera idea de mi sorpresa (de mi profundo asombro, de mi delirante desconcierto de alma y corazón) cuando un momento después, tras haber mirado a su alrededor furtivamente, permitió que sus luminosos ojos se fijaran completa y continuamente sobre los míos. Y luego, con una suave sonrisa que dejaba al descubierto una hilera radiante de sus dientes como perlas, hizo dos inclinaciones muy claras, intencionadas e inequívocas de cabeza como respuesta afirmativa.

Por supuesto, es inútil extenderse en mi alegría, en mi trance, en el éxtasis ilimitado de mi corazón. Si hubo alguna vez un hombre loco por exceso de felicidad, ese fui yo mismo en aquel momento. Yo amaba. Este fue mi primer amor, o eso sentí que era. Era amor supremo, indescriptible. Era «amor a primera vista», y también a primera vista había sido valorado y correspondido.

Correspondido, sí. ¿Cómo y por qué no debería dudarlo ni por un momento? ¿Qué otra interpretación podría yo otorgar a tal conducta de parte de una dama tan hermosa, tan acaudalada, tan ostensiblemente realizada, de tan elevada educación, de tan alta posición social, tan enteramente respetable en todo aspecto como estaba seguro que era madame Lalande? ¡Sí, ella me amaba, correspondía al entusiasmo de mi amor con otro entusiasmo igualmente ciego, tan decidido, tan sin cálculo, de abandono tan igual y tan desatado como el mío! Pero esas placenteras fantasías y reflexiones se vieron interrumpidas en ese momento por la bajada del telón. El público se puso en pie, sobrevino inmediatamente el alboroto habitual. Dejé a Talbot abruptamente, me esforcé todo lo posible por encontrar un camino que me acercase más a madame Lalande. Como fracasé en el intento por culpa de la multitud, al final abandoné la persecución y giré mis pasos camino a casa, consolándome de mi decepción de no haber sido capaz de tocar siquiera el ruedo de su vestido por el pensamiento de que Talbot me la presentaría, de manera debida, al día siguiente.

Ese día siguiente llegó al fin, es decir, finalmente amaneció el día tras una larga y agotadora noche de impaciencia, en la que las horas monótonas e innumerables hasta la «esperada» se arrastraban a ritmo lentísimo. Pero dicen que todo tiene fin, hasta Estambul, y llegó el final de ese largo retraso. Sonaron las campanadas en el reloj. Cuando terminó el último de sus ecos, acudí a B... y pregunté por Talbot.

«¡Afuera!», dijo el mismo sirviente de Talbot.

«¡Afuera! —contesté yo, tambaleándome hacia atrás media docena de pasos—, permítame que le diga, buen hombre, que eso es totalmente imposible e inviable. El señor Talbot no está afuera, ¿qué quiere usted decir?».

«Nada, señor, sólo que el señor Talbot no está adentro, nada más. Ha partido hacia S... inmediatamente después del desayuno, y ha dejado dicho que no regresaría a la ciudad en una semana».

Me quedé petrificado de espanto y de furia. Hice el esfuerzo de responder, pero mi lengua se negó a ejercer su oficio. Al final me giré sobre mis talones, lívido de ira y enviando para los adentros a toda la tribu de los Talbot a las regiones más profundas del Erebo. Resultaba evidente que mi considerado amigo, *il fanatico,* se había olvidado de su cita conmigo, y que la había olvidado tan pronto como la hizo. Nunca fue un hombre que cumpliese su palabra escrupulosamente. Nada podía hacerse, de manera que, ahogando mi irritación lo mejor que pude, paseé malhumoradamente por la calle, haciendo consultas vanas sobre madame Lalande a todos los hombres conocidos que me encontré. Según todos los informes, ella era conocida, y vi que para todos —para muchos, sólo de vista—, pero llevaba tan sólo unas semanas en la ciudad, y por lo tanto había muy pocos que afirmasen conocerla personalmente. Y esos pocos, todavía relativamente extraños, no podían o no querían tomarse la libertad de presentarme a ella en las formalidades de una visita matinal. Mientras me hallaba así, desesperado, conversando con un trío de amigos sobre el absorbente tema de mi corazón, ocurrió como por casualidad que el mismísimo tema pasara por allí.

«¡Por mi vida, ahí está!», exclamó uno.

«¡Sorprendentemente hermosa!», dijo un segundo.

«¡Un ángel en la tierra», lanzó un tercero.

Miré y vi que en un carruaje abierto que pasaba lentamente por la calle, aproximándose a nosotros, estaba sentada la cautivadora visión de la ópera en compañía de la dama joven que había ocupado parte de su palco.

«Pues su amiga también luce increíblemente bien», dijo el primero de mi trío que había hablado.

«Sorprendentemente —dijo el segundo—, un aire todavía magnífico, pero el arte hace maravillas. Palabra que tiene mejor aspecto que en París hace cinco años. Sigue siendo una mujer hermosa, ¿no cree, Froissart?, quiero decir, Simpson».

«¡Sigue siendo! —dije— ¿y por qué no lo sería? Pero comparada con su amiga es como una ráfaga, la luz de la estrella de la tarde, una luciérnaga de Antares».

«¡Ja, ja, ja!; vaya, Simpson, tiene usted un tacto asombroso para hacer descubrimientos, descubrimientos originales, quiero decir». Y nos separamos en ese momento, mientras uno de los del trío empezó a tararear una alegre canción de vodevil, de la cual sólo pude captar estos versos:

Abajo Ninon, Ninon,
¡abajo Ninon de Lenclos![33]

Sin embargo, después de esta pequeña escena, hubo una cosa que me sirvió grandemente de consuelo, aunque alimentó la pasión que me consumía. Cuando el carruaje de madame Lalande pasaba junto a nuestro grupo, me di cuenta de que ella me había reconocido, y más aún que eso, que ella me había bendecido con

---

[33] Famosa cortesana, escritora y mecenas francesa del siglo XVII. *(N. del T.)*

la más seráfica de cuantas sonrisas puedan imaginarse, sin señal alguna de reconocimiento que fuera equívoca.

En cuanto a una presentación formal, me vi obligado a abandonar toda esperanza de ella hasta el momento que a Talbot se le ocurriera pensar que era apropiado regresar del campo. Mientras tanto frecuenté con perseverancia todos los lugares de diversión pública respetables, y al fin, en el teatro donde la vi por primera vez, tuve la dicha suprema de volver a encontrarla personalmente y de intercambiar otra vez miradas con ella. Sin embargo, esto no ocurrió hasta después de pasada una quincena. Entretanto, había pregunado por Talbot todos los días en su hotel, y todos los días se me había arrojado a un espasmo de ira por el perpetuo «aún no ha vuelto a casa» de su sirviente.

Por eso, aquella tarde en cuestión yo estaba en una situación muy próxima a la locura. Me habían dicho que madame Lalande era parisina (había llegado hacía poco de París), ¿y no podría regresar de repente?, ¿no podría regresar antes de que volviera Talbot y no podría perderse así para siempre de mí? El pensamiento era demasiado difícil de soportar. Puesto que mi futura felicidad estaba en juego, me determiné a actuar con una decisión varonil. En pocas palabras, al final de la obra del teatro seguí a la dama a su residencia, anoté la dirección, y a la mañana siguiente le envié una carta larga y elaborada en la que vertí todo mi corazón.

Hablé atrevida y libremente; en resumen, hablé con pasión. No oculté nada, ni siquiera de mi debilidad. Aludí a las románticas circunstancias de nuestro primer encuentro, incluso a las miradas que habían pasado entre nosotros. Llegué tan lejos como para decir que me sentía seguro de su amor, y a la vez le ofrecí esta seguridad, y la intensidad de mi propia emoción, como dos excusas para mi conducta, por otra parte imperdonable. En tercer lugar, hablé de mi temor a que ella abandonase la ciudad antes de que yo tuviera la oportunidad de serle formalmente presentado. Concluí la epístola más desenfrenadamente ardorosa que se haya escrito jamás con una declaración franca de mis circunstancias mundanales (de mi opulencia) y con la oferta de mi corazón y de mi mano.

Esperé la respuesta con angustiada expectativa. Tras lo que pareció el transcurso de un siglo, esta llegó.

Sí, realmente llegó. Por romántico que todo esto pueda parecer, recibí de verdad una carta de madame Lalande, la hermosa, la rica e idolatrada madame Lalande. Sus ojos, sus magníficos ojos no habían ocultado su noble corazón. Como la auténtica mujer francesa que era, había obedecido a los sinceros dictados de su razón, a los generosos impulsos de su naturaleza, despreciando los remilgos mundanos convencionales. No había desdeñado mis propuestas; no se había refugiado en el silencio; no había devuelto mi carta sin abrirla. Y como respuesta a mi carta, ella me había respondido con una escrita con sus dedos exquisitos. Decía así:

«El señóg Simpsonn me pegdonagá pog no escgibig la magavilliossa lengua de su países tan bien como podgía. Sólo ha sido tagde que he llegadó, y todaviá no tenido opogtúnidad de... de... *l'étudier*.

»Con esta dissculpa pog la manega, digé ahoga que, *¡hélas!*[34], el señóg Simpsonn ha divinado pego demasiadó ciegto. ¿Tengo yo que decig de más? *¡Hélas!*, ¿no hablag ya yo demassiadó?

E<small>UGENIE</small> L<small>ALANDE</small>».

Besé esta nota de tan noble espíritu un millón de veces, y sin duda cometí a cuenta de ella mil otras locuras que ahora han huido de mi memoria. Y Talbot seguía sin regresar. ¡Ay!, si él pudiera haberse formado siquiera la más vaga idea del sufrimiento que su ausencia había ocasionado a su amigo, ¿no habría volado inmediatamente su comprensiva naturaleza en mi socorro? Y sin embargo, no venía. Le escribí. Me contestó. Lo retenían negocios urgentes, pero regresaría en breve. Me suplicó que no fuera impaciente, que moderase mis trances, que leyese libros reconfortantes, que no bebiera nada más fuerte que el Hock[35] y que llamase en mi ayuda a la Consolación de la Filosofía[36] ¡El muy insensato!, si no podía venir

---

[34] «¡Ay!», en francés en el original. *(N. del T.)*
[35] Vino blanco alemán. *(N. del T.)*
[36] Obra de B<small>OECIO</small> (siglos V-VI). *(N. del T.)*

él mismo, ¿por qué, en nombre de todo lo racional, no había incluido una carta de presentación para mí? Volví a escribirle, suplicándole que remitiera una inmediatamente. La carta fue devuelta por el sirviente aquel, con el siguiente añadido escrito a lápiz. El canalla se había reunido con su patrón en el campo:

«Marchó de S... ayer, destino desconocido. No dijo dónde, o cuando de regreso, así crei mejor devolver carta, conozco su letra y que usted está siempre, más o menos, apresurado.

«Atentamente suyo,

Stubbs».

Después de esto, no hace falta decir que consagré a las deidades infernales tanto al amo como a su ayuda de cámara. Pero la furia no valía de mucho, y no había consuelo alguno en quejarse.

Pero aún me quedaba otro recurso en la osadía de mi constitución. Hasta el momento me había valido de mucho, y ahora estaba decidido a hacerlo útil para mi propósito. Además, tras la correspondencia que había circulado entre nosotros, ¿qué acto de simple informalidad podría yo cometer, dentro de los límites, que debiera ser considerado indecoroso por madame Lalande? Desde el asunto de la carta, yo había adquirido el hábito de observar su casa, y de esa manera descubrí que hacia el crepúsculo ella tenía la costumbre de pasear, acompañada sólo por un hombre negro de librea, por una plaza pública a la que sus ventanas miraban desde arriba. Allí, entre las exuberantes y umbrías arboledas, en la melancolía grisácea de una suave tarde de verano, vigilé mi oportunidad y me acerqué a ella.

Para engañar mejor al sirviente que acompañaba, lo hice con el ademán seguro de un viejo conocido. Con una presencia de ánimo verdaderamente parisina, ella interpretó la señal inmediatamente y, para darme la bienvenida, me tendió la más hechizadora de las manitas. El criado se quedó enseguida atrás, y ahora, con los corazones llenos hasta rebosar, hablamos larga y abiertamente de nuestro amor.

Como madame Lalande hablaba inglés con menos fluidez aún que lo escribía, nuestra conversación fue necesariamente en francés. En ese melodioso idioma, tan adecuado a la pasión, di rienda suelta al impetuoso ardor de mi naturaleza y, con toda la elocuencia que pude controlar, le supliqué que consintiera en un matrimonio inmediato.

Sonrió ante mi impaciencia. Me instó a la vieja historia del decoro, ese tormento que disuade a tantos de la felicidad hasta que la oportunidad para la felicidad se ha ido para siempre. Observó que yo había hecho saber, muy imprudentemente, entre mis amigos que deseaba entrar en su conocimiento, así que yo no lo tenía; así que, de nuevo, no había posibilidad de ocultar la fecha del primer conocimiento entre nosotros. Y entonces apartó la mirada, ruborizándose, por la extrema cercanía de aquella fecha. Casarse inmediatamente sería impropio, sería indecoroso, sería estrafalario. Todo esto dijo ella con un encantador aire de ingenuidad que me cautivaba y a la vez me afligía y me convencía. Llegó hasta a acusarme, entre risas, de precipitación, de imprudencia. Me invitó a recordar que yo ni siquiera sabía quién era ella, ni cuáles eran sus perspectivas, sus contactos, su situación en la sociedad. Me rogó con un suspiro que reconsiderase mi propuesta, y dijo que mi amor era un encaprichamiento, un fuego fatuo, una quimera de la fantasía del momento, una creación inestable y sin base, más de la imaginación que del corazón. Pronunció estas palabras cuando las sombras del suave crepúsculo se hacían cada vez más oscuras a nuestro alrededor, y entonces, con una ligera presión de su mano de hada, en un solo momento adorable echó abajo todo el tejido de los argumentos que había manifestado.

Respondí lo mejor que pude, como sólo puede hacerlo un verdadero enamorado. Hablé larga y perseverantemente de mi devoción, de mi pasión; de su extraordinaria belleza y de mi propia admiración ardiente. En definitiva, me dilaté con convincente energía acerca de los peligros que cercan el rumbo del amor (ese rumbo del verdadero amor, que nunca fue liso), y así deduje los peligros manifiestos de hacer que ese rumbo fuese innecesariamente largo.

Finalmente parecía que este último argumento suavizaba el rigor de su determinación. Transigió, pero aún había un obstáculo, dijo, que estaba segura de que yo no lo había tenido en cuenta adecuadamente. Era un asunto delicado de tratar, especialmente para una mujer. Al mencionarlo, vio que ella debía hacer sacrificio de sus sentimientos, pero, para mí, todo sacrificio debe hacerse. Aludió al tema de la edad. ¿Me daba yo cuenta, me daba yo perfecta cuenta de la discrepancia de edad entre nosotros dos? Que la edad del esposo sobrepase unos años —incluso quince o veinte— a la de la esposa se considera admisible en el mundo, y de hecho incluso adecuado, pero ella siempre había tenido la creencia de que los años de la esposa no deben sobrepasar nunca en número a los del esposo. Las discrepancias antinaturales de esta clase daban origen —con demasiada frecuencia, ¡ay!—, a una vida de infelicidad. Ahora bien, ella era consciente de que mi edad no pasaba de veintidós, y por el contrario, quizá yo no me daba cuenta de que los años de mi Eugenie se prolongaban considerablemente más allá de esa cantidad.

Sobre todo esto había una nobleza de alma, una dignidad de la honestidad que me deleitaba, que me encantaba, que remachaba eternamente mis cadenas. Apenas pude contener el desmesurado trance que me poseía.

«Mi dulce Eugenie —exclamé—, ¿qué es todo esto que disertas? Tus años superan en cierta medida a los míos, ¿pero y qué? Las costumbres del mundo son muchísimos disparates convencionales. Para aquellos que aman como nosotros, ¿en que sentido se diferencia un día de una hora? Dices que tengo veintidós años, sea, en realidad también podrías decir que enseguida tendré veintitrés. Ahora bien, tú, mi queridísima Eugenie, no podrás contar con más de... no podrás contar con más de... no más de... de... de...».

Ahí me detuve un momento con la esperanza de que madame Lalande me interrumpiera para decir su verdadera edad. Pero la mujer francesa raramente es directa y siempre tiene, como respuesta a una pregunta embarazosa, alguna práctica respuestilla propia. En aquella ocasión Eugenie, que durante un momento parecía que buscaba algo en su seno, al final dejó caer sobre la hierba una miniatura, que yo inmediatamente levanté y le entregué.

«¡Quédatela —dijo con una de sus más deslumbrantes sonrisas—, quédatela en mi nombre, en bien de aquella a quien representa tan halagadoramente. Además, a la vuelta de la baratija quizá descubras esa información que pareces desear. Para asegurarte, ahora está bastante oscuro, pero podrás examinarla a gusto por la mañana. Mientras tanto, esta noche serás mi escolta de vuelta a casa. Mis amigos van a ofrecer una recepción musical. Puedo prometerte también que habrá buenas canciones. Nosotros, los franceses, no somos tan puntillosos como vosotros los norteamericanos, y no tendré dificultad alguna en pasarte de contrabando en calidad de viejo conocido».

Con estas palabras me tomó del brazo y la acompañé a su casa. Su mansión era muy elegante, y creo que amueblada con buen gusto. Sin embargo, apenas estoy calificado para juzgar sobre este último punto, porque estaba oscuro cuando llegamos y durante el calor del verano, en las mansiones norteamericanas de la mejor clase, raramente aparecen las luces en las horas más placenteras del día. Estoy seguro de que, aproximadamente una hora después de mi llegada, sólo había una lámpara de techo encendida en el salón principal, y ese salón, tal como pude verlo, estaba decorado con un gusto extraordinario; pero las otras dos salas del conjunto, en las que la compañía se reunía principalmente, permanecieron toda la tarde en una penumbra muy agradable. Esta costumbre está bien ideada, porque da a los asistentes a la fiesta la posibilidad de elegir al menos entre luz y sombra; es una costumbre que nuestros amigos del otro lado del mar no podrían hacer nada mejor que adoptar inmediatamente[37].

La tarde que así pasé fue indiscutiblemente la más deliciosa de mi vida. madame Lalande no había exagerado sobre las capacidades musicales de sus amigos, y los cantos que allí oí no los había

---

[37] Tengamos en cuenta que en la época de Poe, mucho antes de los sistemas actuales, era ese uno de los métodos para mitigar el calor del verano. *(N. del T.)*

oído superar en ningún círculo privado fuera de Viena. Los intérpretes instrumentales eran muchos y tenían mucho talento. Los cantantes fueron en su mayoría damas, y ninguna de ellas cantó por debajo de bien. Al final, con un clamor perentorio a «madame Lalande», ella, sin afectación ni reparos, se levantó enseguida del diván en el que se había sentado a mi lado, y acompañada por dos caballeros y su amiga de la ópera, fue hacia el piano del salón principal. Yo la habría escoltado hasta allá, pero pensé que, bajo las circunstancias de mi presentación en la casa, sería mejor que me quedase desapercibido donde estaba. De esa manera fui privado del placer de verla, aunque no de oírla cantar.

La impresión que produjo entre los invitados pareció eléctrica, pero el efecto que tuvo sobre mí fue algo todavía mayor. No sé cómo describirlo adecuadamente. Sin duda, se alzó del sentimiento de amor del que yo estaba imbuido, pero principalmente de mi convencimiento de la gran sensibilidad de la cantante. Está más allá del alcance del arte dotar un aria o un recitativo con una expresión más apasionada que lo que fue la suya. Su interpretación de la romanza de Otelo, el tono con el que cantó las palabras *sul mio sasso*[38] del *Montescos y Capuletos* de Bellini, todavía resuena en mi memoria. Sus notas graves fueron absolutamente milagrosas. Su voz abarcaba tres octavas completas y se extendía desde el Re de la contralto hasta el Re agudo de la soprano, y aunque era lo bastante poderosa como para haber llenado el San Carlos[39], interpretó con la precisión más minuciosa cada dificultad de la composición vocal, sus escalas ascendentes y descendentes, sus cadencias y sus florituras. Al final de «La sonámbula» brindó un efecto muy notable a las palabras:

Ah! non guinge uman pensiero
al contento ond 'io son piena[40].

---

[38] «Bajo mi roca». *(N. del T.)*
[39] Teatro de San Carlos, de Nápoles, uno de los teatros de ópera más famosos del mundo. *(N. del T.)*
[40] «¡Ay, no llega pensamiento humano / al contento para estar yo llena». *(N. del T.)*

Aquí, a imitación de la Malibrán[41], modificó la frase original de Bellini para dejar que su voz descendiera al Sol del tenor, y luego, en una rápida transición, cantó el Sol de por encima de la pauta de Sol, saltando así un intervalo de dos octavas.

Al levantarse del piano después de estos milagros de técnica vocal, volvió a sentarse a mi lado y le expresé, con palabras del entusiasmo más profundo, mi deleite ante su interpretación. No le dije nada de mi sorpresa, a pesar de que yo estaba totalmente sorprendido sin disimulos, porque cierta debilidad, o mejor cierta indecisión trémula de su voz en la conversación habitual, me había preparado para prever que al cantar no iba a redimirse con alguna habilidad notable.

Nuestra conversación fue entonces larga, sincera, sin interrupciones y totalmente sin reservas. Hizo que le contara muchos de los pasos anteriores de mi vida, y escuchó con intensa atención cada palabra del relato. Nada oculté —sentí que no tenía el derecho de ocultar nada— a su confiado afecto. Animado por el candor que mostró sobre el delicado asunto de su edad, entré con completa franqueza no sólo en los detalles de mis muchos vicios menores, sino que hice confesión total de aquellas debilidades morales e incluso físicas cuya revelación, al exigir un grado de valentía tan superior, es evidencia tanto más segura del amor. Detallé mis indiscreciones universitarias, mis extravagancias, mis francachelas, mis deudas, mis coqueteos. Llegué tan lejos que incluso le hablé de una tos ligeramente hética que me había afligido una vez, de cierto reumatismo crónico, de punzadas de gota hereditaria y, para concluir, de la desagradable e inoportuna, pero hasta el momento cuidadosamente ocultada, debilidad de mis ojos.

«Sobre este último asunto —dijo madame Lalande entre risas—, has sido sin duda alguna imprudente al confesarlo, porque sin la confesión doy por hecho que nadie te habría acusado del crimen. Por cierto —prosiguió—, ¿recuerdas? —y en ese momento fantaseé que un rubor se hacía claramente visible en sus mejillas,

---

[41] María Malibrán, famosa cantante de ópera, francesa de origen español. *(N. del T.)*

incluso en la penumbra de la sala—, ¿recuerdas, *mon cher ami,* estos pequeños ayudantes oculares que ahora penden de mi cuello?

Mientras hablaba, daba vueltas en sus dedos a los anteojos dobles que tanto me habían abrumado de desconcierto en la ópera.

«Perfectamente, ¡ay!, lo recuerdo», exclamé, apretando apasionadamente la delicada mano que me ofrecía las lentes para que las inspeccionase. Las lentes conformaban un juguete complejo y magnífico, ricamente grabado en filigrana y reluciente de joyas que, incluso a la insuficiente luz, no tuve más remedio que percatarme de que eran de alto valor.

«¡Y bien, *mon ami!* —prosiguió con una actitud majestuosa que me sorprendió bastante— ¡y bien, *mon ami!,* has suplicado sinceramente de mí un favor que te has complacido en denominar inestimable. Me has pedido la mano para mañana. ¿Debería yo ceder a tus ruegos, y puedo añadir que a los alegatos de mi propio seno, y no tendría yo derecho a pedir de ti un pequeño, un pequeñísimo favor en correspondencia?».

«¡Dímelo —exclamé con una energía que casi atrajo sobre nosotros las miradas de los invitados, y refrenado por su sola presencia de arrojarme impetuosamente a sus pies—, dímelo, amada Eugenie, mi vida!, ¡dímelo! Pero, ¡ay!, ya está concedido antes de nombrarlo».

«Entonces dominarás, *mon ami* —dijo—, a beneficio de la Eugenie que tú amas, esa debilidad que has confesado al fin, esa debilidad más moral que física que es, permíteme asegurarlo, tan impropia de la nobleza de tu verdadero carácter y tan incoherente con la sinceridad de tu naturaleza habitual, y que si se permite que su control llegue más lejos, es seguro que te implicará tarde o temprano en algún aprieto muy desagradable. Dominarás, en mi bien, ese fingimiento que te lleva, como tú mismo reconoces, a la negación tácita o implícita de la debilidad de tu vista. Porque esa debilidad prácticamente la niegas al negarte a emplear los medios habituales para su alivio. Entonces, comprenderás que diga que deseo que lleves lentes... ¡ah, ah, guarda silencio!, ya has consentido llevarlos en mi bien. Aceptarás el juguetito que tengo ahora en la mano, que, aunque admirable como ayuda para la vista, no es en realidad de mucho valor como joya. Ya ves que mediante una insignificante modificación, de esta o de esta otra manera, puede adaptarse a los ojos en forma de lentes, o puede llevarse en el bolsillo del chaleco como monóculo. Sin embargo, es de la primera forma como has consentido en llevarlos habitualmente en bien mío».

Esta petición (¿debo confesarlo?) me desconcertó en no menor grado; pero la condición que llevaba aparejada hacía de la duda, por supuesto, un asunto completamente imposible.

«¡Ya está hecho! —exclamé con todo el ardor que pude reunir en ese momento—; ya está hecho; está decidido con la mayor alegría. Sacrifico todos los sentimientos por tu bien. Esta noche llevaré este apreciado monóculo doble como tal, y sobre mi corazón; pero, con el primer clareo de ese día que me otorgará el placer de llamarte esposa, lo colocaré sobre mi... sobre mi nariz, y allí lo llevaré siempre desde entonces de la manera menos romántica y menos a la moda, pero ciertamente más utilizable, que desees».

Nuestra conversación giró entonces hacia los detalles de nuestros planes para el día siguiente. Supe por mi prometida que Talbot acababa de llegar a la ciudad. Tenía que verlo inmediatamente y conseguir un carruaje. La velada se desharía apenas antes de las dos, y para esa hora el vehículo tenía que estar a la puerta, cuando en el alboroto producido por la marcha de las visitas, madame L. podía entrar fácilmente en él sin que la observaran. Entonces teníamos que detenernos en la casa de un clérigo que estaría a la espera; allí nos casaríamos, dejaríamos a Talbot, y emprenderíamos un corto viaje al este, dejando que el mundo a la moda en casa hiciera los comentarios sobre el asunto que mejor le pareciera.

Planeado ya todo esto, me despedí inmediatamente y fui en busca de Talbot, pero de camino no pude abstenerme de entrar en un hotel con el propósito de inspeccionar la miniatura, cosa que hice con la poderosa ayuda de los lentes. ¡El semblante era incomparablemente bello! ¡Aquellos ojos grandes y luminosos!, ¡esa soberbia nariz griega!, ¡aquellos exuberantes rizos oscuros! «¡Ah! —me dije exultantemente—, este es verdaderamente el vivo retrato de mi amada!». Le di la vuelta y descubrí las palabras: «Eugenie Lalande, de veintisiete años y siete meses de edad».

Encontré a Talbot en casa e inmediatamente procedí a informarle de mi buena suerte. Manifestó un asombro excesivo, por supuesto, pero me felicitó de la manera más cordial y ofreció toda la ayuda que estuviese en su poder. En pocas palabras, llevamos a cabo nuestro plan al pie de la letra, y a las dos de la mañana, justo diez minutos después de la ceremonia, me encontré en un carruaje cerrado con madame Lalande (con la señora Simpson, debería decir) saliendo a gran velocidad de la ciudad, en dirección noreste-norte medio punto norte.

Talbot había decidido por nosotros que, como íbamos a estar despiertos toda la noche, hiciéramos nuestra primera parada en C..., un pueblo a unos treinta kilómetros de la ciudad, y que allí consiguiéramos un desayuno temprano y algo de descanso antes de seguir adelante con nuestra ruta. Por tanto, exactamente a las cuatro, el carruaje llegó a la puerta de la posada principal. Ayudé a bajar a mi adorada esposa y pedí desayuno en el acto. Mientras tanto, nos condujeron a una sala pequeña y tomamos asiento.

En ese momento era casi de día, si no ya pleno día, y cuando miraba embelesado al ángel que tenía a mi lado, me vino de repente a la cabeza la singular idea de que ese era realmente el primer momento, desde que tuve conocimiento del célebre encanto de madame Lalande, que disfrutaba de una indagación más próxima de ese encanto a plena luz del día.

«Y ahora, *mon ami* —dijo tomándome de la mano e interrumpiendo así la cadena de mis pensamientos—, y ahora *mon cher ami,* puesto que somos indisolublemente uno, puesto que he cedido a tus apasionadas súplicas y llevado a cabo mi parte de nuestro acuerdo, supongo que no habrás olvidado que tú también tienes un pequeño favor que conceder, una pequeña promesa que tienes intención de cumplir. ¡Ah, veamos, deja que recuerde! Sí, con toda facilidad recuerdo las palabras exactas de la adorable promesa que hiciste a Eugenie anoche. ¡Escucha! Tú dijiste así: «Ya está hecho; está decidido con la mayor alegría. Sacrifico todos los sentimientos por tu bien. Esta noche llevaré este apreciado monóculo doble como tal, y sobre mi corazón; pero, con el primer clareo de ese día que me otorgará el placer de llamarte esposa, lo colocaré sobre mi... sobre mi nariz, y allí lo llevaré siempre desde entonces de la manera menos romántica y menos a la moda, pero ciertamente más utilizable, que desees». Estas fueron las palabras exactas, amado esposo mío, ¿verdad que sí?».

«Lo fueron —dije—, tienes una memoria excelente, y te aseguro, mi bella Eugenie, que no hay propensión alguna por mi parte a evadir el cumplimiento de la promesa trivial que implican. ¿Ves?, ¡mira!, me favorecen, más bien, ¿verdad?». Y en ese momento dispuse los monóculos en su forma común de lentes y los situé cuidadosamente en su posición adecuada; mientras que madame Simpson se ajustaba su tocado y, cruzándose de brazos, se sentaba muy tiesa en el sillón, en una postura algo rígida y remilgada, algo indecorosa en realidad.

«¡Santo cielo! —exclamé casi en el mismo instante en que la montura de los lentes se hubo colocado sobre mi nariz—, ¡Dios mío y señor mío!, pero ¿qué puede ocurrirles a estos lentes?». Me los quité con rapidez, los limpié cuidadosamente con un pañuelo de seda y me los ajusté de nuevo.

Pero si en el primer caso había ocurrido algo que me provocó la sorpresa, en el segundo esa sorpresa se elevó al asombro; y ese asombro era profundo, extremo, en realidad podría decir que fue espantoso. ¿Qué significaba esto, en nombre de todo lo horrible? ¿Podía yo creer en mis ojos? ¿Podía?, esa era la cuestión. ¿Era eso... era eso... colorete? ¿Y eran eso... y eran eso... y eran eso arrugas sobre el rostro de Eugenie Lalande? ¿Y qué, ¡oh, Júpiter y cada uno de los dioses y diosas, grandes y pequeños!, qué le había pasado a sus dientes? Estrellé los lentes violentamente contra el suelo, me puse en pie de un salto y me quedé erguido en mitad de la salita, enfrentándome a la señora Simpson con los brazos en jarras, sonriendo y babeando, pero al mismo tiempo totalmente sin habla de espanto y de furia.

Ahora bien, he mencionado ya que madame Eugenie Lalande (es decir, Simpson) hablaba el idioma inglés muy poquito mejor que lo escribía, y, muy adecuadamente, por esa razón nunca intentaba hablarlo en momentos corrientes. Pero la furia lleva a una dama a cualquier extremo, y en el problema actual llevó a la señora Simpson al muy extraordinario extremo de intentar mantener una conversación en una lengua que no comprendía enteramente.

«Y bian, *monsieur* —dijo tras examinarme algunos momentos con evidente gran asombro—, ¿y bian, *monsieur?* ¿Y qué entonséss?, ¿qué passa ahoga? ¿Es que tienés el bailé de sen Vitó? Si yo no gusta, ¿paga pogqué dio gato pog liebge?».

«¡Tú, desgraciada —dije recuperando el aliento—, tú... tú... tú, malvada vieja arpía!».

«¿Agpía? ¿Vieha?, ¡yo no muy vieha al fin y al cabó! Yo no un soló día *máss de oshenta y dó»*.

«¡Ochenta y dos! —exclamé tambaleándome hacia la pared—, ¡ochenta y dos mil cientos de babuinos! ¡La miniatura dice veintisiete años y siete meses!».

«¡Segugo!, ¡essó es assí!, ¡muy ciegtó!, pego la pintuga se ha hechó pog estós sincuenta y sinco añós. Cuando voy cassag mi segundó magidó, *monsieur* Lalande, en ese tiempo yo hise que pintuga tomag paga mi hihá pog mi pgimeg magidó, *monsieur* Moissart».

«¡Moissart!», dije.

«Sí, Moissart —dijo ella imitando mi pronunciación, que a decir verdad no era de las mejores—, ¿y qué entonsés? ¿Qué sabés tú sobge de Moissart?».

«¡Nada, viejo espantajo! No sé de él nada en absoluto, sólo que tuve un antepasado con ese apellido, allá en el érase una vez».

«¡Ese apellidó! ¿y qué tú tienés que decig de ese apellidó? Es mucho buen apellidó, y también Voissart, ese mucho bien apellidó tambián. Mi hiha, *mademoiselle* Moissart, casó de *monsieur* Voissart, y el apellidó es mucho gespetaable apellidó».

«¿Moissart? —exclamé—, ¡Moissart y Voissart! ¿Pues qué quieres decir?».

«¿Qué quiego desig? Quiego desig Moissart y Voissart, y pog ese asuntó de eso, quiego desig Croissart y Froissart tambián, si pienso coggesto paga desig. La hiha de mi hiha, *mademoiselle* Voissart, ella casó de *monsieur Croissart,* y entonsés la nietá de mi hiha, *mademoiselle* Croissart, casó de *monsieur* Froissart, y supongó tú dises esos no apellidós mucho gespectaables».

«¡Froissart! —dije, empezando a desmayarme—, vaya, seguramente tú no dices Moissart, y Voissart, y Croissart y Froissart».

«Sí —respondió ella, apoyándose del todo en el respaldo de su sillón y estirando mucho sus extremidades inferiores—, sí, Moissart, y Voissart, y Croissart, y Froissart. Pego *monsieur* Froissart ega mucho ggande y que vosotrós llamag estupidó, ega un mucho ggan bugo como tú, pogque dejó la belle France paga venig a esta estupída Ameguíca, y cuando llegag aquí fue y tenió mucho muchísimo estupído hiho, así disen, pego todavía yo no tenido placeg de gueunigme con él, ni yo ni mon compañante, madame Stephanie Lalande. Él de nombge Napoleón Bonaparte Froissart, y supongó que tú desig que esse tambián no mucho gespectable apellidó».

O la longitud o la naturaleza de este discurso tuvieron el efecto de poner nerviosa a la señora Simpson hasta una pasión verdaderamente extraordinaria y, cuando llegó al final, se alzó con gran trabajo de su sillón como si estuviera embrujada, dejando caer en el suelo un universo completo de polisón al levantarse. Una vez en pie, hizo rechinar sus encías, blandió sus brazos, se subió las mangas, sacudió su puño ante mi rostro, y concluyó la actuación arrancándose el tocado de la cabeza, y con él una inmensa peluca hecha con el cabello negro más caro y más hermoso, la cual arrojó al suelo con un grito, y allí pisoteó y bailoteó un fandango sobre ella en un éxtasis absoluto de sufrimiento y rabia.

Mientras tanto, yo me hundí horrorizado en el sillón que ella había dejado. «¡Moissart y Voissart! —repetía pensativamente cuando ella trinchaba un ala de pichón—, y ¡Croissart y Froissart! —cuando terminaba otra—. ¡Moissart y Voissart y Croissart y Napoleón Bonaparte Froissart!, pues mira, vieja serpiente nefanda, ese soy yo, soy yo, ¿oyes?, ¡soy yo! —en ese momento grité todo

lo que la voz me permitía— ¡soy yoooo! ¡Yo soy Napoleón Bonaparte Froissart!, ¡y si no me he casado con mi tatarabuela, que me
condenen para siempre!».

Madame Eugenie Lalande, casi Simpson (y anteriormente
Froissart), era, objetivamente, mi tatarabuela. En su juventud había
sido hermosa, e incluso a los ochenta y dos conservaba la altura
majestuosa, el escultural contorno de la cabeza, los espléndidos
ojos y la nariz griega de su juventud. Con la ayuda de todos ellos,
del polvo de perlas, del colorete, del cabello y los dientes postizos
y de la falsa traza, así como de los modistas más hábiles de París,
se las arreglaba para mantener una posición respetable entre las be-
llezas *un peu passées*[42] de la metrópolis francesa. Respecto a esto,
en realidad debía haber sido considerada poco menos que la igual
de la célebre Ninon de l'Enclos.

Era inmensamente rica, y como quedó viuda por segunda vez,
y sin hijos, consideró mi existencia en Norteamérica, y con el propósito de hacerme su heredero hizo una visita a los Estados Unidos, acompañada por una pariente lejana y sumamente bonita de su
segundo marido, una tal madame Stephanie Lalande.

En la ópera, la atención de mi tatarabuela fue capturada por mi
interés y, al inspeccionarme con su monóculo doble, se vio sorpren-
dida por cierto parecido familiar con ella misma. Interesada de esa
manera, y sabiendo que el heredero que buscaba estaba realmente
en la ciudad, indagó respecto a mí entre sus amigos. El caballero
que la acompañaba me conocía personalmente y le dijo quién era
yo. La información así obtenida la indujo a renovar su escrutinio,
y fue ese escrutinio lo que tanto me incentivó hasta comportarme
de la manera absurda ya detallada. Pero me devolvió el saludo con
la cabeza porque tenía la impresión de que por algún extraño accidente yo había descubierto su identidad. Cuando, engañado por la
debilidad de mi vista y las artes de acicalamiento respecto a la edad
y los encantos de la extraña dama, pregunté con tanto entusiasmo
a Talbot quién era ella, él llegó a la conclusión que yo me refería

---

[42] «Un poco ajadas», en francés en el original. *(N. del T.)*

a la belleza más joven, como era de esperar, y así, me informó sin faltar a la verdad que ella era «la célebre viuda, madame Lalande».

A la mañana siguiente, mi tatarabuela se encontró con Talbot, un viejo conocido de París, y la conversación giró hacía mí de manera muy natural. Las debilidades de mi vista se revelaron entonces, pues eran muy notables aunque yo ignoraba completamente esa notoriedad, y la buena de mi pariente descubrió, para su gran disgusto, que se había engañado al suponerme consciente de su identidad y que simplemente estaba actuando como un insensato al hacer el amor abiertamente, en un teatro, a una vieja dama desconocida. Como forma de castigarme por esa imprudencia elaboró un plan con Talbot. Se mantuvo alejado de mí a propósito para evitar hacerme la presentación. Se daba por supuesto que mis indagaciones callejeras acerca de «la encantadora viuda, madame Lalande» se referían a la dama más joven, por supuesto, y así, la conversación con los tres caballeros con que me encontré poco después de salir del hotel de Talbot puede explicarse fácilmente, y también su referencia a Ninon de l'Enclos. No tuve oportunidad de ver a madame Lalande de cerca a la luz del día, y en su velada musical mi absurda debilidad de rehusar la ayuda de los lentes me impidió eficazmente hacer el descubrimiento de su edad. Cuando llamaron a cantar a «madame Lalande», pensaban en la dama joven, y fue ella quien se levantó para atender la llamada. Mi tatarabuela, para mayor engaño, se levantó en el mismo momento y la acompañó al piano del salón principal. Si yo me hubiera decidido a escoltarla hacia allá, ella tenía el plan de sugerir que lo adecuado que yo permaneciera donde estaba; pero mi propia persepectiva prudente hizo que eso no fuese necesario. Las canciones que tanto admiré, y que confirmaron mi impresión acerca de la juventud de mi señora, fueron interpretadas por madame Stephanie Lalande. El monóculo doble fue presentado como una forma de añadir reprobación a la falsificación, un aguijón para el epigrama del engaño. Su presentación ofreció la oportunidad para el sermón sobre la simulación con el que quedé tan especialmente edificado. Es casi superfluo añadir que las lentes del instrumento, tal como lo llevaba la anciana, las había cambiado ella por un par mejor adaptado a mis ojos. De hecho, me quedaban perfectamente.

El clérigo, que simplemente fingió atar el nudo fatal, era amigo íntimo de Talbor y no era sacerdote. Sin embargo, era un «fusta» excelente, y tras quitarse la sotana se puso un gabán y llevó el carruaje que transportaba a la «feliz pareja» fuera de la ciudad. Talbot tomó asiento a su lado. Los dos bribones estaban así «hasta la muerte» y, a través de una ventana medio abierta en la sala trasera del hospedaje, se entretenían sonriendo con el desenlace del drama. Creo que me veré forzado a desafiarles a los dos.

Con todo, no soy el esposo de mi tatarabuela, y esto es un pensamiento que me permite un infinito alivio; pero soy el esposo de madame Lalande, de madame Stephanie Lalande, con quien la buena de mi pariente, además de hacerme su único heredero cuando muera (si lo hace alguna vez) se tomó el esfuerzo de emparejarme. En conclusión: para mí se acabaron para siempre las cartitas de amor y no me presentarán a nadie sin que lleve puestos los lentes.

METZENGERSTEIN

Pestis eram vivus, moriens tua mors ero[43].
MARTÍN LUTERO.

El horror y la fatalidad han acechado por todas partes en todas las épocas. Entonces, ¿por qué ponerle fecha al relato que voy a contar? No lo haré. Además, tengo otros motivos para la ocultación. Baste con decir que, en el período del que hablo, existía en el interior de Hungría una creencia aposentada, pero oculta, en las doctrinas de la metempsícosis[44]. De las doctrinas mismas (es decir, de su falsedad o su probabilidad) no digo nada. Sin embargo, asevero que gran parte de nuestra incredulidad (como hace notar La Bruyère[45] sobre toda nuestra infelicidad) *vient de ne pouvoir être seuls*[46].

Pero hay algunos puntos de la superstición húngara (la palabra romana era «religio») que estaban claramemente al borde de lo absurdo. Los húngaros se diferenciaban en lo fundamental de las autoridades orientales. Por ejemplo, «El alma —decían los primeros (otorgo las palabras a un parisino agudo e inteligente) *ne demeure qu'une seule fois, dans un corps sensible - au reste - ce qu'on croît d'être un cheval un chien - un homme - n'est que le ressemblance peu tangible de ces animaux*[47].

Las familias Berlifitzing y Metzengerstein habían estado en desacuerdo durante siglos. Nunca antes hubo dos casas tan ilustres que tuviesen una relación mutua tan envenenada por una hostilidad tan mortal. De hecho, en la época de esta narración, se hizo notar por una macilenta bruja de aspecto siniestro que «el fuego y el agua se mezclarán antes de que algún Berlifitzing le dé la mano a un Metzengerstein». Parece que

---

[43]   «En vida fui tu azote, muerto seré tu muerte». *(N. del T.)*
[44]   Transmigración de las almas, reencarnación. *(N. del T.)*
[45]   JEAN DE LA BRUYÈRE (1645-1696), filósofo y moralista francés. *(N. del T.)*
[46]   «Proviene de no poder estar solos». En francés en el original. *(N. del T.)*
[47]   El alma no reside más que una sola vez en un cuerpo sensible; por lo demás, aquello que creemos que es un caballo, un perro o un hombre no es más que la semejanza poco tangible de esos animales. En francés en el original. *(N. del T.)*

el origen de esta enemistad puede encontrarse en las palabras de una antigua profecía: «Un elevado apellido tendrá una terrible caída, como el jinete sobre su caballo, cuando la mortalidad de Metzengerstein triunfe sobre la inmortalidad de Berlifitzing».

Para estar seguros, las palabras mismas no tenían sentido, o muy poco, pero causas más triviales han dado lugar (y no hace mucho tiempo) a consecuencias igualmente memorables. Además, las propiedades de ambas familias eran contiguas y habían ejercido una influencia rival en los asuntos de un gobierno muy ocupado. Por otra parte, los vecinos muy próximos rara vez son amigos, y los residentes del castillo Berlifitzing podían mirar desde sus altos contrafuertes las ventanas mismas del *château* Metzengerstein, y lo menor de todo era la más que feudal magnificencia que así descubrían y que deliberadamente apaciguaba los irascibles sentimientos de los Berlifitzing, no tan antiguos y menos ricos. ¿Qué tiene de extraño, entonces, que las palabras de aquella predicción, por absurdas que fueran, consiguiesen establecer y mantener un desacuerdo entre dos familias, ya predispuestas a la pelea con cada instigación de celos hereditarios? Las palabras de la profecía implicaban, si algo implicaban, un triunfo final de parte de la casa ya más poderosa, y, por supuesto, se recordaban con tanto más resentimiento por parte de la más débil y menos influyente.

El conde de Berlifitzing, Wilhelm, aunque de ascendencia noble y de alta cuna, era en la época de esta narración un hombre enfermizo y senil, en nada notable sino por una aversión personal desorbitada y crónica a la familia de su rival, y tenía un amor tan apasionado por los caballos y por la caza, que ni la decrepitud física, ni la avanzada edad, ni la incapacidad mental evitaban su participación diaria en los peligros de la caza.

Por otra parte, el barón de Metzengerstein, Frederick, no era aún mayor de edad. Su padre, el ministro G..., murió joven. Su madre, *lady* Mary, lo siguió enseguida. En aquella época, Frederick tenía quince años. En una ciudad, quince años no son un período muy largo, un niño puede seguir siendo un niño en su tercer lustro, pero en la naturaleza (en una naturaleza tan magnífica como la de aquellos antiguos principados) quince años tienen un significado mucho más profundo.

¡La hermosa *lady* Mary! ¿Cómo pudo morir?, ¡y de tisis! Pero el suyo es un camino que he rogado poder seguir. Desearía que todos los que amo pereciesen de esa dulce enfermedad. ¡Qué gloria es partir en el apogeo de la sangre joven; en el corazón de todas las pasiones; con la imaginación incendiada; entre los recuerdos de días más felices; en el otoño, y así enterrarse para siempre en las hermosas hojas otoñales! Así murió *lady* Mary. El joven barón Frederick, sin parientes vivos, se quedó junto al féretro de su madre muerta. Puso su mano sobre su frente serena. No hubo estremecimiento alguno en su delicada complexión; ningún suspiro vino de su seno apacible; ningún gesto hubo sobre sus regios labios. Insensible, tenaz e impetuoso desde su niñez, había ido navegando hasta la edad que menciono a través de una trayectoria de insensibilidad, libertinaje y derroche imprudente; y hacía mucho tiempo que se había alzado una barrera en el canal de todos los pensamientos sagrados y los recuerdos amables.

Debido a ciertas circunstancias extrañas relacionadas con la administración de su padre, a la muerte de este último el joven barón entró inmediatamente en posesión de sus vastas propiedades. Nunca antes tuvo un noble húngaro unas propiedades semejantes. Sus castillos eran innumerables; de todos ellos el principal, en cuanto a tamaño y esplendor, era el *château* Metzengerstein. Los límites del señorío no se establecieron nunca claramente, pero su parque principal abarcaba un recorrido de doscientos cincuenta kilómetros.

Sobre la sucesión en una fortuna tan sin parangón, por un propietario tan joven y con un carácter tan bien conocido, se alzaron pocas especulaciones respecto al rumbo probable de su conducta. Y de hecho, durante un período de tres días, la conducta del heredero fue más herodíaca que Herodes, y sobrepasó limpiamente las expectativas de sus admiradores más entusiastas. Vergonzosos desenfrenos, alevosías flagrantes y atrocidades inauditas hicieron comprender rápidamente a sus temblorosos vasallos que ninguna obediencia servil por su parte, ningún detalle nimio de consciencia propia, iba desde entonces a significar protección alguna contra los despiadados colmillos sedientos de sangre de aquel pequeño Calígula. La noche del cuarto día encontraron incendiados los establos del castillo Berlifitzing, y los vecinos añadieron unánimemente el crimen de incendiario a la ya horrorosa lista de las fechorías y excesos del barón. Pero, durante el tumulto que ocasionó el incidente, el joven aristócrata estaba sentado, aparentemente sumido en meditaciones, en una gran y desierta habitación superior del palacio familiar de Metzengerstein. Los ricos tapices descoloridos y los cortinajes que colgaban tristemente de los muros representaban las formas majestuosas y sombrías de mil antepasados ilustres. Sacerdotes vestidos de rico armiño y dignatarios papales se sentaban con toda confianza con el autócrata; y el soberano vetó los deseos de un rey temporal, o contuvo con el decreto de la supremacía papal el rebelde cetro del Archienemigo. Ahí, las altas estaturas de los príncipes Metzengerstein, con sus musculosos corceles de guerra arrojándose sobre el cadáver de un enemigo caído, sobresaltaban hasta los nervios más templados con su vigorosa expresión; y ahí las voluptuosas siluetas de cisne de las damas de antaño se iban volando con los compases de una melodía imaginaria, en el laberinto de una danza irreal.

Pero mientras el barón escuchaba, o fingía escuchar, el alboroto que crecía rápidamente en los establos del castillo Berlifitzing; o quizá pensaba como Nerón en alguna audacia más categórica, sus ojos se quedaron clavados inconscientemente a la silueta de un caballo enorme y de color antinatural, que se representaba en el tapiz como perteneciente a un antepasado sarraceno de la familia de su rival. En la parte delantera del dibujo, el caballo estaba inmóvil como una estatua, mientras que más atrás su desconcertado jinete perecía por la daga de un Metzengerstein. Apareció una diabólica expresión en los labios del joven Frederick cuando se dio cuenta de la dirección que había adquirido su mirada sin ser consciente de ello, pero no la retiró. Al contrario, cuanto más miraba, tanto más imposible parecía que pudiera apartar alguna vez la vista del hechizo de aquel tapiz. Muy difícilmente podía reconciliar sus incoherentes sensaciones de ensueño con la certeza de estar despierto. No podía justificar en modo alguno la excepcional inquietud, intensa y sobrecogedora, que pareció caer como un sudario sobre sus sentidos. Pero el alboroto de afuera se hizo repentinamente más violento. Con un empeño forzoso y desesperado, desvió su atención hacia el resplandor de luz rojiza que arrojaban los llameantes establos sobre las ventanas de la habitación. Su acto no fue sino fugaz y su mirada regresó mecánicamente al muro. Para su extremo horror y sorpresa, la cabeza del corcel había cambiado de posición mientras tanto. El cuello del animal, arqueado antes como por compasión sobre el abatido cuerpo de su señor, estaba ahora extendido en toda su longitud en dirección al barón. Los ojos, antes invisibles, tenían ahora una expresión enérgica y humana, y brillaban con un extraordinario y ardiente color rojo; y los dilatados labios del aparentemente enfurecido caballo dejaban plenamente a la vista sus dientes sepulcrales y asquerosos.

Estupefacto de terror, el joven aristócrata fue tambaleándose hacia la puerta. Cuando la abrió, un destello de luz roja entró a raudales hasta dentro de la habitación y arrojó su sombra, contorneada clara y firmemente, sobre el tembloroso tapiz. Y se estremeció al ver que la sombra, al tambalearse él por un momento en el umbral, adoptaba la misma posición y llenaba exactamente el contorno del implacable y triunfante asesino del Berlifitzing sarraceno.

Con intención de aligerar la opresión que sentía en el alma, el barón se apresuró a llegar al aire libre. En la puerta principal del castillo se encontró con tres caballerizos. Estos, con grandes dificultades e inminente peligro de sus vidas, refrenaban los anormales y convulsos saltos de un caballo gigante de intensos colores.

«¿De quién es ese caballo? ¿De dónde lo habéis sacado?», preguntó el joven con un tono de voz ronco y quejumbroso, pues se había dado cuenta al instante de que el misterioso corcel del tapiz de la habitación era exactamente igual que el furioso animal que tenía ante los ojos.

«Es vuestro, mi señor —contestó uno de los palafreneros—, al menos ningún otro propietario lo reclama. Lo hemos atrapado ahora mismo, volaba humeando y espumando de furia desde los establos incendiados del castillo Berlifitzing. Supusimos que pertenecía a la cuadra de sementales extranjeros del viejo conde, y entonces lo devolvimos allá como extraviado. Pero allí los mozos de cuadra niegan tener título alguno sobre la criatura, lo que es muy raro, porque lleva marcas evidentes de haberse escapado por poco de las llamas...».

«Además, las letras W.V.B. están marcadas muy claramente en su frente —interrumpió un segundo caballerizo—, al principio creímos que eran las iniciales de Wilhelm Von Berlifitzing».

«¡Eso es sumamente singular! —dijo el joven barón con aire reflexivo, inconsciente en apariencia del significado de sus palabras—. Como decís, es un caballo extraordinario, ¡un caballo prodigioso! Aunque, como habéis observado muy justamente, tiene un carácter receloso e intratable... Pero dejad que sea mío —añadió tras una pausa—, quizá un jinete como Fredrick de Metzengerstein pueda domar hasta al diablo de los establos de Berlifitzing».

«Parece confundido, mi señor; el caballo (como creo que hemos dicho) no es de los establos del conde. Si ese fuera el caso, conocemos bien nuestro deber y no lo habríamos traído a un noble de vuestra alcurnia».

«¡Muy cierto! —comentó el barón secamente, y en ese mismo momento llegó del castillo un paje de cámara, enrojecido y con pasos precipitados. Susurró al oído de su amo el relato de la milagrosa y repentina desaparición de una pequeña parte del tapiz de una habitación, que señaló, metiéndose a la vez en detalles de carácter insignificante y circunstancial. Pero por el bajo tono de voz en que se comunicaron estos últimos, nada escapó que satisficiera la excitada curiosidad de los caballerizos.

Ahora bien, durante la reunión el joven Frederick parecía estar agitado por varias emociones. Sin embargo, recuperó pronto la compostura, y una expresión de resuelta malignidad se asentó en su semblante mientras daba órdenes perentorias de que cierta habitación debía cerrarse inmediatamente y que en el acto se pusiera la llave en sus manos.

* * *

«¿Habéis sabido de la desdichada muerte del cazador Berlifitzing?», dijo uno de sus vasallos al barón tras el asunto del paje, cuando el enorme y misterioso corcel, que el noble había adoptado como suyo, saltaba y hacía corvetas con furia redoblada y sobrenatural por la larga avenida que se extendía desde el *château* a los establos de Metzengerstein.

«¡No! —dijo el barón volviéndose de golpe hacia el que hablaba—, ¿muerto, dices?».

«Es cierto, mi señor, y me imagino que no es una noticia desagradable para un noble de vuestra familia».

Una rápida sonrisa, de extraño e ininteligible significado, se disparó sobre el bello semblante del barón. «¿Cómo murió?».

«En los grandes esfuerzos que hizo para rescatar a sus sementales de caza favoritos, él mismo pereció miserablemente entre las llamas».

«¡De veras!», exclamó el barón, somo si estuviera lenta y deliberadamente impresionado por la verdad de alguna idea emocionante.

«De veras», repitió el vasallo.

«¡Espantoso!», dijo el joven con calma, y regresaron al *château*.

Desde ese día se produjo una marcada alteración en la conducta exterior del joven y disoluto barón Frederick Von Metzengerstein. Ciertamente, su comportamiento decepcionaba todas las expectativas, y poco concordaba con las perspectivas de muchas madres manipuladoras; mientras que sus hábitos y modales, ofrecían todavía menos que antes algo de amigable a los miembros de la aristocracia colindante. Raramente se le veía, y nunca más allá de los límites de sus propios territorios. En este mundo social hay pocos que estén enteramente sin compañía, pero él sí lo parecía; a menos, en realidad, que aquel caballo irreal, impetuoso y de encendidos colores que él montaba a horcajadas continuamente tuviese algún misterioso derecho al título de amigo suyo. Sin embargo, durante largo tiempo numerosas invitaciones de parte de los vecinos acudían en tropel continuamente. «¿Asistirá el barón a nuestras partidas de caza?». «¿Querrá el barón honrar nuestras fiestas con su presencia?». «El barón Frederick no caza», «el barón Frederick no asistirá». Así eran las altivas y lacónicas respuestas. Una aristocracia arrogante no iba a soportar estos insultos repetidos. Tales invitaciones se hicieron menos cordiales y menos frecuentes. Con el tiempo cesaron completamente. Incluso se oyó a la viuda del desafortunado conde Berlifitzing expresar la esperanza de «que el barón esté en casa cuando no elija estar en casa, puesto que desdeñó la compañía de sus iguales; y que cabalgue cuando no desee cabalgar, puesto que prefirió la compañía de un caballo». Ciertamente, esto fue una boba explosión de rencor hereditario, y simplemente demuestra lo absurdos que pueden volverse nuestros dichos cuando deseamos ser excepcionalmente enérgicos.

No obstante, los caritativos atribuían la alteración de la conducta del joven noble a la tristeza natural de un hijo por la prematura pérdida de sus padres, pero olvidándose de su atroz y temerario comportamiento durante el corto período que siguió inmediatamente a esa pérdida. Ciertamente, hubo algunos que hablaron de una idea demasiado altiva de engreimiento y dignidad. Y otros, entre los que cabe mencionar al médico de la familia, no dudaron en hablar de melancolía mórbida y de mala salud hereditaria; al tiempo que oscuras insinuaciones de una naturaleza más equívoca eran moneda corriente entre la multitud.

En efecto, el perverso apego del barón por su recién adquirido caballo de guerra, un apego que parecía conseguir nuevas fuerzas con cada nueva muestra de las tendencias feroces y demoníacas del animal, con el tiempo se convirtió, a los ojos de todo hombre razonable, en un fervor abominable y antinatural. En el resplandor del mediodía, en las horas más oscuras de la noche, en la salud o en la enfermedad, en la calma o en la tempestad, a la luz de la Luna o en la sombra, el joven Metzengerstein parecía soldado a la silla de aquel caballo colosal, cuyas inmanejables osadías concordaban tan bien con el espíritu de las suyas. Además, se dieron circunstancias que, acopladas a los últimos acontecimientos, dieron un carácter portentoso y sobrenatural a la manía del jinete y a las capacidades del corcel. Se había medido cuidadosamente la longitud que cruzaba de un solo salto, y se vio que sobrepasaba por una distancia incalculable a las más osadas expectativas de los más imaginativos; a pesar de que se afirmó que el rayo rojo mismo había sido sobrepasado en muchas impetuosas carreras de larga distancia. El barón, además, no tenía un nombre concreto para el animal, aunque todos los demás de su extensa colección se distinguían por nombres característicos. Su establo estaba situado a cierta distancia de los demás, y a la hora de almohazar y de otros trabajos necesarios, nadie más que el propietario en persona se había aventurado a hacerlos, o a entrar siquiera en el recinto de aquel establo en concreto. También era digno de observarse que, aunque los tres caballerizos que habían atrapado al caballo cuando huía del gran incendio en Berlifitzing habían logrado detener su curso por medio de una brida de cadena y un lazo corredizo, con todo, ninguno de los tres podía afirmar con alguna certeza que durante la peligrosa lucha, o en cualquier momento después, hubieran puesto la mano sobre el cuerpo del animal.

Pero entre todos los miembros del séquito del barón no se encontraba ninguno que dudase del ardor del extraordinario afecto que tenía el joven noble por las fogosas cualidades de su caballo, al menos nadie más que un paje insignificante y deforme, cuyas malformaciones estorbaban a todo el mundo y cuyas opiniones no tenían ni la más mínima importancia. Si sus ideas merecen mención alguna, él tuvo el descaro de afirmar que su amo nunca saltaba sobre la silla sin un incomprensible y casi imperceptible estremecimiento, y que a su vuelta de todas las montas habituales, en las que no se supo nunca que su resollante y ensangrentado animal detuviera su ímpetu aunque el barón mismo no mostraba aspecto de cansancio, una expresión de malignidad triunfal distorsionaba todos los músculos de su semblante.

En opinión de todos, esas circunstancias siniestras auguraban alguna calamidad inminente y terrible. En consecuencia, una tormentosa noche descendió el barón como un loco de su dormitorio, montó precipitadamente y se alejó hacia el laberinto del bosque.

Un suceso tan corriente no atrajo la atención, pero su regreso fue esperado con una intensa preocupación por parte de sus domésticos, ya que, tras algunas horas de su ausencia, se descubrió que las formidables y magníficas almenas del *château* Metzengerstein crujían y se movían hasta los cimientos mismos bajo la influencia de una masa tupida y furibunda de fuego ingobernable. Como las llamas habían hecho un avance tan terrible desde que se las viera por primera vez, y todos los esfuerzos por salvar alguna parte del edificio eran evidentemente inútiles, el estupefacto vecindario se quedó sin hacer nada, en un asombro silencioso y apático. Pero enseguida captó la atención de la multitud algo nuevo y espantoso, que demostraba la gran superioridad que tiene, sobre los espectáculos más horrorosos de la materia inanimada, la agitación que la visión de la agonía humana ejerce en los sentimientos de una multitud.

Por la larga avenida de viejos robles que llevaba desde el bosque a la entrada principal del *château* Metzengerstein, se vio que un corcel, al que montaba un jinete trastornado y sin sombrero, brincaba con un ímpetu que sobrepasaba al mismo demonio de la tempestad, y que provocaba que todos los espectadores exclamasen «¡Azrael!».

Era indiscutible que la cabalgada del jinete era incontrolable por su parte. El sufrimiento visible en la expresión de su rostro y la convulsa lucha de su cuerpo eran evidencias de un esfuerzo sobrehumano; pero, salvo un alarido solitario, no escapó sonido alguno de sus labios lacerados, que estaban mordidos de parte a parte en la intensidad del terror. Un instante, y el repiqueteo de los cascos resonó clara y estridentemente sobre el rugido de las llamas y los aullidos del viento; otro, y el animal con su jinete cruzó de un solo salto la entrada y el foso; otro más, y subió la inestable escalera del palacio y se perdió en el siseante torbellino de caótico fuego.

La furia de la tormenta se desvaneció inmediatamente, y a ella la siguió un silencio mortal. Una llama blanca envolvía aún al edificio como una mortaja. Y saliendo a raudales muy arriba en la tranquila atmósfera, se disparó un resplandor de luz sobrenatural, mientras que una nube de humo envolvente se asentó pesadamente sobre las almenas y despacio, pero claramente, adoptó la apariencia de un caballo inmóvil y colosal.

Frederick, barón de Metzengerstein, fue el último de un largo linaje de príncipes. Su apellido ya no se encuentra entre los de la aristocracia húngara.

SILENCIO

—Una fábula—

«Escúchame —dijo el demonio, mientras colocaba la mano sobre mi cabeza—. La región de la que hablo es la horrible región de Libia, a orillas del río Zäire. Y allí no hay tranquilidad, no hay silencio.

Las aguas del río están teñidas de un color azafranado y enfermizo, y no fluyen hacia el mar, sino que palpitan eternamente debajo del ojo rojo del sol, con un movimiento tumultuoso y convulsivo. En una distancia de muchas millas a cada lado del lecho del río hay un pálido desierto de gigantescos nenúfares. Suspiran unos con otros en esa soledad y estiran al cielo sus largos y pálidos cuellos, moviendo hacia un lado y hacia el otro sus perennes cabezas. Y hay un murmullo indefinido que sale de entre ellos como una corriente de agua subterránea. Y suspiran entre ellos.

Pero hay un límite a este reino, el límite del oscuro y horrible bosque. Allí, como las olas en las Hébridas, las malezas se agitan continuamente. Pero no hay viento en el cielo. Los altos árboles se mueven con un fuerte ruido. De sus copas, una por una, caen inacabables gotas de rocío; en las raíces, se retuercen en un inquieto sueño extrañas flores venenosas. Y arriba, con un ruido fuerte y susurrante, las grises nubes corren hacia el oeste continuamente, hasta que caen, como una catarata, sobre las abrasadoras paredes del horizonte. Pero no hay viento en el cielo. Y en las orillas del río Zäire no hay tranquilidad, no hay silencio.

Era de noche y llovía, y era lluvia, pero, al caer, era sangre. Yo estaba en la marisma entre los altos nenúfares y la lluvia caía sobre mi cabeza y los nenúfares suspiraban entre sí en la solemnidad de su desolación.

De repente, la luna surgió a través de la fina niebla espectral que era de color carmesí. Y mis ojos se posaron en una gran roca gris que estaba en la orilla del río y que se iluminaba por la luz de la luna. Y la roca era gris y pálida, y alta; la roca era gris. En su superficie había caracteres tallados en la piedra y caminé a través de la marisma de nenúfares para acercarme a la orilla y poder leer los caracteres tallados en la piedra. Pero no pude descifrarlos. Estaba regresando a la marisma, cuando la luz comenzó a brillar más roja y me volví para mirar nuevamente la roca y los caracteres. Los caracteres decían: «desolación».

Miré hacia arriba y allí había un hombre, en la cumbre de la roca; me oculté entre los nenúfares para poder ver qué hacía el hombre. El hombre era alto e imponente y vestía desde los hombros hasta los pies una toga de la antigua Roma. No se distinguía el contorno de su figura, pero sus rasgos eran los rasgos de un dios, ya que el manto de la noche y del rocío, de la luna y de la humedad habían dejado a la vista los rasgos de su rostro. Su frente era alta y pensativa y su mirada mostraba preocupación, y en las pocas arrugas de sus mejillas pude leer las huellas de la tristeza, del cansancio, del disgusto con el género humano y un deseo de soledad.

Y el hombre se sentó en la roca y apoyó la cabeza en su mano, observando la desolación. Miró abajo hacia el inquieto matorral y hacia los altos árboles, y más alto hacia el susurrante cielo y la luna carmesí. Yo me quedé en mi refugio de nenúfares, observando lo que hacía aquel hombre. Y el hombre tembló en la soledad; pero la noche avanzaba y él estaba sentado en la roca.

El hombre distrajo su atención de los cielos y miró hacia el triste río Zäire, hacia las amarillas y lúgubres aguas y hacia las pálidas legiones de nenúfares. El hombre escuchó los susurros de los nenúfares y el murmullo que provenía de ellos. Yo me mantenía oculto y observaba lo que hacía el hombre. El hombre tembló en la soledad, pero la noche avanzaba y se quedó sentado en la roca.

Entonces me sumergí en las profundidades de la marisma y atravesé la soledad de los nenúfares y llamé a los hipopótamos que habitaban entre los pantanos de las profundidades de las marismas. Los hipopótamos escucharon mi llamada y vinieron al pie de la roca, rugiendo sonora y terriblemente bajo la luna. Yo me quedé dentro de mi refugio y observaba lo que hacía aquel hombre. Y el hombre temblaba en su soledad, pero la noche avanzaba y el hombre se quedó sentado en la roca.

Entonces maldije los elementos con la maldición del tumulto y una espantosa tempestad apareció en el cielo, donde antes no había nada de viento. El cielo se tornó lívido con la violenta tempestad y la lluvia golpeó la cabeza del hombre; las aguas del río se desbordaban y el río atormentado se llenó de espuma; los nenúfares clamaban y los bosques temblaban por el viento, y rugía el trueno, caía el rayo, y las rocas vacilaban en sus cimientos. Yo me quedé dentro de mi refugio y observaba lo que hacía aquel hombre. Y el hombre temblaba en su soledad, pero la noche avanzaba y el hombre se quedó sentado en la roca.

Entonces me enfurecí y maldije, con la maldición del *silencio,* el río, los nenúfares, el viento, el bosque, el cielo, el trueno y los suspiros de los nenúfares. Y se maldijeron y *se callaron.* La luna dejó de transitar su camino hacia el cielo y el trueno calló, el rayo no cayó, las nubes quedaron inmóviles, las aguas volvieron a su nivel y permanecieron así, los árboles no se balancearon y los nenúfares no suspiraron más y ya no se escuchó su murmullo ni sombra de otro sonido en todo el enorme desierto sin fin. Y miré hacia los caracteres de la roca y habían cambiado. Los caracteres decían: "silencio".

Mis ojos se fijaron en el rostro del hombre y su rostro estaba pálido de terror. Rápidamente, levantó la cabeza, que tenía apoyada sobre la mano, y se puso de pie sobre la roca y escuchó. Pero no hubo ninguna voz en toda la extensión del enorme desierto sin fin y los caracteres sobre la roca decían: "silencio". Y el hombre tembló y dio vuelta la cara y huyó rápidamente hasta que no pude verlo más».

* * *

Hay cuentos hermosos en los libros de los magos, en los melancólicos libros de los magos, encuadernados en piel. Allí, digo, hay gloriosas historias de los cielos y de la tierra, del poderoso mar, de los genios que gobiernan el mar, la tierra y el alto cielo. También había mucho saber en lo que decían las sibilas. Y tantas, tantas cosas se oían desde siempre entre las sombrías hojas que temblaban en torno a Dodona. Pero, tan cierto como que Alá vive, digo que la fábula que el demonio me contó mientras se sentaba a mi lado en la sombra de la tumba es la más maravillosa de todas. Cuando el demonio terminó su historia, se recostó en la cavidad de la tumba y rio. Y yo no pude reír con el demonio y me maldijo porque no pude reír. Y el lince que eternamente mora en la tumba salió de allí y se quedó a los pies del demonio y lo miró fijamente a la cara.

EL HOMBRE DE NEGOCIOS

El método es el alma de los negocios.
PROVERBIO ANTIGUO.

Yo soy un hombre de negocios. Soy un hombre metódico. Después de todo, el método es la clave. Pero no hay gente a la que desprecie más de corazón que a esos estúpidos excéntricos, que no hacen más que hablar acerca del método sin entenderlo, ateniéndose exclusivamente a la letra y violando su espíritu. Estos individuos siempre están haciendo las cosas más insospechadas de lo que ellos llaman la forma más ordenada. Ahora bien, en esto, en mi opinión, existe una clara paradoja. El verdadero método se refiere exclusivamente a lo normal y lo obvio, y no se puede aplicar a lo *outré*. ¿Qué idea concreta puede aplicarse a expresiones tales como «un metódico Jack o'Dandy» o «un Will o'the Wisp»?

Mis ideas en torno a este asunto podrían no haber sido tan claras, de no haber sido por un afortunado accidente, que tuve cuando era muy pequeño. Una bondadosa ama irlandesa (a la que recordaré en mi testamento) me agarró por los talones un día que estaba haciendo más ruido del necesario, y dándome dos o tres vueltas por el aire, y diciendo pestes de mí, llamándome «mocoso chillón», golpeó mi cabeza contra el pie de la cama. Esto, como digo, decidió mi destino y mi gran fortuna. Inmediatamente me salió un chichón en el sincipucio, que resultó ser un órgano ordenador de los más bonitos que pueda uno ver en parte alguna. A esto debo mi definitiva apetencia por el sistema y la regularidad que me han hecho el distinguido hombre de negocios que soy.

Si hay algo en el mundo que yo odie, ese algo son los genios. Los genios son todos unos asnos declarados, cuanto más geniales, más asnos, y esta es una regla para la que no existe ninguna excepción. Especialmente no se puede hacer de un genio un hombre de negocios, al igual que no se puede sacar dinero de un judío, ni las mejores nueces moscadas, de los nudos de un pino.

Esas criaturas siempre salen por la tangente, dedicándose a algún fantasioso ejercicio de ridícula especulación, totalmente alejado de la «adecuación de las cosas» y carente de todo lo que pueda ser considerado como nada en absoluto. Por tanto, puede uno identificarse a estos individuos por la naturaleza del trabajo al que se dedican. Si alguna vez ve usted a un hombre que se dedica al comercio o a la manufactura, o al comercio de algodón y tabaco, o a cualquier otra de esas empresas excéntricas, o que se hace negociante de frutos secos, o fabricante de jabón, o algo por el estilo, o que dice ser un abogado, o un herrero, o un médico, cualquier cosa que se salga de lo corriente, puede usted clasificarle inmediatamente como un genio, y, en consecuencia, de acuerdo con la regla de tres, es un asno.

Yo, en cambio, no soy bajo ningún aspecto un genio, sino simplemente un hombre de negocios normal. Mi agenda y mis libros se lo demostrarán inmediatamente. Están bien hechos, aunque esté mal que yo lo diga, y en mis hábitos de precisión y puntualidad jamás he sido vencido por el reloj. Lo que es más, mis ocupaciones siempre han sido organizadas para adecuarlas a los hábitos normales de mis compañeros de raza. No es que me sienta en absoluto en deuda en este sentido con mis padres, que eran extraordinariamente tontos, y que, sin duda alguna, me hubieran convertido en un genio total si mi ángel de la guarda no hubiera llegado a tiempo para rescatarme. En las biografías, la verdad es el todo, y en las autobiografías, mucho más aún, y, no obstante, tengo poca esperanza de ser creído al afirmar, no importa cuán seriamente, que mi padre me metió, cuando tenía aproximadamente quince años de edad, en la contaduría de lo que él llamaba «un respetable comerciante de ferretería y a comisión, que tenía un magnífico negocio». ¡Una magnífica basura! No obstante, como consecuencia de su insensatez, a los dos o tres días me tuvieron que devolver a casa a reunirme con los cabezas huecas de mi familia, aquejado de una gran fiebre, y con un dolor extremadamente violento y peligroso en el sincipucio, alrededor de mi órgano de orden. Mi caso era de gran gravedad, estuve al borde de la muerte durante seis semanas, los médicos me desahuciaron y todas esas cosas. Pero, aunque sufrí mucho, en general era que me sentía agradecido a mi suerte. Me había salvado de ser un «respetable comerciante de ferretería y a comisión, que tenía un magnífico negocio», y me sentía agradecido a la protuberancia que había sido la causa de mi salvación, así como también a aquella bondadosa mujer, que había puesto a mi alcance la citada causa.

La mayor parte de los muchachos se escapan de sus casas a los diez o doce años de edad, pero yo esperé hasta tener dieciséis. No sé si me hubiera ido entonces de no haber sido porque oí a mi madre hablar de lanzarme a vivir por mi cuenta con el negocio de las legumbres. *¡De las legumbres!* ¡Imagínense ustedes! A raíz de eso decidí marcharme e intentar establecerme con algún trabajo decente, sin tener que seguir bailando con arreglo a los caprichos de aquellos viejos excéntricos, arriesgándome a que me convirtieran finalmente en un genio. En esto tuve un éxito total al primer intento, y cuando tenía dieciocho años cumplidos tenía ya un trabajo amplio y rentable en el sector de Anunciadores ambulantes de Sastres.

Fui capaz de cumplir con las duras labores de esta profesión tan sólo gracias a esa rígida adherencia a un sistema que era la principal peculiaridad de mi persona. Mis actos se caracterizaban, al igual que mis cuentas, por su escrupuloso *método*. En mi caso, era el método, y no el dinero el que hacía al hombre: al menos, aquella parte que no había sido confeccionada por el sastre al que yo servía. Cada mañana, a las nueve, me presentaba ante aquel individuo para que me suministrara las ropas del día. A las diez estaba ya en algún paseo de moda o en algún otro lugar, dedicado al entretenimiento del público. La perfecta regularidad con la que hacía girar mi hermosa persona, con el fin de poner a la vista hasta el más mínimo detalle del traje que llevaba puesto, producía la admiración de todas las personas iniciadas en aquel negocio. Nunca pasaba un mediodía sin que yo hubiera conseguido un cliente para mis patronos, los señores Cut y Comeagain[48]. Digo esto con orgullo, pero con lágrimas en los ojos, ya que aquella empresa resultó ser de una ingratitud que rayaba en la vileza. La pequeña cuenta acerca de la que discutimos, y por la que finalmente nos separamos, no puede ser considerada en ninguno de sus puntos como exagerada por cualquier caballero que esté verdaderamente familiarizado con la naturaleza de este negocio. No obs-

---

[48] *Cut* significa cortar, y *Comeagain,* vuelva otra vez. *(N. del T.)*

tante, acerca de esto siento cierto orgullo y satisfacción en permitir al lector que juzgue por sí mismo. Mi factura decía así:

«Señores Cut y Comeagain, sastres,
a Peter Proffit, anunciador ambulante».

10 de julio	Por pasear, como de costumbre, y por traer un cliente	0,25 dólares
11 de julio	Por pasear, como de costumbre, y por traer un cliente	0,25 dólares
12 de julio	Por una mentira, segunda clase; una tela negra estropeada, vendida como verde invisible	0,25 dólares
13 de julio	Por una mentira, primera clase, calidad y tamaño extra; recomendar satinete como si fuera paño fino	0,75 dólares
20 de julio	Por la compra de un cuello de camisa de papel nuevo o pechera, para resaltar el Petersham gris	2 centavos
15 de agosto	Por usar una levita de cola corta, con doble forro (temperatura 76 °F a la sombra)	0,25 dólares
16 de agosto	Por mantenerse sobre una sola pierna durante tres horas para exhibir pantalones con trabilla, de nuevo estilo, a 12 centavos y medio por pierna por hora	0,37 $\frac{1}{2}$ dólares
17 de agosto	Por pasear, como de costumbre, y por un gran cliente (hombre gordo)	0,50 dólares
18 de agosto	Por pasear, como de costumbre, y por un gran cliente (tamaño mediano)	0,50 dólares
19 de agosto	Por pasear, como de costumbre, y por un gran cliente (hombre pequeño y mal pagador)	6 centavos

Total . . . . 2,96 $\frac{1}{2}$ dólares

La causa fundamental de la disputa producida por esta factura fue el muy moderado precio de dos centavos por la pechera. Palabra de honor que este *no era* un precio exagerado por esa pechera. Era una de las más limpias y bonitas que jamás he visto, y tengo buenas razones para pensar que fue la causante de la venta de tres Petershams. El socio más antiguo de la firma, no obstante, quería darme tan sólo un penique, y decidió demostrar cómo se pueden sacar cuatro artículos tales del mismo tamaño de un pliego de papel ministro. Pero es innecesario decir que para mí aquello era una cuestión de principios. Los negocios son los negocios, y deben ser hechos a la manera de los negociantes. No existía ningún *sistema* que hiciera posible el escatimarme a mí un penique —un fraude flagrante de un cincuenta por ciento—. Absolutamente ningún *método*. Abandoné inmediatamente mi trabajo al servicio de los señores Cut y Comeagain, afincándome por mi cuenta en el sector de Lo Ofensivo para la Vista, una de las ocupaciones más lucrativas, respetables e independientes de entre las normales.

Mi estricta integridad, mi economía y mis rigurosos hábitos de negociante entraron de nuevo en juego. Me encontré a la cabeza de un comercio floreciente, y pronto me convertí en un hombre distinguido en el terreno del «Cambio». La verdad sea dicha, jamás me metí en asuntos llamativos, me limité a la buena, vieja y sobria rutina de la profesión, profesión en la que, sin duda, hubiera permanecido de no haber sido por un pequeño accidente, que me ocurrió llevando a cabo una de las operaciones normales en la dicha profesión. Siempre que a una vieja momia, o a un heredero pródigo, o a una corporación en bancarrota, se les mete en la cabeza construir un palacio, no hay nada en el mundo que pueda disuadirles, y esto es un hecho conocido por todas las personas inteligentes. Este hecho es en realidad la base del negocio de Lo Ofensivo para la Vista. Por lo tanto, en el momento en que un proyecto de construcción está razonablemente en marcha, financiado por alguno de estos individuos, nosotros los comerciantes nos hacemos con algún pequeño rinconcillo del solar elegido, o con algún punto que esté justo al lado o inmediatamente delante de este. Una vez hecho esto, esperamos hasta que el palacio está a medio construir, y entonces pagamos a algún arquitecto de buen gusto para que nos construya una choza ornamental de barro, justo al lado, o una pagoda estilo sureste, o estilo holandés, o una cochiquera, o cualquier otro ingenioso juego de la imaginación, ya sea esquimal, kickapoo u hotentote. Por supuesto, no podemos permitirnos derribar estas estructuras si no es por una prima superior al quinientos por ciento del precio del costo de nuestro solar y nuestros materiales. ¿No es así? Pregunto yo. Se lo pregunto a todos los hombres de negocios. Sería irracional el suponer que podemos. Y, a pesar de todo, hubo una descarada corporación que me pidió precisamente eso, *precisamente eso.* Por supuesto que no respondí a su absurda propuesta, pero me sentí en el deber de ir aquella noche y cubrir todo su palacio de negro de humo. Por hacer esto, aquellos villanos insensatos me metieron en la cárcel, y los caballeros del sector de Lo Ofensivo para la Vista se vieron obligados a darme de lado cuando salí libre.

El negocio del Asalto con Agresión a que me vi obligado a recurrir para ganarme la vida resultaba, en cierto modo, poco adecuado para mi delicada constitución, pero me dediqué a él con gran entusiasmo, y encontré en él, como en otras ocasiones, el premio a la metódica seriedad y a la precisión de mis hábitos, que había sido fijada a golpes en mi cabeza por aquella deliciosa ama —sería, desde luego, el más vil de los humanos si no la recordara en mi testamento—. Observando, como ya he dicho, el más estricto de los sistemas en todos mis asuntos, y llevando mis libros con gran precisión, fue como conseguí superar muchas dificultades, estableciéndome por fin muy decentemente en mi profesión. La verdad sea dicha, pocos individuos establecieron un negocio en cualquier rama mejor montado que el mío. Transcribiré aquí una o dos páginas de mi agenda, y así me ahorraré la necesidad de la autoalabanza, que es una práctica despreciable, a la cual no se rebajará ningún hombre de altas miras. Ahora bien, la agenda es algo que no miente.

«1 de enero. Año Nuevo. Me encontré con Snap en la calle; estaba piripi. Memo; él me servirá. Poco después me encontré a Gruff, más borracho que una cuba. Memo; también me servirá. Puse la ficha de estos dos caballeros en mi archivo y abrí una cuenta corriente con cada uno de ellos.

2 de enero. Vi a Snap en la Bolsa; fui hasta él y le pisé un pie. Me dio un puñetazo y me derribó. ¡Espléndido! Volví a levantarme. Tuve

alguna pequeña dificultad con Bag, mi abogado. Quiero que pida por daños y perjuicios un millón, pero él dice que por un incidente tan trivial no podemos pedir más de quinientos. Memo. Tengo que prescindir de Bag, no tiene *ningún sistema.*

3 de enero. Fui al teatro a buscar a Gruff. Le vi sentado en un palco lateral del tercer piso, entre una dama gruesa y otra delgada. Estuve observando al grupo con unos gemelos hasta que vi a la dama gruesa sonrojarse y susurrarle algo a G. Fui entonces hasta su palco y puse mi nariz al alcance de su mano. No me tiró de ella, no hubo nada que hacer. Me la limpié cuidadosamente y volví a intentarlo; nada. Entonces me senté y le hice guiños a la dama delgada, y entonces tuve la gran satisfacción de sentir que él me levantaba por la piel del pescuezo, arrojándome al patio de butacas. Cuello dislocado y la pierna derecha magníficamente rota. Me fui a casa enormemente animado; bebí una botella de champaña, apunté una petición de cinco mil contra aquel joven. Bag dice que está bien.

15 de febrero. Llegamos a un compromiso en el caso del señor Snap. Cantidad ingresada —50 centavos—, por verse.

16 de febrero. Derrotado por el villano de Gruff, que me hizo un regalo de cinco dólares. Costo del traje, cuatro dólares y 25 centavos. Ganancia neta —véanse libros—, 75 centavos».

Como pueden ver, existe una clara ganancia en el transcurso de un breve período de tiempo de nada menos que un dólar y 25 centavos, y esto tan sólo en los casos de Snap y Gruff, y juro solemnemente al lector que estos extractos han sido tomados al azar de mi agenda.

No obstante, es un viejo proverbio, y perfectamente cierto, que el dinero no es nada en comparación con la buena salud. Las exigencias de la profesión me parecieron un tanto excesivas para mi delicado estado de salud, y una vez que finalmente descubrí que estaba totalmente deformado por los golpes, hasta el punto de que no sabía muy bien qué hacer y que mis amigos eran incapaces de reconocerme como Peter Proffit cuando me cruzaba con ellos por la calle, se me ocurrió que lo mejor que podría hacer sería alterar la orientación de mis actividades. En consecuencia, dediqué mi atención a las Salpicaduras de Lodo, y estuve dedicado a ello durante algunos años.

Lo peor de esta ocupación es que hay demasiada gente que se siente atraída por ella, y en consecuencia, la competencia resulta excesiva. Todos aquellos individuos ignorantes que descubren que carecen de cerebro como para hacer carrera como hombre-anuncio, o como pisaverde de la rama de Lo Ofensivo para la Vista, o como un hombre de Asalto con Agresión, piensan, por supuesto, que su futuro está en las Salpicaduras de Lodo. Pero jamás pudo haber una idea más equivocada que la de pensar que no hace falta cerebro para dedicarse a salpicar de lodo. Especialmente no hay en este negocio nada que hacer si se carece de *método*. Por lo que a mí respecta, mi negocio era tan sólo al por menor, pero mis antiguos hábitos *sistemáticos* me hicieron progresar viento en popa. En primer lugar elegí mi cruce de calles con gran cuidado, y jamás utilicé un cepillo en ninguna otra parte de la ciudad *que no fuera aquella*. También puse gran atención en tener un buen charco a mano, de tal forma que pudiera llegar a él en cuestión de un momento. Debido a esto, llegué a ser conocido como una persona de fiar; y esto, permítanme que se lo diga, es tener la mitad de la batalla ganada en este oficio. Jamás nadie que me echara una moneda atravesó mi cruce con una mancha en sus pantalones. Y ya que mis costumbres en este sentido eran bien conocidas, jamás tuve que enfrentarme a ninguna imposición. Caso de que esto hubiera ocurrido, me hubiera negado a tolerarlo. Jamás he intentado imponerme a nadie, y en consecuencia, no tolero que nadie haga el indio conmigo. Por supuesto, los fraudes de los bancos eran algo que yo no podía evitar. Su suspensión me dejó en una situación prácticamente ruinosa. Estos, no obstante, no son individuos, sino corporaciones, y como todo el mundo sabe, las corporaciones no tienen ni cuerpo que patear ni alma que maldecir.

Estaba yo ganando dinero con este negocio cuando en un mal momento me vi inducido a fusionarme con los Viles Difamadores, una profesión en cierto modo análoga, pero ni mucho menos igual de respetable. Mi puesto era sin duda excelente, ya que estaba localizado en un lugar céntrico y tenía unos magníficos cepillos y betún. Mi perrillo, además, estaba bastante gordo y puesto al día en todas las técnicas del olisqueo. Llevaba en el oficio mucho tiempo, y me atrevería a decir que lo comprendía. Nuestra rutina consistía en lo siguiente: Pompey, una vez que se había rebozado bien en el barro, se sentaba a la puerta

158

de la tienda hasta que veía acercarse a un dandi de brillantes botas. Inmediatamente salía a recibirle y se frotaba un par de veces contra sus Wellingtons. Inmediatamente, el dandi se ponía a jurar profusamente y a mirar a su alrededor en busca de un limpiabotas. Y allí estaba yo, bien a la vista, con mi betún y mis cepillos. Al cabo de un minuto de trabajo recibía mis seis peniques. Esto funcionó moderadamente bien durante un cierto tiempo. De hecho, yo no era avaricioso, pero mi perro lo era. Yo le daba un tercio de los beneficios, pero él decidió insistir en que quería la mitad. Esto fui incapaz de tolerarlo, de modo que nos peleamos y nos separamos.

Después me dediqué algún tiempo a probar suerte con el organillo, y puedo decir que se me dio bastante bien. Es un oficio simple y directo, y no requiere ninguna habilidad particular. Se puede conseguir un organillo a cambio de una simple canción, y para ponerlo al día no hay más que abrir la maquinaria y darle dos o tres golpes secos con un martillo. Esto produce una mejora en el aparato, de cara al negocio, como no se pueden ustedes imaginar. Una vez hecho esto, no hay más que pasear con el organillo al hombro hasta ver madera fina en la calle y un llamador envuelto en ante. Entonces uno se detiene y se pone a dar vueltas a la manivela, procurando dar la impresión de que está uno dispuesto a seguir haciéndolo hasta el día del juicio. Al cabo de un rato se abre una ventana desde donde arrojan seis peniques junto con la solicitud «cállese y siga su camino», etc. Yo soy consciente de que algunos organilleros se han permitido el lujo de «seguir su camino» a cambio de esta suma, pero por lo que a mí respecta, yo consideraba que la inversión inicial de capital necesaria había sido excesiva como para permitirme el «seguir mi camino» por menos de un chelín.

Con esta ocupación gané bastante, pero por algún motivo no me sentía del todo satisfecho, así que finalmente la abandoné. La verdad es que trabajaba con la desventaja de carecer de un mono, y además las calles americanas están tan embarradas y la muchedumbre democrática es muy molesta y está repleta de niños traviesos.

Estuve entonces sin trabajo durante algunos meses, pero finalmente conseguí, gracias al gran interés que puse en ello, procurarme un puesto en el negocio del Correo Fingido. El trabajo aquí es sencillo y no del todo improductivo. Por ejemplo: muy de madrugada yo tenía que hacer mi paquete de falsas cartas. En el interior de cada una de estas tenía que garrapatear unas cuantas líneas acerca de cualquier tema que me pareciera lo suficientemente misterioso y firmar todas estas epístolas como Tom Dobson, o Bobby Tompkins, o algo por el estilo. Una vez dobladas y cerradas todas, y selladas con un falso matasellos de Nueva Orleáns, Bengala, Botany Bay o cualquier otro lugar muy alejado, recorría mi ruta diaria como si tuviera mucha prisa. Siempre me presentaba en las casas grandes para entregar las cartas y solicitar el pago del sello. Nadie duda en pagar por una carta, especialmente por una doble; la gente es muy tonta y no me costaba nada doblar la esquina antes de que tuvieran tiempo de abrir las epístolas. Lo peor de esta profesión era que tenía que andar tanto y tan deprisa, y que tenía que variar mi ruta tan frecuentemente. Además, tenía escrúpulos de conciencia. No puedo aguantar el ver abusar de individuos inocentes, y el entusiasmo con el que toda la ciudad se dedicó a maldecir a Tom Dobson y a Bobby Tompkins era realmente algo horrible de oír. Me lavé las manos de aquel asunto con gran repugnancia.

Mi octava y última especulación ha sido en el terreno de la Cría de Gatos. He encontrado este negocio extraordinariamente agradable y lucrativo, y prácticamente carente de problemas. Como todo el mundo sabe, el país está infectado de gatos; tanto es así, que recientemente se presentó ante el legislativo, en su última y memorable sesión, una petición para que el problema se resolviera, repleta de numerosas y respetables firmas. La asamblea en aquellos tiempos estaba desusadamente bien informada, y habiendo aceptado otros muchos sabios y sanos proyectos, coronó su actuación con el Acta de los Gatos. En su forma original, esta ley ofrecía una prima por la presentación de «cabezas» de gato (cuatro peniques la pieza), pero el Senado consiguió enmendar la cláusula principal sustituyendo la palabra «cabezas» por «colas». Esta enmienda era tan evidentemente adecuada que la totalidad de la Cámara la aceptó.

En cuanto el gobernador hubo firmado la ley, invertí la totalidad de mi dinero en la compra de gatos y gatas. Al principio sólo podía permitirme el alimentarles con ratones (que resultan baratos), pero aun así cumplieron con la Ordenanza Bíblica a un ritmo tan maravilloso que finalmente consideré que la mejor línea de actuación sería la de la generosidad, de modo que regalé sus paladares con ostras y tortuga. Sus colas, según el precio establecido, me producen ahora unos buenos ingresos, ya que he descubierto un método por medio del cual, gracias al aceite de Macassar, puedo conseguir tres cosechas al año. También me encanta observar que los animales se acostumbran rápidamente a la cosa y acaban prefiriendo tener tal apéndice cortado que no tenerlo. Me considero, por lo tanto, realizado y estoy intentando conseguir una residencia en el Hudson.

LA CAJA OBLONGA

Hace algunos años, para ir desde Charleston, Carolina del Sur, hasta la ciudad de Nueva York, reservé un billete en el paquebote Independence, al mando del capitán Hardy. Teníamos que zarpar el quince del mes (junio), si el tiempo lo permitía, y el día catorce fui a bordo para arreglar algunas cosas en mi camarote.

Vi que tendríamos muchos pasajeros, incluyendo una cantidad poco habitual de mujeres. En la lista había varios conocidos míos y, entre otros nombres, me alegré de ver el de Cornelius Wyatt, un joven artista, por quien sentía un notable sentimiento de amistad. Había sido compañero mío en la Universidad de C..., donde estábamos siempre juntos. Tenía el carácter de un genio y era una mezcla de misantropía, sensibilidad y entusiasmo. A estas cualidades, unía el corazón más ardiente y sincero que haya tenido hombre alguno.

Observé que había a su nombre *tres* camarotes y, mirando nuevamente la lista de invitados, descubrí que había reservado billetes para sus dos hermanas, su esposa y él mismo. Los camarotes eran suficientemente amplios y, en cada uno, había dos literas, una sobre otra. Estas literas eran tan estrechas que no resultaban suficientes para más de una persona. Sin embargo, no podía entender por qué había tres camarotes para estas cuatro personas. En esa época, me encontraba en uno de esos estados de melancolía espiritual en que un hombre tiende a mostrarse en extremo inquisitivo sobre nimiedades. Y me avergüenza confesar que me dediqué a una serie de conjeturas sobre este asunto del camarote de más. Desde luego, no era un asunto de mi incumbencia; sin embargo, me dediqué pertinazmente a pensar en cómo resolver el enigma. Finalmente, llegué a una conclusión que me asombró no haber descubierto antes: «Se trata de una criada, por supuesto», me dije; «no entiendo cómo no se me ocurrió antes esta solución tan obvia». Y, otra vez, reparé en la lista, pero esta vez vi con claridad que no vendría ningún criado con el grupo; aunque, en realidad, había sido la intención inicial llevar uno, ya que las palabras «y criado» habían sido escritas y luego tachadas. «Ah, seguro que es equipaje adicional», me dije, «algo que no quiere bajar y quiere controlar y tener a mano, un cuadro o algo así, y esto es lo que debe haber comprado a Nicolino, el judío italiano». Esta idea me conformó y, por el momento, dejé de lado mi curiosidad.

Conocía muy bien a las dos hermanas de Wyatt, que eran dos jóvenes tan amables como inteligentes. Se había casado recientemente y yo no conocía a su esposa. Sin embargo, había hablado de ella en mi presencia, con su habitual entusiasmo. La describió como de una sorprendente belleza, ingenio y cualidades. Por tanto, me sentía muy ansioso por conocerla.

El día que visité el barco (el día catorce), Wyatt y su grupo también debían visitarlo, según me informó el capitán, y esperé a bordo una hora más de lo previsto, con la esperanza de que me presentaran a la esposa; pero se me informó que «la señora Wyatt se sentía indispuesta y no vendría a bordo hasta el día siguiente, a la hora de zarpar».

Al llegar el momento, me dirigí del hotel hasta el muelle, donde me encontré con el capitán Hardy, quien me dijo que «por ciertas circunstancias» (frase estúpida, pero apropiada) «el Independence no zarparía hasta dentro de uno o dos días y que, cuando todo estuviera listo, enviaría alguien para informarme». Esto me pareció extraño, ya que había una sostenida brisa del sur; pero como «las circunstancias» no aparecían, aunque insistí con gran perseverancia, no pude hacer nada, sino volver a casa y digerir mi impaciencia.

No recibí el esperado mensaje del capitán durante casi una semana. Sin embargo, al fin llegó e inmediatamente fui a bordo. El barco estaba lleno de pasajeros y reinaba la confusión habitual en el momento de izar las velas. El grupo de Wyatt llegó diez minutos después que yo. Allí estaban sus dos hermanas, su esposa y el artista, este último en uno de sus habituales accesos de melancólica misantropía. Sin embargo, ya estaba muy acostumbrado a su humor y no le presté demasiada atención. Ni siquiera me presentó a su esposa, quedando este deber de cortesía a cargo de su hermana Marian, una joven dulce e inteligente, quien nos presentó apresuradamente.

La señora Wyatt llevaba un espeso velo y, cuando lo levantó para responder a mi saludo, confieso que me sentí profundamente sorprendido. Sin embargo, me hubiera asombrado aún más si no tuviera la costumbre de dudar de las entusiastas descripciones de mi amigo cuando se trataba de la belleza femenina. Al hablar de la hermosura, sabía perfectamente con qué facilidad llegaba al límite de lo ideal.

La verdad es que no pude dejar de observar que la señora Wyatt era una mujer decididamente vulgar. Si no fea del todo, creo que no estaba muy lejos de serlo. Sin embargo, vestía con exquisito gusto y no había duda de que había cautivado el corazón de mi amigo por las virtudes más duraderas del intelecto y el alma. Dijo muy pocas palabras y se dirigió a su camarote con Wyatt.

Mi anterior curiosidad se apoderó de mí. No había criados, eso estaba claro. Por tanto, busqué el equipaje adicional. Al cabo de un rato, llegó un carro con una caja oblonga de pino, que según parecía era lo único que se esperaba. Inmediatamente después de la llegada de la caja, zarpamos y en poco tiempo habíamos cruzado felizmente la barra y entrábamos en mar abierto.

La caja en cuestión era, como digo, oblonga. Tenía seis pies de largo por dos y medio de ancho. La observé con atención y además me gusta ser preciso. Pues bien, esta forma era *especial*. En cuanto la vi, me felicité por lo acertado de mi estimación. Había llegado a la conclusión, como se recordará, de que el equipaje adicional de mi amigo, el artista, estaría conformado por cuadros o, por lo menos, un cuadro, ya que sabía que Wyatt había estado varias semanas hablando con Nicolino. Y ahora aquí estaba la caja que, por su forma, no podría contener nada más que una copia de la *Última Cena,* de Leonardo, y sabía que una copia de esta obra, hecha por Rubini el joven, en Florencia, estaba en poder de Nicolino. Por tanto, este punto estaba suficientemente claro para mí. Me reí tal vez demasiado de mi perspicacia. Era la primera vez que descubría que Wyatt me ocultaba alguno de sus secretos artísticos; pero no cabía duda de que esta vez trataba de hacerme una treta y pasar de contrabando a Nueva York una obra magnífica, confiando en que no me daría cuenta de nada. Resolví tomarme una revancha, sin tener que esperar mucho.

No obstante, una cosa me fastidió bastante. La caja no fue al camarote adicional. Fue depositada en el de Wyatt y allí permaneció, ocupando casi todo el suelo, sin duda causando molestias al artista y a su esposa, además porque la brea o la pintura con la que se habían trazado grandes letras despedían un olor desagradable y fuerte y, para mí, especialmente repugnante. Sobre la tapa, podía leerse: «*Señora Adelaide Curtis, Albany, Nueva York. Envío de Cornelius Wyatt, esq. Este lado hacia arriba. Trátese con cuidado*».

Sabía yo que la señora Adelaide Curtis, de Albany, era la suegra del artista; pero miré la dirección completa y pensé que había hecho estampar su nombre a fin de confundirme mejor. Estaba seguro de que la caja y su contenido nunca llegarían más allá del estudio de mi misantrópico amigo, en Chambers Street, Nueva York.

Durante los primeros tres o cuatro días tuvimos buen tiempo, a pesar del viento de proa, ya que había virado al norte apenas perdimos de vista la costa. Por tanto, los pasajeros estaban alegres y dispuestos a ser sociables. Sin embargo, Wyatt y sus hermanas se mostraban reservados, de forma que no pude menos que considerarlo descortés para con el resto de los pasajeros. No estaba observando tanto la conducta de Wyatt. Estaba más melancólico de lo que era habitual en él. En realidad, estaba lúgubre; pero yo estaba preparado para sus excentricidades. Sin embargo, no encontraba excusa para las hermanas. Se recluyeron en sus camarotes durante la mayor parte del viaje y rechazaron, a pesar de mi insistencia, comunicarse con cualquier persona del barco.

La señora Wyatt era, en cambio, mucho más agradable. Es decir, era *habladora*, y esto tiene mucha importancia cuando se viaja por mar. Se mostró *excesivamente* familiar con la mayoría de las damas y, para mi profunda sorpresa, no ocultaba su disposición a coquetear con los hombres. Nos divertía mucho a todos. Y digo «divertía», pero apenas puedo explicar lo que quiero decir con esto. La verdad es que pronto descubrí que la gente se reía más *de* ella que *con* ella. Los hombres hablaban poco de ella, pero las damas no tardaron en decir que era «una buena mujer, nada bonita, sin la menor educación y decididamente vulgar». Lo maravilloso era cómo Wyatt había quedado atrapado en semejante trampa de matrimonio. La fortuna era una posibilidad, pero yo sabía que no se trataba de esto; Wyatt me había dicho que ella no le dio ni un dólar ni tenía la menor esperanza de heredar. Se había casado con ella, según me había dicho, por amor, sólo por amor. Cuando pensaba en estas expresiones de mi amigo, confieso que me siento indescriptiblemente perplejo. ¿Podría ser posible que estuviera perdiendo los sentidos? ¿Qué más podía yo pensar? Él, tan refinado, tan intelectual, tan susceptible, con una percepción tan exquisita de lo imperfecto, con tan aguda apreciación de la belleza. En realidad, la dama parecía muy enamorada de su esposo, especialmente en su ausencia, y se ponía en ridículo al citar varias veces lo que había dicho «su adorado esposo, el señor Wyatt». La palabra «esposo» aparecía siempre —para decirlo con delicadeza— en la punta de su lengua. Mientras tanto, todo el pasaje observaba que él la evitaba de la manera más evidente y que, en general, prefería encerrarse en el camarote, donde en realidad se suponía que vivían juntos, y dejaba a su esposa en total libertad para divertirse como mejor le pareciera, en el círculo social del salón.

De lo que había visto y oído, concluí que el artista, por algún inexplicable capricho del destino o tal vez en algún acceso de entusiasta y fantasiosa pasión, había sido inducido a unirse a una persona por debajo de su nivel y, como resultado, enseguida se había producido el resultado natural, o sea, la más completa repugnancia. Me apiadé de él desde lo más profundo de mi corazón, pero no podía, por eso, perdonarle su falta de comunicación al no contarme lo de la «Última Cena». Decidí vengarme por esto.

Un día, subió a cubierta y, tomándolo del brazo como había sido mi costumbre, comenzamos a caminar de un lado a otro. Sin embargo, su melancolía (que yo consideraba bastante normal en esas circunstancias) parecía completamente invariable. Habló poco y con tono malhumorado y evidente esfuerzo. Intenté hacer una o dos bromas y vi que luchaba por sonreír. ¡Pobre hombre! Pensando en su esposa, me preguntaba cómo tendría capacidad para aparentar estar alegre. Finalmente, me decidí a indagar a fondo, comenzando con una serie de insinuaciones encubiertas sobre la caja oblonga, para dejarle ver, poco a poco, que yo no era para nada la víctima de su pequeño engaño. A tal fin y para descubrir mi batería, le dije algo acerca de la «peculiar forma de esa caja». A medida que hablaba, le sonreía con complicidad, le guiñé el ojo, mientras le tocaba suavemente con el dedo en las costillas.

La manera en que Wyatt recibió esta inocente broma, me convenció de que se había vuelto loco. Primero me miró como si pensara que era imposible comprender lo inteligente de mi observación, pero, a medida que mis palabras iban entrando en su mente, parecía que los ojos se salían de sus órbitas. Después se puso rojo y, a continuación, palideció. Enseguida, como si se estuviera divirtiendo mucho, comenzó a reírse, cada vez con más fuerza, durante varios minutos. Finalmente, se desmayó pesadamente sobre cubierta; mientras intentaba levantarlo, me pareció que había muerto.

Pedí ayuda y, con mucha dificultad, lo pudimos hacer volver en sí. Al revivir, habló de forma incoherente durante un tiempo. Después lo sangramos y lo metimos en la cama. A la mañana siguiente ya estaba bastante recuperado, en lo que respecta a la salud física. Por supuesto, no diría nada de su mente. Lo evité durante el resto del viaje, por consejo del capitán, que parecía estar de acuerdo conmigo en mi opinión acerca de su locura, pero me advirtió que no dijera nada a nadie a bordo.

Varias circunstancias ocurrieron inmediatamente después de esta crisis de mi amigo, que contribuyeron a aumentar la curiosidad que ya tenía. Entre otras cosas, diré lo siguiente: me sentía nervioso por haber bebido demasiado té verde y dormía mal de noche; en realidad, podría decir que no había dormido durante dos noches. Mi camarote daba al salón principal o comedor, al igual que todos los de los hombres que estaban solos a bordo. Los tres camarotes de Wyatt se encontraban en la parte posterior, que estaba separada del salón principal por una discreta puerta corrediza que no se cerraba nunca, ni siquiera de noche. Como seguíamos navegando con viento en contra, el barco escoraba de forma acentuada a sotavento y, cada vez que el estribor se inclinaba, la puerta divisoria se corría y quedaba abierta sin que nadie se molestara en cerrarla. Mi camarote estaba en una posición tal que cuando tenía la puerta abierta —lo que ocurría siempre, por el calor— veía con claridad el salón posterior e incluso la zona adonde daban los camarotes de Wyatt. Durante dos noches no consecutivas, estando yo despierto, vi que, alrededor de las once, la señora Wyatt salía en silencio del camarote de su esposo y entraba en el camarote adicional, donde se quedaba hasta la madrugada, en que Wyatt iba a buscarla y la hacía entrar otra vez en su cabina. Por tanto, quedaba claro que el matrimonio estaba separado. Dormían en habitaciones separadas, probablemente a la espera de un divorcio más absoluto. Pensé que en esto residía el misterio del camarote adicional.

Se produjo otra circunstancia que me interesó mucho. Durante las dos noches en que no pude dormir, e inmediatamente después de ver a la señora Wyatt entrar en el camarote adicional, me llamaron la atención ciertos ruidos singulares, ahogados, que se oían desde el de su esposo. Después de escuchar un tiempo, pude explicarme perfectamente su significado. Los ruidos eran producidos por el artista al abrir la caja oblonga mediante un escoplo y una maza, esta última envuelta en un tejido de lana o algodón para amortiguar el golpe.

De este modo, me imaginé que había descubierto el momento exacto en que liberaba la tapa. También pude determinar el momento en que la abría y el momento en que la depositaba en la litera inferior. Después se produjo un silencio de muerte y no oí nada más hasta casi el amanecer; a menos, tal vez, que pueda mencionar un suave sonido de sollozos o quejidos, pero podría tratarse de otra cosa. Podía pensar, más bien, en una ilusión auditiva. De acuerdo con su costumbre, Wyatt se dejaba llevar por un capricho y por el arrebato de entusiasmo artístico y abría la caja para observar el tesoro de arte que encerraba. Por supuesto, nada de esto justificaba un rumor de *sollozos;* por ello, repito que se trataría de una alucinación de mi mente, excitada por el té verde del capitán Hardy. Durante las dos noches que he mencionado, antes del amanecer, escuché que Wyatt colocaba nuevamente la tapa sobre la caja oblonga, introduciendo los clavos en los agujeros con la ayuda de la maza envuelta en trapos. Después salía de su camarote completamente vestido y se iba a buscar a su esposa, que se encontraba en el otro camarote.

Habíamos estado navegando siete días y habíamos pasado ya el cabo Hatteras, cuando nos asaltó una tremenda tempestad que venía del sudoeste. En alguna medida, estábamos preparados para esto, ya que el clima se había mostrado amenazante durante cierto tiempo. Todo estaba bien aparejado y, cuando el viento aumentó su intensidad, nos dejamos llevar con dos rizos de la mesana cangreja y el trinquete.

Con estas velas, navegamos sin peligro durante cuarenta y ocho horas. El barco resultó muy bueno en muchos aspectos y no hacía agua. Sin embargo, después de este período, el viento se transformó en huracán y la mesana cangreja se hizo pedazos, con lo que quedamos a merced de los elementos, de modo que inmediatamente nos barrieron varias olas enormes, una tras otra. Con este accidente, perdimos tres hombres y casi todas las amuradas de babor. Apenas habíamos recuperado la calma, cuando el trinquete voló en jirones y tuvimos que izar una vela de estay y así pudimos aguantar unas horas, ya que el barco capeaba el temporal con más estabilidad que antes.

No obstante, el huracán mantenía su fuerza y no había nada que indicara que iba a amainar. Vimos que la enjarciadura estaba en mal estado y soportaba una terrible tensión. El tercer día de la tempestad, alrededor de las cinco de la tarde, un terrible golpe de viento a barlovento mandó por la borda el palo de mesana. Durante una hora o más, intentamos en vano terminar de desprenderlo a causa del terrible balanceo. Antes de lograrlo, el carpintero nos anunció que había cuatro pies de agua en la bodega. Además, vimos que las bombas estaban atascadas y casi no servían.

Todo era confusión y desesperación, pero intentamos aligerar el barco tirando todo lo que pudimos de la carga y cortando los dos mástiles que quedaban. Por fin lo logramos, pero no pudimos hacer nada con las bombas y, mientras tanto, el agua seguía entrando con toda velocidad.

Al atardecer, el huracán habían amainado y, como el mar se calmó, teníamos esperanza de salvarnos en los botes. A las ocho de la tarde, las nubes se abrieron a barlovento y tuvimos la ventaja de tener luna llena, una gran suerte, ya que nos devolvió el ánimo a nuestros abatidos espíritus.

Por fin, después de increíbles esfuerzos, logramos eliminar el agua de la chalupa y embarcamos en ella a toda la tripulación y la mayor parte de los pasajeros. Este grupo se alejó de inmediato y, después de mucho sufrimiento, llegó finalmente sano y salvo a Ocracoke Inlet, tres días después del naufragio.

Catorce pasajeros y el capitán quedamos a bordo, resueltos a dejar nuestros destinos en manos del botequín de popa. Lo bajamos sin dificultad, aunque fue un milagro que no volcara en cuanto tocó el agua. Embarcaron en él el capitán y su esposa, Wyatt y su grupo, un oficial mejicano, su esposa y cuatro hijos y yo con mi criado negro.

Por supuesto, no había lugar para nada más excepto algunos instrumentos realmente necesarios, algunas provisiones y la ropa que llevábamos puesta. ¡Cuál no sería nuestra sorpresa cuando, apenas alejados del barco, Wyatt se puso de pie en la popa del bote y exigió al capitán Hardy que volviéramos al barco para buscar su caja oblonga!

—Siéntese, señor Wyatt —respondió el capitán, serio—. Nos hundiremos si no se queda quieto. ¿No ve que la borda está al ras del agua?

—¡La caja! —gritó Wyatt, todavía de pie—. ¡La caja! Capitán Hardy, usted no puede rehusar lo que le pido. ¡No pesa casi nada... apenas pesa! ¡Por su madre, por el amor de Dios, por su esperanza de salvación, le *imploro* que volvamos a buscar la caja!

El capitán, por un momento, pareció conmovido por las súplicas del artista, pero recuperó su adusta postura y sólo dijo:

—Señor Wyatt, está usted loco. No puedo escucharlo. Siéntese, le digo, o se hundirá el bote. ¡Vosotros, sujetadlo o se caerá al agua! ¡Ah... lo sabía...! ¡Demasiado tarde!

Mientras el capitán decía todo esto, Wyatt, en efecto, saltó al agua y, como todavía estábamos cerca del buque, pudo, con un esfuerzo casi sobrehumano, sujetarse de una cuerda que colgaba a proa. En un momento, estaba nuevamente a bordo del barco y corría como loco hacia la escotilla que conducía a los camarotes.

Entretanto, habíamos sido llevados hacia la popa y, sin la protección de su casco, quedamos inmediatamente a merced del terrible mar. Nos esforzamos por acercarnos otra vez, pero nuestro pequeño bote era como una pluma en la tempestad. Con una mirada, comprendimos que el destino del infortunado artista estaba sellado.

A medida que nos alejábamos del barco que estaba casi hundido, vimos que el loco (sólo podíamos considerarlo de este modo) salía otra vez a cubierta y, con una fuerza que parecía la de un gigante, arrastraba la caja oblonga. Mientras lo contemplábamos, totalmente asombrados, arrolló rápidamente una cuerda a la caja y la pasó varias veces por su cuerpo. Un momento después, ambos caían al mar, desapareciendo de forma instantánea y para siempre.

Por un momento, dejamos de remar y clavamos la mirada en el lugar de la tragedia. Finalmente, reanudamos nuestros esfuerzos. Hubo un absoluto silencio durante una hora. Por fin, me atreví a insinuar una observación.

—¿Ha observado, capitán, con qué velocidad se hundieron? ¿No le parece demasiado extraño? Confieso que tuve por un momento la débil esperanza de que Wyatt se salvaría, cuando vi que se ataba a la caja y se confiaba así al mar.

—Por supuesto se hundieron con la rapidez de una bala —respondió el capitán—. Sin embargo, pronto volverán a subir a la superficie... *pero no antes de que la sal se disuelva.*

—¡La sal! —exclamé.

—¡Silencio! —dijo el capitán, señalando a la esposa y a las hermanas del difunto—. Debemos hablar de estas cosas en un momento más adecuado.

Sufrimos mucho y escapamos por muy poco de la muerte; pero la fortuna se puso de nuestro lado al igual que ocurrió con nuestros camaradas de la chalupa. Por fin, llegamos a tierra, más muertos que vivos, después de cuatro días de intensa angustia, a la playa opuesta a Roanoke Island. Allí nos quedamos una semana, pues los raqueros no nos trataron mal, y finalmente encontramos la manera de regresar a Nueva York.

Un mes después de la pérdida del Independence, encontré al capitán Hardy en Broadway. Nuestra conversación giró, como es natural, en torno al desastre y, especialmente, en torno al triste destino del pobre Wyatt. Entonces me enteré de los siguientes detalles:

El artista había reservado billete para él, su mujer, sus dos hermanas y un criado. En realidad, su esposa, tal como él la había descrito, era la mujer más encantadora y preparada. La mañana del día catorce de junio (el día en que visité por primera vez el barco), la dama enfermó de repente y murió. El joven marido estaba loco de dolor, pero las circunstancias le impedían aplazar el viaje a Nueva York. Era necesario llevar a su suegra el cadáver de su adorada esposa y, por otra parte, sabía que un prejuicio universal le impediría hacerlo abiertamente. Nueve de cada diez pasajeros habrían abandonado el barco antes de viajar con un cadáver.

En medio de este dilema, el capitán Hardy permitió que el cuerpo, parcialmente embalsamado y colocado entre gran cantidad de sal dentro de una caja de dimensiones adecuadas, fuera subido a bordo como mercancía. No se diría nada acerca de la muerte de la dama. Como se sabía que Wyatt había reservado un billete para su esposa, era necesario que alguien la reemplazara durante el viaje. La doncella de la difunta aceptó este papel sin oponerse para nada. El camarote adicional, que en principio había sido reservado para esta muchacha, en vida de su ama, fue naturalmente conservado. En este camarote dormía la pseudoesposa cada noche. Durante el día, representaba lo mejor que podía el papel de la esposa, a quien nadie a bordo conocía, tal como se verificó previamente.

Mi error nació de un carácter demasiado negligente, inquisidor e impulsivo. Pero desde entonces es raro que pueda dormir profundamente de noche. Aunque me dé vuelta, siempre hay un rostro que me persigue, y una risa histérica resonará siempre en mis oídos.

EL ÁNGEL DE LO SINGULAR

Era una fría tarde de noviembre. Acababa de concluir una comida desusadamente abundante, de la cual la dispéptica *truffe* formó parte, y no precisamente poco importante, y estaba sentado sólo en el comedor, con los pies apoyados sobre el parafuegos de la chimenea, y con una pequeña mesa a mi lado, que yo mismo me había acercado, sobre la cual había unas cuantas minucias de postre y una miscelánea colección de botellas de vino, espíritus y *liqueur*. Aquella mañana había estado leyendo *Leónidas,* de Glover; la *Epigoniada,* de Wilkies; la *Peregrinación,* de Lamartine; la *Columbiada,* de Barlow; *Sicilia,* de Tuckerman, y las *Curiosidades,* de Griswold, y no tengo ningún inconveniente en confesar que como consecuencia me sentía algo estúpido. Hice un esfuerzo por refrescarme recurriendo con frecuencia a la ayuda del Lafitte, y al fracasar todo, me dediqué desesperado a hojear un periódico abandonado. Habiendo escrutado cuidadosamente la columna de «casas para alquilar» y la columna de «perros perdidos», y posteriormente las dos columnas de «esposas y aprendices fugados», ataqué furiosamente el editorial, y habiéndole leído desde el principio hasta el final sin entender una sílaba, concebí la posibilidad de que estuviera escrito en chino, y volví a leerlo, esta vez desde el final hasta el principio, pero sin conseguir mejores resultados. Estaba a punto de tirar el periódico, disgustado,

> *«Este pliego de cuatro hojas, feliz trabajo*
> *que ni siquiera los poetas critican».*

cuando me llamó un tanto la atención el siguiente párrafo:

«Los caminos que llevan a la muerte son numerosos y extraños. Un periódico de Londres menciona el deceso de una persona por una causa muy singular. Estaba jugando a "soplar el dardo", que se juega con una larga aguja en la que se inserta un trozo de lana, disparándola después contra un blanco por medio de un tubo de latón. El difunto colocó la aguja en el extremo equivocado del tubo, y al aspirar fuertemente para poder lanzar el dardo hacia adelante con más fuerza, atrajo la aguja hacia su garganta. Esta penetró en sus pulmones, matándole al cabo de unos pocos días».

Al leer esto tuve un gran acceso de cólera, sin saber exactamente por qué. «Esto —exclamé— es una despreciable mentira, una burla de baja categoría, el resultado de la inventiva de algún mezquino escritor de a penique la línea..., de algún desgraciado inventor de accidentes en Cocaigne. Estos individuos, conociendo la extravagante credulidad que impera en estos tiempos, dedican su ingenio a inventar posibilidades improbables..., extraños accidentes, como ellos mismos los llaman; pero para un intelecto reflexivo (como el mío, añadí entre paréntesis, colocando inconscientemente el dedo índice contra el costado de mi nariz), para una capacidad de comprensión contemplativa como la que yo, por ejemplo, poseo, resulta inmediatamente obvio que el maravilloso crecimiento en número que han experimentado estos «extraños accidentes» en los últimos tiempos, es con mucho el accidente más extraño de todos. Por lo que a mí respecta, tengo la intención, de ahora en adelante, de no creerme absolutamente nada que tenga algo de «singular».

—*Mein Gott!*, entonces serr usted verrdaderamente tonto —replicó una de las voces más extrañas que jamás haya oído.

Al principio la confundí con una especie de rumor en mis oídos, como el que experimenta uno a veces cuando empieza a estar muy borracho, pero, mejor pensado, decidí que el sonido se parecía más al que sale de un barril vacío al golpearlo con un palo; y, de hecho, a esto le habría atribuido aquel sonido de no haber estado articulado en sílabas y en palabras. Yo no soy, bajo ningún concepto, una persona naturalmente nerviosa, y los pocos vasos de Lafitte que había tomado sirvieron para envalentonarme un poco, de modo que no sentí ningún temor, limitándome a levantar plácidamente los ojos y mirar a mi alrededor en busca del intruso. No obstante, fui incapaz de ver a nadie.

—¡Humph! —continuó diciendo la voz, mientras yo continuaba con mi búsqueda—. Debe estarr ustez más borracho que un cerrdo, si es que no me ve, estando como estoy sentado a su lado.

En ese momento se me ocurrió mirar en la dirección de mi nariz, y efectivamente, ante mí, confrontándome desde el otro lado de la mesa, se hallaba sentado un personaje difícil de describir, aunque no totalmente indescriptible. Su cuerpo era como un odre de vino, o un pellejo de ron, o algo por el estilo, y tenía un aspecto totalmente falstaffiano. En su extremo inferior había insertados dos barriletes, que parecían cumplir las funciones de unas piernas. En sustitución de los brazos colgaban de la parte superior del odre dos botellas tolerablemente largas, con los golletes vueltos hacia fuera a modo de manos. Lo único que pude ver de la cabeza del monstruo era parecido a una cantimplora Hessiana, parecida a una gran caja de rapé con un agujero en medio de la tapa. Aquella cantimplora (que llevaba un embudo por sombrero, inclinado sobre los ojos, a la manera como llevan los sombreros de los caballeros), estaba colocada sobre su costado, encima del odre, con el agujero dirigido hacia mí; y era a través de este agujero, que parecía fruncido como los labios de un vieja doncella puntillosa, por donde la criatura emitía ciertos gruñidos y vibraciones que evidentemente pretendía hacer pasar por una charla inteligible.

—Digo —dijo él— que debe estarr ustez más borracho que un cerrdo, si es que no me ve estando como estoy sentado a su lado, y también digo que debe de serr ustez más tonto que un ganso para no creerr lo que dice la prrensa. Es la verdaz, eso es lo que es, palabrra porr palabrra.

—¿Quién es usted, por favor? —dije yo con gran dignidad, aunque algo desconcertado—. ¿Cómo llegó usted hasta aquí y de qué está usted hablando?

—En cuanto a cómo llegué aquí —replicó la figura—, eso no ess de ssu incumbencia; y en cuanto a qué ess de lo que estoy hablando, hablo de lo que me parece bien; y en cuanto a quién soy, es prrecissamente por esso porr lo que vine, parra que lo averriguara ustez mismo.

—Usted es un vagabundo borracho —dije yo—, y pienso hacer sonar la campanilla para que venga mi lacayo y le eche a patadas.

—¡He, he, he! —dijo aquel individuo—. ¡Hu, hu, hu! Eso es algo que no puede ustez hacerr.

—¡Que no puedo! —dije yo—. ¿A qué se refiere?... ¿Que no puedo hacer qué?

—Sonarr la campana —replicó intentando sonreír con su pequeña y repugnante boca.

Al oír esto hice un esfuerzo por levantarme, para poner en práctica mi amenaza; pero aquel rufián se limitó a inclinarse sobre la mesa con gran deliberación, dándome un golpecito en la frente con el gollete de una de las largas botellas, que me hizo caer de nuevo en el sillón del que acababa de levantarme a medias. Me quedé totalmente anonadado, y durante un instante no supe qué hacer. Mientras tanto, él continuó hablando.

—Como puede ustez verr —dijo—, es mejorr que se quede quieto; y ahorra va a saberr ustez quién soy. ¡Fíjese en mí! ¡Mírreme! Soy el *Ángel de lo Extrraño*.

—Bastante extraño sí que es —me aventuré a decir—, pero yo tenía entendido que los ángeles tienen alas.

—¡Alas! —exclamó muy irritado—. ¿Y qué podría yo hacerr con unas alas? *Mein Gott!* ¿Acaso me toma ustez porr una gallina?

—¡No..., oh no! —repliqué muy alarmado—. No es usted ninguna gallina, desde luego que no.

—Muy bien, pues entonces ssiéntese y compórrtese como es debido, o volverré a golpearrle con mi puño. Son las gallinas las que tienen alas, y los búhos tienen alas, y los duendes tienen alas, y los principales *teuffel*[49] tienen alas. Los ángeles *no* tienen alas, y yo soy el *Ángel de lo Extrraño*.

—Y lo que quiere usted de mí en este momento es... es...

—¡Lo que quiero! —explotó la cosa—. ¡Válgame! ¡Qué pedazo de cachorro malnacido tiene que serr ustez para prreguntarrle a un caballerro que además es un ángel qué es lo que quierre!

Aquella clase de lenguaje era más de lo que yo podía soportar, incluso viniendo de un ángel; de modo que, armándome de valor, cogí un salero que tenía al alcance de la mano y lo lancé en dirección a la cabeza del intruso. Bien lo esquivó, o bien me falló la puntería, el caso es que lo único que conseguí fue destrozar el cristal del reloj que había sobre la chimenea. En cuanto al ángel, evidenció su disgusto por haber sido atacado dándome dos o tres golpes consecutivos, con bastante fuerza, sobre la frente. Esto me redujo inmediatamente a un estado de sumisión, y casi me avergüenzo de confesar que, ya fuera por el dolor o por la humillación, las lágrimas afloraron a mis ojos.

---

[49]   Demonio, en alemán. *(N. del T.)*

—*Mein Gott!* —dijo el Ángel de lo Extraño, aparentemente muy ablandado por mi sufrimiento—. *Mein Gott,* este hombrre está o muy bebido o muy arrepentido. No debe ustez beberrlo tan fuerrte, debe ustez ponerr agua en el vino. Tenga, bébase esto, como un buen muchacho, y no me llorre más... ¡No!

Diciendo lo cual, el Ángel de lo Extraño rellenó mi copa (que contenía como un tercio de Oporto) con un fluido incoloro que vertió de una de sus manos-botella. Observé que las botellas tenían etiquetas alrededor de los golletes, y que en ellas ponía «Kirschenwasser».

Aquella prueba de amable consideración por parte del ángel me aplacó en buena medida; y ayudado por el agua con que diluyó mi Oporto en más de una ocasión, acabé recuperando el humor necesario para escuchar su extraordinario discurso. No pretendo acordarme de todo lo que me dijo, pero la conclusión a la que llegué después de haberle oído fue que él era el genio director de todos los *contretemps* de la humanidad, y que su labor consistía en provocar los extraños accidentes que continuamente asombran al más escéptico. Una o dos veces, cuando me aventuré a expresar mi total incredulidad con respecto a sus pretensiones, se enfadó sobremanera, de modo que finalmente consideré que lo más sensato sería no decir nada y dejarle hablar a su aire. Siguió hablando, por lo tanto, durante largo rato, mientras yo me limitaba a seguir recostado en mi silla con los ojos cerrados, mientras me entretenía masticando pasas y tirando los rabos por todo el cuarto. Pero al cabo de un rato, el ángel interpretó mi actitud como un gesto de desdén. Se levantó con terrible furia, inclinó su embudo sobre sus ojos, lanzó un enorme juramento, me lanzó algún tipo de amenaza que no alcancé a comprender del todo bien, y finalmente me hizo una reverencia y se marchó, deseándome, con el lenguaje del arzobispo de la obra *Gil Blas,* «beocoup de bonheur et un peu plus de bon sens».

Su partida fue para mí un alivio. Los *poquísimos* vasos de Lafitte que había tomado habían tenido el efecto de dejarme adormilado, y me sentía inclinado a echar una cabezadita de unos quince o veinte minutos, como tengo por costumbre hacer después de comer. A las seis tenía una cita importante, a la que era absolutamente indispensable que acudiera. La póliza de seguro de mi casa había expirado el día anterior, y habiéndose producido ciertos roces, quedó acordado que a las seis me viera con la Junta de directores de la compañía para fijar las condiciones de la renovación. Echando un vistazo al reloj que había sobre la chimenea (ya que me sentía demasiado perezoso para sacar el mío) observé con placer que me quedaban aún veinticinco minutos por matar. Eran las cinco y media; podría llegar con facilidad a las oficinas del seguro en cinco minutos a pie, y mis siestas normales jamás se han excedido de los veinticinco minutos. Me sentí suficientemente seguro en consecuencia, y me dispuse a dejarme caer en brazos de Morfeo.

Habiéndolo hecho a mi entera satisfacción, miré de nuevo en dirección al reloj, y estuve casi tentado de creer en los accidentes extraños al ver que en lugar de los habituales quince o veinte minutos había estado durmiendo durante tan sólo tres, ya que faltaban aún veintisiete minutos para la hora de mi cita. Volví, por lo tanto, a mi siesta, y al despertarme al cabo de un rato descubrí totalmente desconcertado que aún faltaban veintisiete minutos para las seis. Me levanté de un salto para examinar el reloj, descubriendo que había dejado de funcionar. Mi reloj de bolsillo me informó de que eran las siete y media; y como es lógico, después de haber dormido dos horas, era ya demasiado tarde para asistir a mi cita.

—No pasará nada —dije—. Puedo llamar mañana por la mañana a la oficina y excusarme. Y ahora, mientras tanto, ¿qué podrá haberle pasado al reloj?

Al examinarlo descubrí que uno de los rabos de pasa que tan descuidadamente había estado arrojando por toda la habitación durante el discurso del Ángel de lo Extraño, había pasado a través del cristal roto y se había alojado, cosa bastante singular, en el orificio de la llave, con un extremo proyectándose hacia el exterior, que había obstaculizado el movimiento del minutero.

—¡Ah! —dije yo—. Ya veo cómo ha sido. Esto habla por sí mismo. Un accidente natural, ¡de los que tienen que ocurrir de cuando en cuando!

Sin dar más vueltas a la cuestión, me retiré a dormir a la hora habitual. En mi dormitorio, una vez colocada una vela sobre un atril de lectura que tenía a la cabecera de la cama, y después de intentar leer unas cuantas páginas de la *Omnipresencia de la Deidad,* tuve la desgracia de quedarme dormido en menos de veinte segundos, dejando la vela tal y como estaba, encendida.

Mis sueños se vieron terroríficamente plagados de visiones del Ángel de lo Extraño. Me parecía verle al pie del sofá, abriendo las cortinas amenazándome, con el hueco y detestable tono de un odre de ron, con las más terribles venganzas por el desprecio con el que le había tratado. Concluía una larga arenga, quitándose su embudo-gorra, insertando su extremo en mi garganta e inundándome con un verdadero océano de «Kirschenwasser», que fluía en un chorro continuo de una de las botellas de largo cuello que hacían en él las veces de brazos.

Finalmente, mi agonía se hizo insufrible, y me desperté justo a tiempo de ver que una rata se había llevado la vela del atril, pero no de impedir que se escapara con ella metiéndose en su agujero. Muy pronto un olor fuerte y sofocante asaltó mi nariz; la casa, percibí con claridad, estaba ardiendo. En cuestión de pocos minutos las llamas surgieron con violencia, y al cabo de un intervalo de tiempo increíblemente corto la casa estaba rodeada de llamas.

Toda salida de mi cámara que no fuera a través de una ventana estaba cortada. La muchedumbre, no obstante, se hizo rápidamente con una escalera, extendiéndola hacia mí. Por medio de esto estaba descendiendo rápida y aparentemente a seguro cuando un enorme cerdo, en cuyo estómago rotundo, y de hecho en toda su actitud y toda su fisonomía había algo que me recordaba al Ángel de lo Extraño..., cuando este cerdo, como iba diciendo, que hasta aquel momento había estado dormitando pacíficamente en el barro, decidió repentinamente que necesitaba rascarse el hombro izquierdo y no consiguió encontrar nada más adecuado para este propósito que el pie de la escalera. Al instante caí al suelo, y tuve la desgracia de romperme un brazo.

Este accidente, junto con la pérdida de mi seguro y la pérdida aún más grave de mi pelo, que se me había chamuscado en su totalidad a causa del fuego, me predispuso a adoptar una actitud más seria ante la vida, de modo que finalmente me decidí a buscar una esposa. Había una viuda rica y desconsolada por la pérdida de su séptimo marido, y fue a su espíritu herido al que ofrecí el bálsamo de mis votos matrimoniales. Ella accedió, finalmente, a mis súplicas. Me arrodillé a sus pies, lleno de gratitud y adoración. Ella se sonrojó e inclinó la cabeza, poniendo su exuberante cabellera en estrecho contacto con los rizos que temporalmente me habían sido suministrados por Grandjean. No sé cómo se produjo el enredo, pero sé que se produjo. Me levanté con el cráneo brillante y desprovisto de peluca; ella, desdeñada e iracunda, medio ahogada por un pelo extraño. Así acabaron mis aspiraciones por la viuda a causa de un accidente imprevisible, sin duda, pero que la secuencia natural de los acontecimientos había producido.

No obstante, sin desesperar, me lancé al asedio de un corazón menos implacable. Mi suerte fue de nuevo favorable durante un breve período de tiempo; pero una vez más un incidente trivial se interpuso entre mi amada y yo. Había quedado citado con mi prometida en una avenida donde se encontraba toda la *élite* de la ciudad, e iba yo a toda prisa a darle la bienvenida con una de mis más celebradas reverencias, cuando una pequeña partícula de alguna sustancia extraña, que se me introdujo en el rabillo del ojo, me dejó momentáneamente cegado. Antes de que consiguiera recobrar la vista, la dama de mis amores había desaparecido, afrentada irreparablemente por lo que ella consideraba la grosería de pasar por delante de ella sin saludarla. Mientras estaba aún desconcertado por lo repentino de aquel accidente (que, no obstante, podía haber sucedido a cualquier persona bajo el sol) y seguía aún sin poder ver, me abordó el Ángel de lo Extraño, que me ofreció su ayuda con una educación que jamás hubiera esperado de él. Examinó mi ojo molesto con mucha delicadeza y habilidad; me informó que tenía una gota metida en él, y (fuera lo que fuese una «gota») me la extrajo, procurándome alivio.

Después de aquello llegué a la conclusión de que iba siendo ya hora de morir (ya que la mala fortuna parecía haber decidido perseguirme), y en consecuencia encaminé mis pasos al río más cercano. Una vez allí, y quitándome las ropas (ya que no existe ninguna razón por la que no podamos morir igual que hemos nacido), me lancé de cabeza a la corriente, siendo el único testigo de mi suerte un cuervo solitario que se había sentido tentado de comer trigo saturado en coñac y se había alejado en consecuencia, dando traspiés, de sus compañeros. No había hecho yo más que entrar en el agua cuando a aquel ave se le metió en la cabeza salir volando con la parte más indispensable de mi vestuario. Pospuse en consecuencia mi suicidio por el momento, limitándome a introducir mis extremidades inferiores en las mangas de la chaqueta, y me lancé a la captura de aquel felón con toda la agilidad que el caso requería y las circunstancias permitían. Pero mi negro destino seguía aún conmigo. Mientras iba corriendo a toda velocidad, con mi nariz dirigida hacia el cielo y con la atención fija en el ladrón de mi propiedad, percibí súbitamente que mis pies no tocaban ya *terra firma*. Lo que había sucedido era que acababa de saltar por un precipicio, y me hubiera hecho pedazos inevitablemente si no hubiera tenido la suerte de agarrarme al extremo de un larga cuerda-guía que colgaba de un globo que pasaba por allí.

En cuanto recuperé el suficiente sentido como para comprender el terrible lío en el que estaba metido, o más bien suspendido, puse toda la fuerza de mis pulmones en el empeño de que ese peligro fuera también conocido por el astronauta que debía ir más arriba. Pero durante largo rato mis esfuerzos fueron en vano.

O bien el muy idiota no me veía, o el muy villano no quería oírme. Mientras tanto, la máquina seguía volando rápidamente, y mis fuerzas me fallaban aún más rápidamente. Pronto estuve a punto de resignarme a mi destino, dejándome caer tranquilamente en el mar, cuando mi espíritu se vio reanimado súbitamente por una voz hueca proveniente de más arriba, que parecía estar tarareando perezosamente algún trozo de ópera. Mirando en su dirección vi al Ángel de lo Extraño. Estaba inclinado, con los brazos cruzados, sobre el borde de la cesta, y tenía una pipa en la boca a la que daba plácidas chupadas, dando la impresión de estar en excelentes términos consigo mismo y con el universo. Yo estaba demasiado exhausto para hablar, de modo que me quedé mirándole con gesto implorante.

Durante varios minutos, aunque me miraba directamente a la cara, no dijo nada. Finalmente, cambiando cuidadosamente su bufanda del lado derecho al izquierdo de su boca, condescendió a hablar conmigo.

—¿Quién ess ustez? —preguntó—. ¿Y qué diablos está haciendo ahí?

Ante esta prueba de descaro, crueldad y afectación sólo pude responder con la palabra:

—¡Socorro![50]

—¡Socorro! —repitió el muy rufián—. No seré yo. Ahí tiene la botella, sírvase usted mismo y que el diablo se lo lleve.

Con estas palabras dejó caer una pesada botella de «Kirschenwasser», que, golpeándome en plena coronilla, me hizo pensar que

---

[50] Socorro en inglés es «help». *Help* tiene también la aceptación de servir. *Help yourself* = sírvase usted mismo. De ahí el juego de palabras. *(N. del T.)*

se me habían salido todos los sesos. Impresionado con esta idea estaba a punto de dejar ir la cuerda y abandonar la vida con dignidad cuando me retuvo la voz del ángel, que me conminaba a aguantar un poco más.

—¡Aguante! —dijo—. No tenga tanta prrisa... ¿No quierre usted otrra botella, o está ya sobrrio y ha recobrado el sentido común?

Al oír esto me faltó tiempo para mover dos veces la cabeza, una en sentido negativo, queriendo decir que prefería no aceptar otra botella por el momento, y otra en sentido afirmativo, con lo que quería implicar que estaba sobrio y que *había* definitivamente recobrado el sentido común. De esta forma conseguí ablandar un tanto al ángel.

—¿Entonces crree ustez —me preguntó— al fin? ¿Crree ustez entonces en la posibilidad de lo extraño?

Volví a afirmar con la cabeza.

—¿Y crree ustez en mí, el Ángel de lo Extrraño?

Volví a asentir.

—¿Y reconoce ustez que es un borracho impenitente y que además es un tonto?

Volví a asentir una vez más.

—Entonces meta la mano derrecha en el bolsillo izquierrdo de sus pantalones, como prueba de sumisión total al Ángel de lo Extrraño.

Por motivos obvios me encontré en la absoluta imposibilidad de hacerlo. En primer lugar, me había roto el brazo izquierdo al caer de la escalera, y por lo tanto, si hubiera soltado la mano derecha me hubiera encontrado sin ningún asidero. En segundo lugar, seguiría sin pantalones hasta que me volviera a cruzar con el cuervo. Me vi obligado, pues, lamentándolo mucho, a negar con la cabeza, intentando así hacer comprender al ángel lo inconveniente que me resultaba, en aquel momento, cumplir su muy razonable orden. No obstante, en el momento en que lo hube hecho...

—¡Entonces váyase al diablo! —rugió el Ángel de lo Extraño.

Cuando hubo pronunciado estas palabras, sacó un afilado cuchillo y cortó la cuerda de la que yo pendía, y como en aquel momento pasábamos por encima de mi casa (que, en el transcurso de mis peregrinaciones había sido cuidadosamente reconstruida), dio la casualidad de que me colé de cabeza por su gran chimenea, yendo a tomar tierra en el hogar del comedor.

Cuando recobré el sentido (ya que la caída me había dejado muy atontado), descubrí que eran alrededor de las cuatro de la mañana. Me quedé tendido en el lugar donde había ido a dar tras mi caída desde el globo. Mi cabeza estaba hundida en las cenizas del fuego apagado, mientras que mis pies reposaban sobre lo que quedaba de una pequeña mesa, que estaba volcada, y entre los restos de un postre variado, entremezclados con un periódico, algunos cristales rotos y un recipiente vacío de «Schiedam Kirschenwasser». Esta fue la venganza del Ángel de lo Extraño.

LA INCOMPARABLE AVENTURA
DE UN TAL HANS PFAALL

Alentado por frenéticas fantasías
de las que yo soy el dueño,
con una lanza ardiente y un caballo de aire,
vagando voy por el páramo.

Canción de Tom O'Bedlam.

Según informes recientes que nos llegan de Rotterdam, la ciudad parece encontrarse en un elevado estado de agitación filosófica. De hecho, han sucedido allí fenómenos de una naturaleza tan completamente inesperada, tan novedosa, tan distinta a la de las opiniones preconcebidas, que no me cabe duda de que ya toda Europa estará alborotada, todos los físicos en plena agitación y la razón y la astronomía en plena discusión.

Al parecer, el día... de..., (no recuerdo la fecha exacta), una inmensa multitud de personas se había reunido, para un propósito que no se menciona específicamente, en la gran plaza de la Bolsa de la bien acondicionada ciudad de Rotterdam. Hacía calor aquel día —inusual en aquella estación del año—, apenas se movía la brisa y la multitud no se malhumoraba cuando de vez en cuando eran rociados por un agradable chaparrón que caía de grandes masas de nubes blancas profusamente distribuidas por la bóveda azul del firmamento. Sin embargo, hacia mediodía, se advirtió una leve pero sorprendente agitación en los allí reunidos; se oyó el parloteo de diez mil lenguas y, un instante después, diez mil rostros miraban hacia los cielos, diez mil pipas cayeron simultáneamente de las comisuras de diez mil bocas, y un grito, que podría compararse con el rugido del Niágara, resonó larga, fuerte y furiosamente a través de la ciudad y de los alrededores de Rotterdam.

El origen de esta algarabía pronto se hizo evidente. Desde detrás de una de esas enormes masas de nubes claramente definidas y ya mencionadas, lentamente se vio surgir sobre un espacio abierto de cielo azul una extraña sustancia aparentemente sólida, heterogénea, de forma tan rara, tan caprichosa, que no se podía comprender de ningún modo, pero sí despertar suficiente admiración entre la multitud de robustos burgueses que permanecían con la boca abierta. ¿Qué podía ser? En nombre de todos los diablos de Rotterdam, ¿qué podía augurar aquello? Nadie lo sabía; nadie podía imaginarlo; nadie —ni siquiera el burgomaestre Mynheer Superbus Von Underduk—, tenía la más mínima pista para resolver el misterio; así que, como nada razonable podía hacerse, los hombres volvieron a colocarse cuidadosamente su pipa en la comisura de los labios, y manteniendo fija la mirada en el fenómeno, fumaron, hicieron una pausa, anduvieron como ánades por la zona, gruñeron significativamente y después volvieron a andar como ánades, gruñeron, hicieron una pausa y finalmente, fumaron de nuevo.

Mientras tanto, el objeto de tanta curiosidad y la causa de tanto humo, descendía lentamente hacia la importante ciudad. En pocos minutos llegó a acercarse lo suficiente para ser distinguido con precisión. Parecía ser... ¡Sí, sin duda *era* una especie de globo!; pero de una *clase* que jamás se había visto con anterioridad en Rotterdam. Pues, permítanme preguntar, ¿quién había visto alguna vez un globo fabricado enteramente de periódicos sucios? Seguro que ningún hombre de Holanda; sin embargo, allí, bajo las propias narices de la gente, o mejor dicho, a cierta distancia *sobre* sus narices, se hallaba aquel objeto en cuestión, y compuesto, y lo digo con autoridad, de ese preciso material del que jamás se ha sabido que haya sido utilizado para semejante propósito. Era un egregio insulto al buen sentido de los burgueses de Rotterdam. Respecto a la forma del fenómeno, aún resultaba más recriminable, pues no era nada menos que un enorme gorro de cascabeles puesto al revés. Y esta similitud no disminuyó de ningún modo cuando, al inspeccionarlo más de cerca, la multitud vio una gran borla colgando de su punta, y alrededor del borde superior o base del cono, un círculo de pequeños instrumentos que parecían cascabeles y que tintineaban continuamente la melodía de Betty Martin. Pero aún había algo peor. Suspendido de cintas azules en un extremo de esta fantástica máquina, había colgado, a modo de barquilla, un enorme e insulso sombrero de castor con un ala excesivamente ancha y una copa hemisférica con una cinta negra y una hebilla de plata. No obstante, resultó sorprendente que muchos ciudadanos de Rotterdam juraran haber visto ese mismo sombrero con anterioridad; y, de hecho, todos los allí reunidos parecían considerarlo familiar; mientras que la señora Grettel Pfaall, al verlo, lanzó una exclamación de jubilosa sorpresa y declaró que era un sombrero idéntico al de su buen marido. Ahora bien, ha de prestarse atención a esta circunstancia, pues Pfaall, junto a tres compañeros, habían desaparecido de Rotterdam unos cinco años antes, de un modo repentino e inexplicable y, hasta la fecha de este relato, había fracasado todo intento realizado por saber de ellos. A decir verdad, se habían descubierto algunos huesos que parecían humanos, mezclados con cierta cantidad de basura de raro aspecto, en una zona retirada al este de la ciudad; y algunas personas llegaron a suponer que se había cometido un crimen horrible en ese lugar y que las víctimas eran probablemente Hans Pfaall y sus socios. Pero volvamos al tema.

El globo (pues eso era sin duda) había descendido ahora a unos cien pies del suelo, permitiendo a la multitud que había debajo distinguir claramente a su ocupante. Por cierto, que se trataba de alguien muy singular. No debía de medir más de dos pies de estatura; pero esta altura, pequeña como era, habría sido suficiente para amenazar su *equilibrio* e inclinarle sobre el borde de tan diminuta barquilla si no hubiese sido por la intervención de un pequeño aro que le llegaba a la altura del pecho y de un cordaje que le ataba al globo. El cuerpo del hombrecillo era proporcionalmente ancho, dando a su entera figura una obesidad muy absurda. Sus pies, por supuesto, no podían verse. Las manos eran enormemente grandes; el cabello era gris y lo llevaba recogido en una coleta. Su nariz, prodigiosamente larga, ganchuda y llamativa; sus ojos, grandes, brillantes y agudos; el mentón y las mejillas, aunque arrugados por la edad, eran amplios, gordos y dobles; pero en ningún lugar de la cabeza se descubrió nada que se asemejara a unas orejas. Este extraño caballero vestía un amplio sobretodo de satén color azul celeste, y pantalón ajustado haciendo juego, abrochado con hebillas de plata en las rodillas. Su chaleco era de algún material de color amarillo brillante; llevaba una gorra de tafetán blanco que caía desenfadadamente a un lado de la cabeza; para completar su atuendo, un pañuelo de seda de color rojo sangre envolvía su cuello y caía grácilmente sobre su pecho en un fantástico lazo de enormes dimensiones.

Habiendo descendido, como ya he dicho, a unos cien pies de la superficie de la tierra, una repentina inquietud se apoderó del anciano y menudo caballero, y no parecía dispuesto a acercarse más a *terra firma*. Por tanto, lanzando una cantidad de arena contenida en un saco de lona, el cual había levantado con gran dificultad, consiguió inmovilizarse por un instante. Entonces, de un modo apresurado y agitado, procedió a extraer de un bolsillo de su sobretodo una cartera grande de tafilete. La colocó en su mano con desconfianza, después la miró con aire de extrema sorpresa, pues era evidente que le asombraba su peso. Finalmente la abrió y, sacando de su interior una enorme carta sellada con un sello de cera roja y atada con una cinta roja, la dejó caer justo a los pies del burgomaestre Superbus Von Underduk. Su Excelencia se agachó para recogerla. Pero el aeronauta, aún muy desconcertado, y no pareciendo tener más asuntos que lo retuvieran en Rotterdam, empezó en ese momento a hacer los preparativos para su marcha; y, como era necesario soltar lastre para permitirle volver a ascender, la media docena de sacos que lanzó, uno tras otro, sin preocuparse por vaciar su contenido, cayeron, cada uno de ellos y por desgracia, sobre la espalda del burgomaestre, y este rodó por el suelo no menos de media docena de veces, a la vista de todos los habitantes de Rotterdam. No debe suponerse, sin embargo, que el gran Underduk sufriera esta impertinencia del anciano hombrecillo y la dejara pasar impune. Por el contrario, se dice que durante la media docena de circunvoluciones, emitió no menos de media docena de bocanadas furiosas de su pipa, la cual había mantenido aferrada con toda su fuerza durante ese momento, y la cual pretende seguir aferrando (Dios mediante) hasta el día de su fallecimiento.

Mientras tanto, el globo se elevó como una alondra y, remontando el vuelo por encima de la ciudad, finalmente se perdió en silencio por detrás de una nube similar a aquella de la que había emergido de modo tan extraño, y así se perdió para siempre ante las asombradas miradas de los buenos ciudadanos de Rotterdam. Toda atención se dirigió entonces hacia la carta, cuya caída y consecuencias de su recibimiento tan subversivas habían resultado para la persona y dignidad de su Excelencia Von Underduk. Sin embargo, este funcionario no había fracasado durante sus movimientos giratorios en su idea de apoderarse del importante objeto, la carta, la cual se vio, tras inspección, que había caído en las manos apropiadas, pues en realidad iba dirigida a él mismo y al profesor Rubadub, en calidades de presidente y vicepresidente del Colegio de Astronomía de Rotterdam. Por consiguiente, allí mismo fue abierta por estos dignatarios y hallaron que contenía el extraordinario e importante comunicado siguiente:

«A sus excelencias Von Underduk y Rubadub, presidente y vicepresidente del Colegio de Astrónomos de los Estados, en la ciudad de Rotterdam.

»Tal vez sean capaces de recordar Sus Excelencias a un humilde artesano de nombre Hans Pfaall cuya ocupación era remendar fuelles, y quien, junto a otros tres, desapareció de Rotterdam hace unos cinco años, de un modo que ha debido de ser considerado inexplicable. Sin embargo, si les place a Sus Excelencias, yo, autor de este comunicado, soy el mismísimo Hans Pfaall. Es bien sabido por la mayoría de mis conciudadanos que durante cuarenta años seguí ocupando el pequeño edificio cuadrado de ladrillo, a la entrada de la callejuela de nombre Sauerkraut, en la cual vivía en la época de mi desaparición. Mis antepasados habían residido en ella desde tiempos inmemoriales; ellos, al igual que yo, continuamos el respetable y también lucrativo oficio de remendar fuelles; pues, a decir verdad, hasta estos últimos años en los que la gente se ha entusiasmado tanto con la política, ningún honrado ciudadano de Rotterdam podría desear o merecer un negocio mejor que el mío. La reputación era buena, nunca faltaba el trabajo y no se carecía ni de dinero ni de buena voluntad. Pero, como iba diciendo, pronto comenzaron a sentirse los efectos de la libertad, y de los grandes discursos y del radicalismo, y toda esa serie de cosas. Las personas que antes eran los mejores clientes del mundo, ahora no tenían tiempo para pensar en nosotros. Tenían tanto tiempo como querían para leer sobre revoluciones y mantenerse al día en los asuntos del intelecto y del espíritu de esa época. Si había que avivar un fuego, podía avivarse fácilmente con un periódico; y a medida que se debilitaba el gobierno, no dudo de que el cuero y el hierro adquirían durabilidad en proporción, pues, en poco tiempo, no había un par de fuelles en todo Rotterdam que necesitara de una puntada o requiriera la ayuda de un martillo. Era imposible soportar este estado de las cosas. Pronto me vi tan pobre como una rata; teniendo esposa e hijos que mantener, finalmente mis cargas se hicieron intolerables y pasaba hora tras horas reflexionando sobre el método más apropiado para poner fin a mi vida. Los acreedores, mientras tanto, no me permitían tiempo de ocio para meditar. Mi casa se encontraba asediada, literalmente, de la mañana a la noche. Había tres individuos en particular que me acosaban más allá de toda resistencia, pues vigilaban continuamente mi puerta y me amenazaban con la ley. De estos tres juré vengarme del modo más encarnizado, si alguna vez tenía la dicha de que cayeran en mis garras. Y creo que, salvo el placer de esta ilusión, nada en el mundo me impedía la inmediata ejecución de mi plan de suicidio: volarme los sesos con un trabuco. Sin embargo, pensé que sería mejor disimular mi ira y engañarlos con promesas y buenas palabras hasta que, por algún giro bueno del destino, se me ofreciera una oportunidad de venganza.

»Un día, pudiendo escapar de ellos y sintiéndome más abatido que de costumbre, vagué durante mucho tiempo, sin objeto alguno, por las calles más oscuras hasta que, finalmente y por casualidad, tropecé con el puesto de un librero. Viendo a mano una silla para uso de los clientes, me dejé caer sobre ella y, sin saber por qué, abrí las páginas del primer volumen que tenía a mi alcance. Resultó ser un breve tratado sobre astronomía especulativa, escrito por el profesor Encke de Berlín, o por un francés de nombre parecido. Yo poseía cierta información sobre asuntos de esta naturaleza y pronto me fui absorbiendo más y más en el contenido del libro, leyéndolo dos veces antes de ser consciente de lo que sucedía a mi alrededor. A esa hora empezaba a anochecer y dirigí los pasos hacia mi casa. Pero el tratado, (unido a un descubrimiento de neumática que un primo de Nantes me había comunicado recientemente con gran secreto) dejó una impresión imborrable en mi mente y, mientras paseaba por las oscuras calles, daban vueltas en mi cabeza los descabellados y a veces ininteligibles razonamientos del autor. Había algunos pasajes en particular que habían afectado a mi imaginación de una forma extraordinaria. Cuanto más meditaba sobre ellos, más se intensificaba el interés que habían despertado en mí. El carácter limitado de mi educación en general, y más expresamente mi ignorancia sobre temas relacionados con la filosofía natural, lejos de retraerme de mi propia capacidad para comprender lo que había leído, o de inducirme a desconfiar de tantas vagas nociones que había extraído en consecuencia, me sirvieron para estimular aún más mi imaginación; y fui lo bastante vanidoso, o quizás lo bastante razonable, como para dudar de si aquellas burdas ideas, surgidas de mentes mal reguladas, no poseerían en efecto toda la fuerza, la realidad y otras propiedades inherentes de instinto e intuición.

»Ya era tarde cuando llegué a casa y me acosté de inmediato. Mi mente, sin embargo, se encontraba demasiado ocupada para poder dormir y pasé toda la noche sumido en la meditación. Después de levantarme temprano por la mañana, volví impaciente al puesto del librero y gasté el poco dinero que poseía en la adquisición de algunos volúmenes de mecánica y astronomía práctica. Habiendo llegado a casa a salvo con ellos, dediqué cada momento de mi tiempo libre a su lectura, y pronto adquirí tal competencia en estudios de esta naturaleza que pensé eran suficientes para ejecutar cierto diseño que, o el diablo o mi genio protector, me habían inspirado. Durante ese período de tiempo, hice lo posible por reconciliarme con los tres acreedores que tantas molestias me habían ocasionado. Finalmente, tuve éxito, en parte porque vendí muebles de mi casa para satisfacer la mitad de su reclamación, y en parte por una promesa de pagar el saldo pendiente apenas terminara un pequeño proyecto que les dije tenía a la vista, y para el cual solicitaba su ayuda. Al ser hombres ignorantes, no hallé dificultad en conseguirlos para mi propósito por estos medios.

»Dispuestos así estos asuntos, me las arreglé, con ayuda de mi esposa y con el mayor secreto y precaución, para disponer de todos los bienes que me quedaban, y pedir prestadas pequeñas sumas con varios pretextos. Sin prestar atención (me avergüenza decirlo) a la forma en la que las devolvería en el futuro, conseguí reunir una considerable cantidad de dinero. Con los ingresos ya reunidos procedí a comprar, de cuando en cuando, piezas de batista de excelente calidad, de doce yardas cada una; hilo de bramante; una gran cantidad de barniz de caucho; una barquilla de mimbre grande y profunda hecha a medida; y varios otros artículos necesarios para la construcción y equipamiento de un globo de extraordinarias dimensiones. Encargué a mi esposa que lo confeccionara lo antes posible y le proporcioné toda la información requerida sobre la forma en particular en la que debía proceder. Mientras tanto, con el hilo de bramante elaboré una red de suficientes dimensiones, le añadí un aro y el cordaje necesario, y adquirí numerosos instrumentos y materiales para experimentar en las regiones más elevadas de la atmósfera. Aproveché las noches para llevar a un lugar retirado, al este de Rotterdam, cinco barriles forrados de hierro de unos cincuenta galones de capacidad, y uno de mayor tamaño; seis tubos de estaño de tres pulgadas de diámetro y diez pies de largo, con una forma apropiada; cierta cantidad de *una sustancia especial metálica o semimetálica* que no nombraré, y una docena de damajuanas de un ácido muy común. El gas que producen estos materiales es un gas que jamás ha producido otra persona, excepto yo mismo —o al menos nunca se ha aplicado a un propósito similar—. Sólo puedo aventurarme a decir aquí que es *uno de los constituyentes del ázoe,* considerado irreductible durante tanto tiempo, y cuya densidad es 37,4 veces *menor que la del hidrógeno.* Es insípido, pero no inodoro; arde en estado puro con una llama verdosa y produce una muerte instantánea en la vida animal. No tendría ningún problema en desvelar su secreto, pero el derecho le pertenece a un ciudadano de Nantes, en Francia —como ya he insinuado antes— por quien me fue comunicado con reservas. Esta misma persona, sin saber de mis intenciones, me dio a conocer un método de construcción de globos a partir de la membrana de cierto animal, a través de la cual era prácticamente imposible que el gas escapara. Sin embargo, descubrí que resultaba demasiado cara y no estaba completamente seguro de que la batista con una capa de barniz de caucho no fuese tan buena como ella. Menciono esta circunstancia porque creo probable que este individuo en cuestión intente hacer ascender un globo con este nuevo gas y material del que he hablado, y no deseo privarle del honor de un invento tan singular.

»Cavé agujeros pequeños en el lugar que pretendía que ocuparan los barriles durante el inflado del globo; los agujeros formaban un círculo de veinticinco pies de diámetro. En el centro de este círculo, lugar destinado al barril más grande, también cavé un agujero de mayor profundidad. En cada uno de los cinco agujeros más pequeños deposité un bote que contenía cincuenta libras de pólvora de cañón, y en el más grande coloqué un barril que contenía ciento cincuenta libras. Conecté debidamente el barril y los botes con conexiones cubiertas; y habiendo colocado en uno de los botes el extremo de una mecha de unos cuatro pies de longitud, tapé el agujero y coloqué el barril sobre él, dejando que el otro extremo de la mecha sobresaliera apenas una pulgada y resultara apenas visible más allá del barril. Después rellené los demás agujeros y coloqué los barriles sobre ellos, cada uno en su lugar destinado.

»Además de los artículos ya mencionados, llevé en secreto al *dépôt* uno de los aparatos perfeccionados de M. Grimm para condensar el aire atmosférico. No obstante, descubrí que esta máquina requería considerables cambios antes de poder adaptarse a los propósitos a los que yo tenía intención de aplicarla. Pero, con intenso trabajo e incesante perseverancia, por fin logré completar con éxito todos mis preparativos. Mi globo pronto estaría terminado. Contendría más de cuarenta mil pies cúbicos de gas; calculé que podría elevarme fácilmente con todos mis útiles y, si maniobraba correctamente, con ciento setenta y cinco libras de lastre, además. Había aplicado tres capas de barniz y descubrí que la batista respondía en todo como la seda misma, siendo tan resistente como esta y mucho menos cara.

»Después de estar ya todo preparado, hice jurar a mi esposa que guardaría el secreto de todos mis actos desde mi primera visita al puesto del librero y, prometiendo por mi parte regresar tan pronto lo permitieran las circunstancias, le entregué el poco dinero que me quedaba y me despedí de ella. La verdad es que no temía por ella. Era lo que la gente denomina una mujer notable y podría ocuparse de los asuntos del mundo sin mi ayuda. A decir verdad, creo que siempre me vio como un holgazán —una simple pieza de relleno— incapaz de nada bueno salvo construir castillos en el aire, y que se alegraba de librarse de mí. Era una noche oscura cuando le dije adiós y llevando conmigo, como *aides-de-camp,* a los tres acreedores que tantos problemas me habían dado, transportamos el globo, la barquilla y todo el equipo al lugar donde había depositado los demás artículos, eligiendo un camino retirado. Allí los encontramos en perfecto estado y empezamos a trabajar de inmediato.

»Era el primer día de abril. La noche, como dije antes, era oscura; no se veía estrella alguna y una llovizna que caía a intervalos nos resultaba de lo más incómoda. Pero mi principal preocupación la causaba el globo, el cual, a pesar del barniz con el que estaba protegido, empezaba a pesar demasiado debido a la humedad; también la pólvora podría sufrir daños. Por consiguiente, mantuve a mis tres acreedores trabajando con gran diligencia, triturando hielo alrededor del barril central y removiendo el ácido en los demás. Sin embargo, no cesaban de importunarme con preguntas sobre lo que tenía intención de hacer con todos aquellos aparatos, y expresaban una gran insatisfacción por el horrible trabajo al que los sometía. No podían entender —así decían— el beneficio resultante de calarse hasta los huesos simplemente por participar en aquellos horribles conjuros. Empecé a inquietarme y seguí trabajando con todas mis fuerzas, pues sinceramente creo que aquellos idiotas suponían que había hecho un pacto con el diablo y que, en resumen, lo que yo estaba haciendo no era nada bueno. Temía por ello que me abandonaran. Sin embargo, conseguí tranquilizarles con promesas de pago de toda la deuda tan pronto como pudiera llevar a término el actual asunto. A estos argumentos dieron ellos, por supuesto, su propia interpretación; imaginaron, sin duda, que en cualquier caso yo llegaría a poseer una gran cantidad de dinero en efectivo, y con tal de que yo pagara lo que debía, más cierta cantidad en consideración a los servicios prestados, me atrevo a decir que muy poco les preocupaba lo que le sucediera a mi alma o a mi cuerpo.

»Después de unas cuatro horas y media, advertí que el globo estaba suficientemente inflado. Por tanto, até a él la barquilla y metí todos mis instrumentos en el interior: un telescopio, un electrómetro, un compás, una brújula, un cronómetro, una campana, una bocina, etc., etc., etc. También un globo de cristal al que había extraído el aire y cerrado cuidadosamente con un tapón; sin olvidar el aparato de condensación, algo de cal viva, una barra de cera para sellar, una abundante reserva de agua y gran cantidad de provisiones, como el pemmican, que contiene muchos nutrientes comparado con su pequeño volumen. También metí en la barquilla un par de palomas y una gata.

»Se acercaba el amanecer y pensé llegada la hora de mi partida. Dejando caer un cigarro encendido al suelo, como si se tratase de un accidente, aproveché la oportunidad de agacharme a recogerlo para prender el trozo de mecha cuyo extremo, como he dicho, sobresalía un poco del borde inferior de uno de los barriles más pequeños. Esta maniobra pasó totalmente desapercibida a los tres acreedores y, saltando al interior de la barquilla, corté de inmediato la cuerda que me ataba a tierra y me alegró descubrir que ascendía hacia arriba con increíble rapidez, arrastrando con toda facilidad ciento setenta y cinco libras de pesado lastre y siendo capaz de haber levantado muchas más.

Al abandonar la tierra, el barómetro marcaba treinta pulgadas y el termómetro 19 grados centígrados.

»Sin embargo, apenas había alcanzado una altura de cincuenta yardas cuando, rugiendo y ardiendo tras de mí de la manera más violenta y terrible, subió un huracán de fuego y grava, y maderas ardiendo, y metal abrasador y miembros mutilados. Se me encogió el corazón y caí en el fondo de la barquilla temblando de terror. De hecho, ahora me daba cuenta de que había exagerado el asunto y de que aún no había experimentado las principales consecuencias de la voladura. Así pues, en menos de un segundo, sentí cómo toda la sangre de mi cuerpo subía deprisa a mis sienes, e inmediatamente después, una conmoción que no olvidaré estalló de repente en la noche y pareció rasgar y partir en dos al firmamento mismo. Cuando posteriormente tuve tiempo de reflexionar, no dudé en atribuir la extremada violencia de la explosión, en lo que a mí respecta, a su propia causa: hallarme situado directamente sobre él y en la línea de su mayor potencia. Pero en ese momento sólo pensé en salvar mi vida. Al principio, el globo se desplomó, luego se dilató con furia, después empezó a girar sobre sí mismo a una velocidad vertiginosa y, finalmente, tambaleándose como un borracho, me lanzó por encima del borde de la barquilla y me dejó colgando, a una enorme altura, con la cabeza hacia abajo y el rostro mirando hacia afuera, suspendido de un trozo de cuerda fina de unos tres pies de longitud que, de modo accidental, colgaba de un agujero cerca del fondo de la barquilla de mimbre, y en la cual, al caer, mi pie quedó enredado del modo más providencial. Resulta imposible, completamente imposible, hacerse una idea apropiada del horror de mi situación. Jadeé de forma convulsiva en busca de aliento, un estremecimiento parecido al que produce la fiebre recorrió cada nervio y músculo de mi cuerpo; sentí que mis ojos se salían de sus órbitas, una horrible náusea me envolvió y, al final, perdí el conocimiento por completo.

»Imposible decir cuánto tiempo permanecí en ese estado. Sin embargo, debió de ser considerable pues, cuando recobré parcialmente el sentido de mi existencia, vi que rompía el día, el globo se hallaba a una prodigiosa altura sobre un océano desierto, y ni rastro de tierra se descubría en el lejano y amplio límite del vasto horizonte. Mis sensaciones al recuperarme, sin embargo, no fueron tan angustiosas como se podría haber anticipado. Es más, había mucho de locura en el tranquilo estudio que empecé a hacer sobre mi situación. Levanté las manos hacia los ojos, una después de la otra, y me pregunté por la causa de tener las venas hinchadas y las uñas de los dedos tan horriblemente negras. A continuación, examiné detenidamente mi cabeza, sacudiéndola repetidas veces y palpándola con minuciosa atención, hasta que me satisfizo comprobar que no era más grande que mi globo, como había sospechado. Después tanteé a conciencia los bolsillos de mis pantalones y, al echar de menos unas píldoras y un palillero, me esforcé por explicar su desaparición y, al no ser capaz de hacerlo, sentí una indescriptible desazón. Ahora notaba que sufría un gran malestar en el tobillo izquierdo, y una vaga conciencia de mi situación empezó a vislumbrarse en mi mente. Pero, por extraño que parezca, no estaba asombrado ni horrorizado. Si sentía alguna emoción, era una especie de satisfacción con una risita nerviosa por la astucia que iba a tener que demostrar para escapar de aquella situación; y en ningún momento consideré que mi salvación final fuera una cuestión a poner en duda. Durante unos minutos permanecí sumido en profunda meditación. Recuerdo claramente que apretaba los labios con frecuencia, apoyaba el dedo índice en la nariz y hacía uso de las gesticulaciones y muecas propias de los hombres que, sentados cómodamente en sus sillones, meditan sobre temas intrincados o importantes. Habiendo recabado información suficiente, como así lo creía, en ese momento, con gran cautela y atención, puse las manos por detrás de la espalda y desabroché la gran hebilla de hierro de la pretina de mis pantalones. Esta hebilla tenía tres dientes que, por hallarse oxidados, giraban con gran dificultad sobre sus ejes. Pero después de cierta dificultad, conseguí colocarlos en ángulo recto con la hebilla y me alegré de que permanecieran firmes en esa posición. Sosteniendo con mis dientes el instrumento así obtenido, procedí a desatar el nudo de mi pañuelo. Tuve que descansar en varias ocasiones antes de poder completar la maniobra; pero al final, lo logré. Até entonces la hebilla a un extremo del pañuelo, y el otro extremo, para mayor seguridad, lo até con fuerza alrededor de mi cintura. Levantando el cuerpo hacia arriba con un prodigioso empleo de fuerza muscular, lancé la hebilla sobre la barquilla, teniendo éxito al primer intento, y enganchándose, como había previsto, al borde circular de la cesta.

»Mi cuerpo se hallaba ahora inclinado hacia el lado de la barquilla, formando un ángulo de unos cuarenta y cinco grados; pero no debe entenderse que me encontraba tan sólo a cuarenta y cinco grados por debajo de la perpendicular. Lejos de ello, aún me hallaba casi al mismo nivel del plano del horizonte; pues mi cambio de posición había obligado a la barquilla a desplazarse hacia afuera a su vez, lo cual suponía un peligro inminente. Debería tenerse en cuenta, no obstante, que si cuando caí de la barquilla, hubiese caído con el rostro mirando hacia el globo en vez de mirar hacia afuera como así había sido, o si la cuerda de la que quedé suspendido hubiera colgado del borde superior y no de un agujero cerca del fondo de la barquilla, bien se podría suponer, en cualquiera de estos supuestos casos, que hubiese sido incapaz de lograr tanto como había logrado hasta ahora, y las revelaciones que ahora hago se habrían perdido para la posteridad. Por tanto, tenía razones suficientes para estar agradecido; aunque, a decir verdad, aún me sentía demasiado aturdido para sentir otra cosa, y colgado así durante quizás un cuarto de hora, de aquella forma extraordinaria, sin hacer el más mínimo esfuerzo y en un tranquilo estado de estúpido goce. Pero esta sensación no tardó en desaparecer y a ella le sucedió el horror, y la angustia y una sensación de desesperanza y desastre. En realidad, la sangre acumulada durante ese tiempo en los vasos sanguíneos de la cabeza y garganta, que hasta entonces había alentado mi espíritu con delirio, empezaba a retirarse por sus canales apropiados, y la lucidez que se añadía ahora a mi percepción del peligro sólo servía para privarme de la serenidad y del coraje para hacerle frente. Pero afortunadamente esta debilidad no duró mucho. El espíritu de la desesperación acudió a tiempo a rescatarme y, con gritos frenéticos y forcejeos, daba impulso a mi cuerpo hacia arriba hasta que, por fin, agarrando firmemente el borde tan deseado, conseguí pasar mi cuerpo por encima y caer de cabeza y temblando en el interior de la barquilla.

»No fue hasta después de un tiempo cuando me recuperé lo suficiente para ocuparme de los cuidados ordinarios del globo. Lo examiné con atención y descubrí, con gran alivio, que no había sufrido daños. Mis instrumentos estaban todos a salvo, y, afortunadamente, no había perdido lastre ni provisiones. De hecho, los había asegurado de tal modo en sus lugares respectivos, que un accidente como aquel no les afectaría. Miré el reloj y vi que eran las seis en punto. Aún ascendía rápidamente y el barómetro marcaba una altitud de tres millas y tres cuartos. Inmediatamente por debajo de mí, en el océano, había un pequeño objeto negro, de forma ligeramente oblonga, del tamaño de una ficha de dominó, y todo él guardaba un gran parecido con una de esas piezas. Dirigiendo mi telescopio hacia él, distinguí claramente que se trataba de un navío británico de noventa y cuatro cañones que seguía una trayectoria oeste suroeste, cabeceando con fuerza en el mar. Aparte del barco, nada se veía salvo océano y cielo, y el sol que acababa de salir.

»Ha llegado el momento de explicar a sus Excelencias el objeto de mi viaje. Sus Excelencias recordarán que ciertas circunstancias angustiosas en Rotterdam me habían conducido a la decisión de suicidarme. Sin embargo, la vida no me disgustaba en sí misma, pero sí me sentía hostigado por los acontecimientos derivados de mi situación. En este estado de ánimo, deseando vivir, pero también cansado de la vida, el tratado del puesto del librero y el oportuno descubrimiento de mi primo de Nantes despertaron mi imaginación. Finalmente tomé la decisión. Decidí partir, pero vivo; abandonar el mundo, pero continuar existiendo; en resumen, dejando a un lado los enigmas, resolví que, pasara lo que pasase, me abriría paso *hasta la luna*. Ahora bien, para que no se me suponga más loco de lo que en realidad soy, detallaré del mejor modo posible las consideraciones que me llevaron a creer que un logro de esta naturaleza, aunque sin duda lleno de dificultades y de peligro, no estaba más allá de los confines de lo posible para un espíritu audaz.

»La distancia real entre la Luna y la Tierra era lo primero a tener en cuenta. El espacio medio entre los *centros* de los dos planetas es de 59,9643 veces el *radii* ecuatorial de la tierra, o unas 237 000 millas. Digo el espacio medio, pero debe tenerse en cuenta que si la forma de la órbita de la luna es una elipse cuya excentricidad total no es menor de 0,05484 del semieje mayor de la propia elipse, y estando situado el centro de la tierra en su foco, si, de alguna manera yo podía ingeniármelas para llegar a la luna en su perigeo, la distancia antes mencionada disminuiría substancialmente. Pero, no diré nada sobre esta posibilidad ahora, aunque sí que era cierto que de esas 237 000 millas habría de descontar el radio de la tierra, es decir 4000, y el radio de la luna, 1080; en total 5080; lo que daría una distancia real, en circunstancias normales, de 231 920 millas. Pensé que aquella distancia no era tan extraordinaria. Viajando por tierra se había realizado repetidas veces a una velocidad media de sesenta millas por hora; y, de hecho, se prevén alcanzar velocidades mucho mayores. Pero, incluso a esa velocidad, no tardaría más de 161 días en llegar a la superficie de la luna. Sin embargo, había detalles que me inducían a creer que mi velocidad media de viaje posiblemente podría exceder en mucho esas sesenta millas por hora y, como dichas consideraciones produjeron una profunda impresión en mí, las mencionaré con todo detalle.

»El siguiente punto a tener en cuenta era de gran importancia. Por las indicaciones del barómetro, sabemos que en las ascensiones a una altura de mil pies desde la superficie de la tierra, dejamos por debajo una trigésima parte de la masa total de aire atmosférico; que a 10 600 hemos ascendido a casi un tercio de la misma; que a 18 000, que no se halla muy distante de la altitud de Cotopaxi, hemos sobrepasado la mitad de la masa material o, en todo caso, la mitad *ponderable* de la masa de aire que corresponde a nuestro globo. Asimismo, se calcula que a una altitud que no supere la centésima parte del diámetro de la tierra —es decir, que no supere ochenta millas— el enrarecimiento del aire sería tan excesivo que la vida animal no podría resistirlo de ningún modo y, además, que los instrumentos más sensibles que poseemos para determinar la presencia de atmósfera serían inadecuados a la hora de asegurarnos la existencia de la misma. Pero no dejé de percibir que estos últimos cálculos se fundaban en nuestro conocimiento experimental de las propiedades del aire y de las leyes mecánicas que regulan su dilatación y compresión en lo que se podría llamar, hablando comparativamente, *la proximidad inmediata* de la propia tierra; y, al mismo tiempo, se da por sentado que la vida animal es y debe ser esencialmente *incapaz de modificación* a cualquier distancia inalcanzable desde la superficie. Ahora bien, tales razonamientos y tales *data* han de ser, por supuesto, simplemente analógicos. La mayor altitud jamás alcanzada por el hombre ha sido de 25 000 pies, lograda en la expedición aeronáutica de los señores Gay-Lussac y Biot. Es una altitud moderada, incluso si se compara con las ochenta millas en cuestión; y no podía dejar de pensar que el asunto dejaba espacio para la duda y para la más amplia especulación.

»De hecho, en una ascensión realizada a cierta altitud dada, la cantidad ponderable de aire superada al *seguir ascendiendo,* no es de ningún modo proporcional a la altitud adicional ascendida, (como se puede ver claramente en lo dicho anteriormente), sino en una proporción que disminuye de modo constante. Resulta evidente por tanto que, por muy alto que ascendamos, no podemos, literalmente hablando, llegar a un límite más allá del cual *no* hay atmósfera. *Debía de existir,* fue lo que yo pensé, aunque *tal vez* existiera en un estado de infinita rarefacción.

»Por otra parte, era consciente de que no faltaban argumentos que demostraban la existencia de un límite real y definido de la atmósfera, más allá del cual no hay absolutamente nada de aire. Pero una circunstancia que habían pasado por alto aquellos que defendían tal límite era, me parecía a mí, si no una refutación completa, al menos un punto que merecía la pena una seria investigación. Al comparar los intervalos entre las sucesivas llegadas del cometa Encke a su perihelio, y después de dar crédito, del modo más exacto, a todas las perturbaciones debidas a las atracciones de los planetas, parece que los períodos están disminuyendo gradualmente; es decir, el eje mayor de la elipse del cometa va acortándose de un modo lento, pero completamente regular. Ahora bien, este debería ser precisamente el caso si suponemos que el cometa experimenta una resistencia por parte del *medio etéreo enrarecido* en extremo que ocupa zonas de su órbita, pues resulta evidente que semejante medio, al retardar la velocidad del cometa, debe incrementar su fuerza centrípeta disminuyendo la centrífuga. En otras palabras, la atracción del sol sería cada vez más intensa y el cometa estaría aproximándose a él en cada revolución. En realidad, no hay otra forma de explicar la variación en cuestión. Pero hay más: se observa que el diámetro real de la propia nebulosidad del cometa se contrae rápidamente al aproximarse al sol, y se dilata con igual rapidez al alejarse hacia su afelio. ¿No estaría yo justificado al suponer, como Valz, que esta perceptible condensación de volumen tiene su origen en la compresión del mismo medio etéreo que he mencionado antes, y que su densidad va variando proporcionalmente a su proximidad al sol? El fenómeno de forma lenticular, también llamado luz zodiacal, era un asunto merecedor de atención. Esta radiación, tan visible en los trópicos y que no ha de confundirse con ningún resplandor meteórico, se extiende desde el horizonte en dirección oblicua hacia arriba, y sigue, por lo general, la dirección del ecuador del sol. Me pareció evidente que provenía de una atmósfera enrarecida que se extiende desde el sol, al menos hasta más allá de la órbita, y creí que aún se extendía más allá de un modo indefinido. De hecho, no podía suponer que este medio estuviese confinado a la trayectoria de la elipse del cometa, o a la inmediata proximidad del sol. Resultaba fácil, por el contrario, imaginarla ocupando regiones completas de nuestro sistema planetario, condensada en lo que llamamos atmósfera en los planetas; y tal vez modificadas en alguno de ellos por consideraciones puramente geológicas, es decir, modificada o variada en sus proporciones (o en su naturaleza esencial) por materias volatilizadas procedentes de dichos orbes.

»Una vez adoptado este punto de vista, ya no dudé más. Admitiendo que a mi paso me encontraría con una atmósfera esencialmente igual a la de la superficie de la tierra, supuse que, con la ayuda del muy ingenioso aparato de M. Grimm, sería posible condensarla en cantidad suficiente para poder respirar. Aquello vencía el principal obstáculo de un viaje a la luna. De hecho, me había costado dinero y gran trabajo adaptar el aparato para el fin deseado, y confiaba plenamente en aplicarlo con éxito si podía conseguir completar el viaje en un período razonable. Y esto me hace retroceder al asunto de la *velocidad* a la cual sería posible viajar.

»Es cierto que en la primera etapa de su ascensión desde tierra los globos se elevan a una velocidad relativamente moderada. Ahora bien, la fuerza de elevación se halla por completo en la gravedad superior del aire atmosférico comparado con el del gas del globo y, a primera vista, no parece probable que cuando el globo adquiere altitud y, en consecuencia, va atravesando sucesivamente las *capas* de la atmósfera cuyas densidades disminuyen rápidamente... digo, que no parece razonable que en su ascenso vaya acelerándose la velocidad original. Por otra parte, no era conocedor de ningún ascenso registrado que hubiese demostrado una *disminución* en la velocidad absoluta del ascenso. Aunque tal habría sido el caso, sin tener en cuenta nada más, si se explicara con un escape de gas en globos mal construidos y cubiertos sin mejor material que una simple capa de barniz. Me parecía, por tanto, que el efecto de ese escape de gas sería suficiente para contrarrestar el efecto de la aceleración alcanzada por la disminución de la distancia del globo al centro de gravedad. Si a mi paso hallaba el *medio* que había imaginado y si se demostraba que estaba compuesto *esencialmente* de lo que denominamos aire atmosférico, supuse que poca diferencia podría haber en la fuerza de ascensión causada por el enrarecimiento extremo que pudiese encontrarme, pues el gas del globo no sólo se hallaría sometido a una rarefacción similar (ante lo cual dejaría escapar tanta cantidad como fuera necesaria para evitar una explosión), sino, *siendo lo que era,* continuaría siendo más ligero que cualquier otro compuesto de nitrógeno y oxígeno. Por consiguiente, había una posibilidad, en realidad había una gran probabilidad, de que *en ningún momento de mi ascenso alcanzaría un punto en el que el conjunto de los pesos de mi inmenso globo, el inconcebible gas raro de su interior, la barquilla y su contenido, igualarían el peso de la masa de la atmósfera desplazada a su alrededor;* y se comprenderá fácilmente que sólo detendría el vuelo hacia arriba si se diese lo contrario. Pero, incluso si se alcanzara ese punto, podría soltar lastre y otros pesos hasta una cantidad de trescientas libras. Mientras tanto, la fuerza de gravedad iría disminuyendo de modo constante, en proporción al cuadrado de las distancias, logrando así una prodigiosa velocidad de aceleración, y llegaría por fin a esas lejanas regiones donde la fuerza de atracción de la tierra sería superada por la de la luna.

»Sin embargo, había otra dificultad que me producía cierta inquietud. Se ha observado que, en las ascensiones de globos a una altura considerable, además del problema de la respiración, se experimenta un gran malestar en la cabeza y en el cuerpo, con frecuencia acompañado de hemorragia en la nariz y otros síntomas alarmantes, y que van aumentando en proporción a la altitud alcanzada. Era un pensamiento que me asustaba. ¿No sería probable que estos síntomas aumentaran hasta provocar la muerte? Finalmente, no lo pensé. Su origen debía buscarse en la progresiva disminución de la presión atmosférica *normal* sobre la superficie del cuerpo, y la consecuente dilatación de los vasos sanguíneos; no se trataba de una desorganización del sistema animal, como en el caso de la dificultad en la respiración, donde la densidad atmosférica es *insuficiente químicamente* para la debida renovación de sangre en un ventrículo del corazón. A menos que fallara esta renovación, no veía razón para que la vida no pudiera mantenerse incluso en el *vacío;* pues la expansión y compresión del pecho, comúnmente llamado respiración, es una acción puramente muscular, y *causa,* no *efecto,* de la respiración. En una palabra, pensé que, al igual que el cuerpo llegaría a habituarse a la falta de presión atmosférica, estas sensaciones de dolor irían disminuyendo gradualmente, y para soportarlas mientras duraran confiaba en la férrea fortaleza de mi constitución.

»Y así, una vez he detallado algunas de las consideraciones, que no todas, que me llevaron a proyectar un viaje a la luna, si les place a sus Excelencias, procederé a presentar el resultado de un intento que parece tan audaz, y, en todo caso, sin igual en los anales de la humanidad.

»Habiendo alcanzado la altitud antes mencionada, es decir, la de tres millas y tres cuartos, arrojé desde la barquilla cierta cantidad de plumas y vi que aún ascendían con suficiente rapidez; por tanto, no había necesidad de soltar lastre. Me alegré por ello, pues deseaba conservar todo el peso que pudiese transportar, por la razón obvia de que no sabía con *seguridad* cuál sería la fuerza de gravedad o la densidad atmosférica de la luna. Hasta entonces no había sufrido ninguna molestia en el cuerpo, respiraba con completa libertad y no sentía dolor de cabeza. La gata estaba tumbada tranquilamente sobre mi abrigo, el cual me había quitado, y miraba a las palomas con *indiferencia*. Estas últimas, atadas por una pata para evitar que se escaparan, se empleaban con afán en picotear algunos granos de arroz que había esparcido por el fondo de la barquilla.

»A las seis y veinte el barómetro mostraba una elevación de 26 400 pies, o el equivalente a cinco millas. La vista panorámica parecía ilimitada. De hecho, resultaba muy fácil calcular mediante geometría esférica la extensa zona de la Tierra que yo contemplaba. La superficie convexa de cualquier segmento de una esfera es, respecto a la superficie total de la esfera, lo que el seno verso del segmento es al diámetro de la esfera. En mi caso, el seno verso —es decir, el *espesor* del segmento por debajo de mí— era aproximadamente igual a mi elevación, o la elevación del punto de vista sobre la superficie. Por tanto, de cinco a ocho millas es lo que expresaría la proporción de la zona de la Tierra que veía ante mí. En otras palabras, contemplaba un dieciséis por ciento de la superficie total del globo. El mar parecía sereno como un espejo, aunque, por medio del telescopio, pude percibir que estaba en un estado de violenta agitación. Ya no se veía el barco, que al parecer se había desviado hacia el este. Ahora empezaba a experimentar, a intervalos, un fuerte dolor de cabeza, especialmente en los oídos —sin embargo, aún respiraba con aceptable libertad—. La gata y las palomas no parecían sufrir ninguna molestia.

»A las siete menos veinte, el globo entró en una larga serie de densas nubes, lo cual me ocasionó grandes problemas al dañar mi aparato de condensación y empaparme a mí hasta los huesos. Fue, sin duda, un singular *rencontré,* pues no hubiese creído posible que una nube de esta naturaleza pudiera existir a semejante altitud. No obstante, pensé que lo mejor sería arrojar cinco libras de lastre, conservando aún un peso de ciento sesenta y cinco libras. Al actuar así, no tardé en sobrevolar aquella dificultad, y percibí de inmediato que había conseguido un gran aumento en velocidad de ascenso. Pocos segundos después de abandonar la nube, el destello de un relámpago la cruzó de un extremo a otro y causó que se prendiera, en toda su vasta extensión, como un trozo de carbón encendido. Esto sucedió, ha de recordarse, a plena luz del día. La imaginación no podría describir la sublimidad que hubiera mostrado un fenómeno similar si hubiese tenido lugar en medio de la oscuridad de la noche. Sólo en el mismo infierno podría haberse encontrado una imagen tan apropiada. Aun así, se me erizó el cabello mientras miraba fijamente hacia abajo, a los abismos abiertos, permitiendo que la imaginación descendiera y acechara por las extrañas zonas abovedadas, los enrojecidos golfos y los rojos y horribles abismos de aquel espantoso e insondable fuego. Lo cierto es que había escapado por muy poco. Si el globo hubiese permanecido un poco más en el interior de la nube, es decir, si no me hubiese molestado la humedad y decidido descargar lastre, mi destrucción habría sido probablemente la consecuencia. Peligros similares, aunque poco se tienen en consideración, son quizás los mayores a los que deben enfrentarse los globos. Sin embargo, en aquel momento había logrado una elevación demasiado grande como para que me preocupara que pudiera suceder de nuevo.

»Ascendía ahora rápidamente, y a las siete y media el barómetro indicaba una altitud no inferior a nueve millas y media. Empecé a encontrar gran dificultad al respirar. También me dolía excesivamente la cabeza; y, al sentir cierta humedad en mis mejillas, descubrí que era sangre que salía de los tímpanos de mis oídos. También los ojos me producían gran inquietud. Al pasar la mano sobre ellos me pareció que sobresalían de sus órbitas de un modo nada despreciable; y veía distorsionados todos los objetos de la barquilla, incluso el propio globo. Estos síntomas eran mayores de lo que había esperado y me ocasionaron cierta alarma. En esa coyuntura, de forma imprudente e insensata, arrojé tres sacos de lastre de cinco libras de peso. La aceleración en el ascenso así obtenida me transportó a demasiada velocidad y sin la suficiente progresión hacia una *capa* muy enrarecida de la atmósfera, y el resultado estuvo a punto de ser nefasto para mi expedición y para mí mismo. De repente sentí un espasmo que duró más de cinco minutos, e incluso cuando cesó en cierta medida, sólo podía tomar aliento a largos intervalos y en forma de jadeo, mientras sangraba abundantemente por la nariz y los oídos, e incluso ligeramente por los ojos. Las palomas parecían sufrir en extremo y luchaban por escapar; mientras que la gata maullaba lastimeramente y, con la lengua afuera, se tambaleaba de un lado a otro de la barquilla como si estuviese bajo los efectos de un veneno. Descubrí demasiado tarde la gran temeridad, de la que ahora me sentía culpable, al soltar lastre, y mi preocupación era muy grande. Pensé en la muerte, y que sucedería en pocos minutos. El sufrimiento físico que soportaba contribuía también a incapacitarme casi por completo para realizar algún esfuerzo por salvar mi vida. De hecho, poca capacidad de reflexión me quedaba, y la violencia del dolor de cabeza parecía aumentar por momentos. Me di cuenta de que pronto me abandonarían los sentidos y ya había atado con firmeza una de las sogas de la válvula con intención de descender, cuando el recuerdo de las artimañas que había empleado con los tres acreedores, y las posibles consecuencias para mí si regresaba, me detuvieron por el momento. Me tumbé en el fondo de la barquilla y me esforcé por recuperar mis facultades. Lo logré hasta el punto de pensar en el experimento de sangrarme. Sin embargo, al no tener una lanceta, me vi obligado a realizar la operación de la mejor manera posible; finalmente, conseguí abrir una vena del brazo izquierdo con la hoja de una navaja. Apenas comenzó a fluir la sangre, ya experimenté un notable alivio y cuando ya había perdido aproximadamente lo que corresponde a la mitad de un recipiente de tamaño medio, la mayoría de los peores síntomas me habían abandonado por completo. No obstante, no creí conveniente intentar ponerme en pie inmediatamente; después de atarme el brazo del mejor modo posible, aún permanecí tumbado durante un cuarto de hora. Después de ese tiempo, me levanté y me hallé tan libre de todo *dolor* como lo había estado durante la última hora y cuarto desde mi ascensión. Sin embargo, la dificultad al respirar había disminuido tan sólo ligeramente, y pensé que en breve sería necesario hacer uso del condensador. Mientras tanto, al dirigir la mirada hacia la gata, que de nuevo se había instalado cómodamente sobre mi abrigo, descubrí, con infinita sorpresa, que había aprovechado mi indisposición para dar a luz a tres gatitos. Esto suponía un inesperado aumento del número de pasajeros, pero me agradó que hubiese ocurrido. Me permitiría tener oportunidad de poner a prueba la veracidad de una conjetura que, más que otra cosa, había influido en mi intento de esta ascensión. Había imaginado que la resistencia *habitual* de la presión atmosférica en la superficie de la tierra era la causa, o prácticamente lo era, del dolor que padece cualquier ser animal a cierta distancia de la superficie. Si se descubría que los gatitos sufrían malestar *con la misma intensidad que su madre,* debía considerar fracasada mi teoría, pero si no era así, entendería que era una sólida confirmación de mi idea.

»A las ocho en punto había alcanzado ya una elevación de diecisiete millas sobre la superficie de la tierra. Por tanto, me parecía evidente que la velocidad de ascenso no sólo se incrementaba, sino que la progresión habría variado, aunque no hubiese soltado lastre. Regresaron los dolores de cabeza y de oídos, a intervalos, con violencia, y continuaba sangrando por la nariz de vez en cuando; pero, en general, sufría mucho menos de lo que se habría esperado. Sin embargo, a cada momento me resultaba más difícil respirar, y cada inhalación iba acompañada de un molesto espasmo en el pecho. Desempaqueté el aparato de condensación ahora y lo preparé para su uso inmediato.

»En este momento de mi ascensión la vista de la tierra era realmente bella. Hacia el oeste, el norte y el sur, hasta donde era capaz de ver, se extendía una lámina sin límites de océano aparentemente sereno, que a cada momento adquiría un matiz azul más intenso. A una inmensa distancia hacia el este, aunque perfectamente discernible, se extendían las islas de Gran Bretaña, las costas atlánticas de Francia y España, con una pequeña parte del norte del continente africano. No se podía ver ningún rastro de edificio aislado, y las ciudades más orgullosas de la humanidad habían desaparecido por completo de la faz de la tierra.

»Lo que me sorprendió principalmente del aspecto de las cosas allá abajo fue la aparente concavidad de la superficie del globo. De un modo bastante irreflexivo, había esperado ver su *convexidad* real mientras ascendía, pero poca reflexión fue necesaria para explicar aquella incongruencia. Una línea trazada desde mi posición hacia la tierra, en perpendicular, habría formado la perpendicular de un triángulo rectángulo, cuya base se habría extendido desde el ángulo recto hacia el horizonte, y la hipotenusa desde el horizonte hacia mi posición. Pero mi altitud poco o nada representaba comparada con mi perspectiva. En otras palabras, la base y la hipotenusa del supuesto triángulo serían, en mi caso, tan largas comparadas a la perpendicular, que las dos primeras podrían haberse considerado casi paralelas. De esta manera el horizonte del aeronauta parece estar siempre *al mismo nivel* que la barquilla. Pero, como el punto situado inmediatamente por debajo de él parece, y está, a gran distancia, da la impresión, por supuesto, de que también se halla a gran distancia por debajo del horizonte. De ahí la impresión de concavidad; y esta impresión perdura hasta que la elevación alcanza una proporción tan grande respecto a la perspectiva que haga desaparecer el aparente paralelismo de la base y la hipotenusa.

»Las palomas parecían estar experimentado mucho sufrimiento en ese momento, así que decidí ponerlas en libertad. Primero, desaté una de ellas, una hermosa paloma moteada de gris, y la coloqué en el borde de la barquilla. Parecía muy inquieta, miraba con ansiedad a su alrededor, agitaba sus alas y arrullaba con fuerza, pero no pude persuadirla para que se soltara de la barquilla. Finalmente, la cogí y la lancé a unas seis yardas del globo. Sin embargo, no intentó descender como había esperado, sino que luchó con gran vehemencia por regresar, lanzando al mismo tiempo agudos y penetrantes chillidos. Logró por fin volver a su posición inicial en el borde, pero apenas logrado, dejó caer la cabeza sobre su pecho y cayó muerta en el interior de la barquilla. La otra fue más afortunada. Para evitar seguir el ejemplo de su compañera y que regresara, la lancé hacia abajo con todas mis fuerzas y me alegró ver que continuó su descenso, a gran velocidad, moviendo sus alas con facilidad y de una forma totalmente natural. En poco tiempo estuvo fuera de mi vista, y no dudé de que llegara a casa a salvo. La gata, que parecía haberse recuperado en gran medida de su enfermedad, disfrutaba ahora comiéndose a la paloma muerta, durmiéndose después muy satisfecha. Sus gatitos parecían muy animados y no mostraban la menor señal de malestar.

»A las ocho y cuarto, al no ser capaz de seguir respirando sin sufrir un dolor de lo más intolerable, procedí a adaptar a la barquilla el aparato del condensador. Este aparato requerirá alguna explicación, y sus Excelencias deberán tener en cuenta que mi objetivo, en primer lugar, era aislarme yo mismo y a la barquilla de la atmósfera altamente enrarecida en la que me hallaba; mi intención era introducir en el interior, por medio del condensador, una cantidad de esta misma atmósfera lo suficientemente condensada como para poder respirarla. Con esta finalidad a la vista, había preparado un saco de caucho muy resistente, completamente hermético pero flexible. Este saco, que era de considerables dimensiones, cubrió toda la barquilla. Es decir, lo tendí por todo el fondo de la barquilla, lo subí por los laterales y lo extendí a lo largo de las cuerdas del exterior, hasta el borde superior o aro al cual estaba atada la red del globo. Una vez hube levantado el saco de esa forma y de haber completado el cerramiento de los laterales y del fondo, era necesario asegurar la abertura o boca, pasando el material por encima del aro de la red —en otras palabras, entre la red y el aro—. Pero si se separaba la red del aro para permitir este paso, ¿cómo se sostendría la barquilla mientras tanto? Hasta ese momento, la red no estaba sujeta al aro de forma fija, sino unida por una serie de lazos o nudos corredizos. Así que, deshice sólo unos cuantos lazos dejando la barquilla suspendida de los demás. Después de insertar la porción de tela que constituía la parte superior del saco, volví a atar los lazos —no al aro, pues habría resultado imposible ya que ahora intervenía la tela— sino a una serie de grandes botones sujetos a la propia tela, a unos tres pies por debajo de la abertura del saco; los espacios entre botones se habían hecho corresponder con los espacios entre los lazos. Hecho esto, desaté otros lazos del borde, introduje otra porción de tela y los lazos sueltos fueron enlazados a sus correspondientes botones. De esta forma, fue posible insertar toda la parte superior del saco entre la red y el aro. Evidentemente, el aro cayó al interior de la barquilla, mientras todo su peso, junto al de su contenido, dependía tan sólo de la resistencia de los botones. Esto, a primera vista, no parecería muy fiable, pero lo era, pues los botones no sólo eran resistentes, sino que estaban tan próximos unos de otros, que individualmente sólo soportaban una pequeña parte del peso total. De hecho, si la barquilla y su contenido hubieran pesado tres veces más, no me habría sentido intranquilo. Volví a levantar de nuevo el aro por dentro de la cobertura de caucho y lo apoyé casi a la misma altura con la ayuda de tres postes ligeros preparados para la ocasión. Hice esto, por supuesto, para expandir el saco en la parte superior y mantener la parte inferior de la red en su adecuada posición. Lo único que quedaba ahora era cerrar la abertura de la cubierta; y lo conseguí enseguida reuniendo los pliegues del material y retorciéndolos con fuerza por el interior utilizando una especie de *torniquete* fijo.

»En los laterales de esta cubierta adaptada a la barquilla había insertado tres paneles circulares de cristal grueso pero transparente, a través de los cuales podría ver sin dificultad a mi alrededor y en cualquier dirección en horizontal. En el trozo de tela que constituía el fondo había una cuarta ventana, de la misma clase, y se correspondía con una pequeña abertura del suelo de la barquilla. Esto me permitía ver hacia abajo en perpendicular; en cambio, me había resultado imposible colocar cualquier dispositivo similar en la parte superior debido a la peculiar forma en la que se cerraba allí la abertura y a las arrugas resultantes en la tela, por lo cual no podía esperar ver objetos situados justo en el cénit. Aquello, por supuesto, era un asunto de poca importancia, pues, aunque hubiese sido capaz de colocar una ventana en la parte superior, el propio globo habría evitado que hiciera uso de ella.

»Aproximadamente a un pie por debajo de una de las ventanas laterales había una abertura circular, de tres pulgadas de diámetro, en cuyo borde había ajustado una tuerca de latón. Atornillé a ella el tubo largo del condensador; por supuesto, el cuerpo de la máquina se hallaba dentro de la cámara de caucho. A través de este tubo, cierta cantidad de atmósfera circundante enrarecida entraba a la máquina después de haber creado un *vacío,* y después la descargaba, en estado de condensación, para mezclarse con el escaso aire que había en la cámara. Al repetirse varias veces esta operación, al final la cámara se llenaba de una atmósfera apropiada para la respiración. Pero, en un espacio tan limitado, no podía tardar en viciarse y en no ser adecuada para un contacto frecuente con los pulmones; por ello, se expulsaba mediante una pequeña válvula situada en el fondo de la barquilla; el aire denso penetraba fácilmente en la atmósfera más enrarecida del exterior. Para evitar el inconveniente de que se produjera un *vacío* total en la cámara en cualquier momento, esta purificación nunca se realizaba de una vez, sino de forma gradual: la válvula se abría sólo durante unos segundos y se cerraba de nuevo, hasta que uno o dos impulsos de la bomba del condensador habían suministrado al lugar el mismo volumen de atmósfera expulsada. Con fines experimentales, había metido a la gata y a los gatitos en una cesta pequeña y la había colgado de un botón por fuera de la barquilla, en el fondo, cerca de la válvula, a través de la cual podía alimentarlos en cualquier momento cuando fuera necesario. Lo hice corriendo cierto riesgo, y antes de cerrar la abertura de la cámara, pues tuve que utilizar uno de los postes antes mencionados, al cual había atado un gancho para llegar a esa zona situada debajo de la barquilla. Tan pronto como el aire más denso fue admitido en la cámara, el aro y los postes se hicieron innecesarios, pues la expansión de la atmósfera encerrada distendía con fuerza el caucho.

»Cuando hube completado estos preparativos y llenado la cámara como he explicado, tan sólo faltaban diez minutos para las nueve. Durante todo el período de tiempo en el que había estado así ocupado, sufrí la angustia más terrible por la dificultad que tenía al respirar; y me arrepiento de la negligencia, o casi locura, por la que me sentía culpable, de haber postergado hasta el último momento un asunto de tanta importancia. Pero, después de haberlo conseguido, pronto empecé a recoger los beneficios de mi invento. De nuevo respiraba con completa libertad y facilidad, —la verdad es que, ¿por qué no debería haber sido así?—. Me sorprendió agradablemente hallarme aliviado, en gran medida, de los fuertes dolores que me habían atormentado hasta entonces. Un ligero dolor de cabeza, acompañado de una sensación de amplitud o hinchazón alrededor de las muñecas, tobillos y garganta, era prácticamente todo por lo que podría quejarme ahora. Por tanto, parecía evidente que gran parte del malestar provocado por la falta de presión atmosférica había *desaparecido* realmente, tal como esperaba, y que muchos de los dolores sufridos durante las dos últimas horas deberían atribuirse a los efectos de una deficiencia respiratoria.

»A las nueve menos veinte, es decir, un poco antes de cerrar la abertura de la cámara, el mercurio del barómetro llegó a su límite, dejó de funcionar; como he dicho antes, era un barómetro muy largo. Indicaba una altitud de 132 000 pies, o veinticinco millas, y yo, en consecuencia, contemplaba en ese momento una extensa parte de la tierra, no inferior a 1/320 parte de su superficie total. A las nueve en punto, de nuevo perdí de vista la tierra hacia el este, pero no sin antes darme cuenta de que el globo se desviaba rápidamente hacia el nornoroeste. El océano aún conservaba su aparente concavidad por debajo de mí, aunque mi visión era interrumpida con frecuencia por las masas de nubes que flotaban de un lado a otro.

»A las nueve y media realicé el experimento de lanzar un puñado de plumas por la válvula. No flotaron como había esperado, sino que cayeron en perpendicular, como una bala, *agrupadas,* y a gran velocidad, perdiéndolas de vista en muy pocos segundos. Al principio no supe qué pensar ante fenómeno tan extraordinario; no era capaz de creer que mi velocidad de ascenso hubiese alcanzado tan repentina y prodigiosa aceleración; pero pronto se me ocurrió que la atmósfera estaba ahora demasiado enrarecida incluso para poder sostener unas plumas, y que por tanto parecieron caer a gran velocidad; lo que en realidad me había sorprendido eran las velocidades sumadas de su descenso y de mi propia elevación.

»A las diez en punto descubrí que había muy poco que precisara de mi atención inmediata. Todo iba estupendamente y creía que el globo ascendía con una velocidad creciente, aunque ya no tenía ningún medio para asegurar la progresión de ese aumento. No sufría dolor ni malestar de ninguna clase y gozaba del mejor humor desde que había partido de Rotterdam; me ocupaba ahora de examinar el estado de mis diversos aparatos y de regenerar la atmósfera en el interior de la cámara. Sobre esto último, decidí atenderlo a intervalos regulares de cuarenta minutos, más por conservar mi salud que porque una renovación tan frecuente fuese absolutamente necesaria. Entretanto no podía evitar anticiparme al futuro. La fantasía se deleitaba en regiones salvajes y fantásticas de la luna. La imaginación, sintiéndose inquebrantable, vagaba entre maravillas que cambiaban constantemente en una tierra sombría e inestable. Tan pronto había bosques muy antiguos, escarpados precipicios y cascadas que caían estrepitosas en abismos sin fondo, como de repente llegaba a tranquilas soledades de medio día, donde ningún viento del cielo soplaba nunca, y donde vastas praderas de amapolas y esbeltas flores parecidas a lirios se extendían en la distancia, silenciosas e inmóviles por siempre. De nuevo viajaba luego por otra región lejana donde sólo había un lago sombrío y difuso, limitado por una línea de nubes. Pero no sólo fantasías como estas eran dueñas de mi mente. Horrores de naturaleza mucho más severa y espantosa se imponían en mi mente con demasiada frecuencia y me estremecían en lo más profundo del alma con la mera suposición de su posibilidad. No obstante, no permitía que mis pensamientos sobre esas especulaciones durasen mucho tiempo, pues consideraba que los peligros reales y palpables del viaje eran suficientes para no desviar mi atención.

»A las cinco de la tarde, mientras me ocupaba de regenerar la atmósfera en el interior de la cámara, aproveché para observar a la gata y a los gatitos a través de la válvula. La gata parecía estar sufriendo mucho otra vez, y no dudaba en atribuir su malestar a la dificultad en respirar principalmente; pero mi experimento con los gatitos estaba resultando muy extraño. Yo había esperado, por supuesto, verlos mostrar algún dolor, aunque en menor grado que en su madre; y esto habría sido suficiente para confirmar mi opinión sobre la resistencia habitual a la presión atmosférica. Pero no estaba preparado para descubrir, tras un atento examen, que disfrutaban de buena salud, respiraban con la mayor facilidad y regularidad, y no presentaban el menor signo de malestar. Únicamente podía explicarse extendiendo mi teoría, y suponiendo que la atmósfera altamente enrarecida que había alrededor podría no ser, como había admitido yo, químicamente insuficiente para el propósito de la vida, y que, si una persona nacía en un *medio* como aquel, posiblemente no habría ningún inconveniente en la inhalación, mientras que si se desplazaba a las *capas* más densas próximas a la tierra, soportaría torturas de naturaleza similar a las que yo había padecido recientemente. Algo que lamenté desde aquel momento fue un torpe accidente que ocasionó la pérdida de mi pequeña familia de gatos, privándome de la aclaración de este asunto si hubiese continuado el experimento. Al pasar la mano por la válvula con una taza de agua para la gata, se enganchó la manga de mi camisa en el lazo que sostenía la cesta, y en un momento se soltó del botón. Desvanecerse en el aire no podría haber sido más rápido de lo que fue perderla de vista de aquel modo tan abrupto e instantáneo. Creo que no pasó ni una décima de segundo entre el desprendimiento de la cesta y su absoluta desaparición con todo lo que contenía. Mis buenos deseos la siguieron hasta la tierra, pero, por supuesto, no tenía esperanza ninguna de que la gata o los gatitos vivieran para contar su desgracia.

»A las seis percibí que gran parte de la zona visible de la tierra hacia el este estaba envuelta en una densa sombra, que continuó avanzando con gran rapidez hasta las siete menos cinco, cuando toda la superficie que tenía a la vista quedó envuelta en la oscuridad de la noche. Sin embargo, no fue hasta mucho después cuando los rayos del sol poniente dejaron de iluminar el globo; y esta circunstancia, aunque prevista, no dejó de producirme un infinito placer. Era evidente que por la mañana contemplaría la salida del sol muchas horas antes que los ciudadanos de Rotterdam, a pesar de estar situados mucho más hacia el este, y que así, día tras día, en proporción a la altitud ascendida, disfrutaría de luz solar durante un período cada vez más largo. Decidí entonces llevar un diario de mi viaje, estimando los días de veinticuatro horas de forma continua, sin tener en consideración los intervalos de oscuridad.

»A las diez sentí sueño y decidí acostarme durante el resto de la noche, pero se presentó una dificultad que, aunque parezca obvia, se había escapado a mi atención hasta el momento en el que hablo. Si me iba a dormir como era mi intención, ¿cómo podría regenerarse la atmósfera de la cámara entretanto? Respirarla durante un máximo de una hora era prácticamente imposible; incluso aunque ese tiempo pudiese ampliarse a una hora y cuarto, las más terribles consecuencias podrían sucederse. La importancia de este dilema me provocó no poco desasosiego; resultaría difícil creer que, después de haber superado tantos peligros, consideraba este asunto tan serio como para abandonar toda esperanza de lograr mi propósito y decidir que era necesario el descenso. Pero estas dudas tan sólo fueron momentáneas. Pensé en que el hombre es esclavo de la costumbre, y que muchos aspectos de la rutina de su existencia son considerados de *esencial* importancia, pero sólo lo son por haberse convertido en hábitos. Cierto era que no podía estar sin dormir; pero fácilmente podría acostumbrarme sin ningún inconveniente a despertarme a intervalos de una hora durante el período de mi descanso. Se requerirían cinco minutos como máximo para regenerar la atmósfera por completo, y la única dificultad real era concebir un método para despertarme en el momento preciso para hacerlo. Pero era esta una cuestión que, confieso, me resultaba difícil solucionar. Es cierto que había oído hablar de un estudiante que, para evitar quedarse dormido sobre sus libros, sostenía en una mano una bola de cobre, cuya caída sobre un recipiente del mismo metal, colocado en el suelo al lado de su silla, servía para sobresaltarle de un modo eficaz si en algún momento le vencía el sueño. Sin embargo, mi caso era muy diferente y no había cabida para una idea similar, pues yo no deseaba mantenerme despierto, sino despertarme a intervalos de tiempo regulares. Al fin, hallé el siguiente recurso que, aunque pueda parecer sencillo, su descubrimiento fue para mí en aquel momento tan importante como el invento del telescopio, la máquina de vapor o el arte de imprimir.

»Resulta necesario argumentar que el globo, a la elevación que había alcanzado, continuaba su curso en vertical de un modo constante y sin desviación alguna, y que la barquilla, por tanto, se mantenía tan estable que habría sido imposible detectar la más leve oscilación. Esta circunstancia favoreció enormemente el proyecto que pretendía realizar ahora. Había metido mi provisión de agua en barriletes de cinco galones cada uno, los había colocado alrededor de la barquilla, atados con firmeza. Desaté uno de ellos y, cogiendo dos cuerdas, las até con fuerza al borde de la barquilla, con una separación entre ellas de un pie y colocadas en paralelo, de modo que formaran una especie de balda y sobre la cual coloqué el barrilete en posición horizontal. A unas ocho pulgadas por debajo de las cuerdas, y a cuatro pies del suelo de la barquilla, fijé otra balda —pero hecha con una tabla delgada, pues era el único trozo de madera que tenía—. Coloqué sobre ella, y justo debajo de uno de los bordes del barrilete, una pequeña jarra de barro. Hice un agujero en el extremo del barrilete que se encontraba sobre la jarra y ajusté un tapón de madera blanda cortado en forma cónica. Empujé y tiré del tapón hasta que, después de unos cuantos intentos, llegó al punto exacto en el que el agua, al brotar del agujero, caía en la jarra situada debajo y la llenaba hasta el borde en un período de sesenta minutos. Por supuesto, resultó fácil calcularlo después de observar la proporción de jarra que se llenaba en un tiempo dado. Habiendo conseguido esto, el resto del plan era obvio. Coloqué mi cama en el suelo de la barquilla de modo que mi cabeza quedara justo debajo de la boca de la jarra. Resultaba evidente que, al cabo de una hora, al llenarse la jarra, empezaría a volcarse y lo haría hacia la boca, la cual se hallaba situada un poco por debajo del borde. También resultaba evidente que el agua, al caer desde una altura de más de cuatro pies, lo haría sobre mi cara y la consecuencia segura sería la de despertarme al instante, incluso aunque tuviese el sueño más profundo del mundo.

»Eran ya las once cuando completé estos preparativos y me trasladé a la cama con plena confianza en la eficacia de mi invento. No me sentí defraudado en este asunto. Puntualmente, cada sesenta minutos me despertaba mi fiel cronómetro; después de vaciar la jarra en la boca del barrilete y de realizar las tareas referidas al condensador, me acostaba de nuevo. Esas interrupciones regulares en el sueño me causaron menos molestias de las que había previsto y, cuando me levanté por fin al día siguiente, eran las siete y el sol se hallaba a varios grados por encima de la línea del horizonte.

»*3 de abril.* El globo había alcanzado una inmensa altura y la convexidad de la tierra se manifestaba claramente. Debajo de mí, en el océano, se veía un racimo de manchas negras, que sin duda eran islas. Por encima, el cielo era de un negro azabache y se veían brillar las estrellas; en realidad, esto había sido constante desde el primer día del ascenso. Muy alejada, hacia el norte, percibí una delgada línea o raya blanca, muy brillante, en el borde mismo del horizonte y no dude en suponer que era la zona sur del disco de hielo del mar Polar. Se avivó mi curiosidad, pues tenía esperanza de avanzar mucho más hacia el norte, y tal vez fuese posible que en un momento dado me encontrara situado justo encima del Polo. Ahora lamentaba que mi gran elevación, en este caso, evitara hacer un estudio tan preciso como había deseado. Sin embargo, podían determinarse muchas cosas.

»Nada más de naturaleza extraordinaria ocurrió durante el día. Mis aparatos continuaban funcionando bien y el globo aún ascendía sin ninguna oscilación perceptible. El frío era intenso y me vi obligado a envolverme en mi abrigo. Cuando las tinieblas cubrieron la tierra, me acosté, aunque hasta muchas horas después hubo luz a mi alrededor. El reloj de agua cumplía puntualmente con su deber y dormí profundamente hasta la mañana siguiente, a excepción de las periódicas interrupciones.

»*4 de abril.* Me levanté con buena salud y ánimo, y me sorprendió el singular cambio que había tenido lugar en el aspecto del mar. Había perdido su tono azul intenso en gran medida y ahora era de un color blanco grisáceo y resplandecía de un modo que molestaba a la vista. La convexidad del océano se había hecho tan evidente, que la masa de agua más distante parecía caer por el abismo del horizonte, y me sorprendí escuchando en silencio los posibles ecos de la inmensa catarata. Ya no eran visibles las islas; imposible decir si habían sobrepasado el horizonte hacia el sureste o si el aumento en la elevación las había dejado fuera de mi vista. No obstante, me inclino a opinar que era esto último. El borde de hielo al norte se iba viendo con más claridad. El frío ya no era tan intenso. Nada de importancia sucedió y pasé el día leyendo, habiendo tenido la precaución de proveerme de libros.

»*5 de abril.* Contemplé el excepcional fenómeno del amanecer mientras casi toda la superficie visible de la tierra continuaba envuelta en la oscuridad. Sin embargo, la luz se extendió luego sobre toda ella y de nuevo vi la línea de hielo hacia el norte. Se hallaba a gran distancia ahora y se veía mucho más oscura que las aguas del océano. Era evidente que me estaba acercando, y con gran rapidez. Me pareció distinguir de nuevo una franja de tierra hacia el este, y otra hacia el oeste, pero no estaba seguro. La temperatura era moderada. Nada importante sucedió durante el día. Me acosté temprano.

»*6 de abril.* Me sorprendió hallar el borde de hielo a una distancia tan moderada, y un inmenso campo de hielo se extendía hacia el horizonte por el norte. Era evidente que, si el globo mantenía su actual rumbo, pronto llegaría al océano congelado, y pocas dudas albergaba yo ahora sobre que llegaría a ver el Polo. Seguí aproximándome al hielo durante todo el día. Al llegar la noche, los límites de mi horizonte se ampliaron de un modo repentino, debiéndose sin duda a la forma de la tierra: una esfera achatada, y a mi llegada a las regiones más llanas cercanas al círculo polar Ártico. Cuando por fin llegó la oscuridad, me acosté con gran inquietud al temer pasar por encima de lo que tanta curiosidad me despertaba cuando no tuviese ocasión de observarlo.

»*7 de abril.* Me levanté temprano y con alegría contemplé, al final, lo que no dudé sería el Polo Norte. Se encontraba allí, justo debajo de mis pies; pero había ascendido a una distancia tan grande que nada podía distinguirse con claridad. De hecho, a juzgar por la progresión en las cifras que indicaban las diferentes altitudes en diferentes períodos entre las seis de la mañana y las nueve menos veinte del día dos de abril (momento en el que dejó de funcionar el barómetro), se podía deducir que, a las cuatro de la mañana del siete de abril, el globo había alcanzado una altitud *no inferior* a 7254 millas sobre el nivel del mar. Esta elevación podría parecer inmensa, pero la estimación sobre la que fue calculada daría probablemente un resultado bastante inferior al real. Sea como fuere, sin duda estaba contemplando el diámetro de la tierra al completo; todo el hemisferio norte se extendía debajo de mí como una carta de navegación; y la gran circunferencia del Ecuador constituía el límite de mi horizonte. Sin embargo, sus Excelencias podrán suponer que las regiones confinadas a los límites inexplorados del círculo Ártico, aunque situados por debajo de mí y, por tanto, visibles sin la menor deformación, se hallaban a una distancia demasiado grande y todo era demasiado pequeño como para realizar un examen muy minucioso. No obstante, lo que se podía ver era de una naturaleza singular y fascinante. Hacia el norte de ese enorme límite antes mencionado, y el cual podría llamarse el límite del descubrimiento del hombre en estas regiones, la capa de hielo continuaba extendiéndose de forma ininterrumpida, o casi ininterrumpida. En los primeros grados de su extensión, la superficie es muy plana, más allá se convierte en una llanura y, finalmente, en una *concavidad* que termina en el Polo, en un centro circular muy definido cuyo supuesto diámetro subtendía con respecto al globo un ángulo de unos sesenta y cinco segundos, y cuya tonalidad oscura, que variaba de intensidad, era siempre más oscura que en cualquier otro lugar visible del hemisferio, y en ocasiones llegaba a la negrura más absoluta. Más allá de todo esto, poco se puede asegurar. A las doce había disminuido la circunferencia del círculo, y a las siete de la tarde lo perdía de vista por completo; el globo sobrepasó el límite de hielo situado al oeste y se alejó flotando rápidamente en dirección al Ecuador.

»*8 de abril.*   Advertí una considerable disminución en el diámetro perceptible de la tierra, aparte de una alteración en su color y aspecto en general. Toda la zona visible compartía un matiz amarillento en diversos grados, y en algunas partes había adquirido una brillantez que dañaba a los ojos. Mi visión hacia abajo se veía impedida considerablemente por la densa atmósfera cercana a la superficie que se hallaba cargada de nubes, entre cuyas masas sólo me era posible obtener atisbos de la tierra aquí y allá. Esta dificultad de visión directa me había molestado más o menos durante las últimas cuarenta y ocho horas; pero mi gran elevación en ese momento hacía que esas masas de vapor flotante se juntaran, por así decirlo, siendo ese inconveniente cada vez más palpable, por supuesto, en proporción a mi ascenso. No obstante, podía percibir con facilidad que el globo sobrevolaba la extensión de los grandes lagos del continente norteamericano, y seguía un rumbo hacia el sur que pronto me llevaría hacia los trópicos. Esta circunstancia no dejó de producirme una verdadera satisfacción y la aclamé como feliz presagio de mi triunfo final. Cierto es que la dirección que había tomado ahora me llenaba de inquietud; pues resultaba evidente que, si continuaba así durante mucho tiempo, no habría posibilidad de llegar a la luna, cuya órbita se inclina hacia la elíptica en tan solo un pequeño ángulo de 5º 8' 48". Extraño como pudiera parecer, fue en este último período cuando empecé a comprender el gran error que había cometido al no tomar como punto de partida desde la tierra algún punto situado *en el plano de la elipse lunar.*

»*9 de abril.* Hoy el diámetro de la tierra disminuyó enormemente y el color de la superficie asumió un matiz amarillento cada vez más oscuro. El globo mantuvo su rumbo hacia el sur y sobrevoló a las nueve de la noche el borde septentrional del Golfo de México.

»*10 de abril.* Sobre las cinco de esta mañana, me despertó un terrible ruido, muy fuerte, como un crujido, que no pude explicar. Duró muy poco, pero mientras se producía, pensé que no se parecía a ningún otro que hubiese experimentado anteriormente en la tierra. No es necesario decir que aquello me alarmó en exceso, pues al principio atribuí el ruido al estallido del globo. Pero examiné todos mis aparatos, con gran atención, y no descubrí nada anormal. Pasé gran parte del día reflexionando sobre un suceso tan extraordinario, pero no hallé el modo de explicarlo. Me acosté insatisfecho, en un estado de gran ansiedad y agitación.

»*11 de abril.* Advertí una sorprendente disminución en el diámetro perceptible de la tierra y un considerable aumento, observable ahora por primera vez, en el de la luna, la cual estaría llena tan sólo en unos pocos días. Ahora ya era necesario un gran trabajo para condensar en la cámara suficiente aire atmosférico para mantener la vida.

»*12 de abril.* Se produjo una singular alteración en la dirección del globo que, aunque prevista con todo detalle, me causó un innegable placer. Habiendo alcanzado en su anterior rumbo el paralelo veinte de latitud sur, de repente cambió hacia el este formando un ángulo agudo, y así continuó durante todo el día, manteniéndose cerca, si no completamente, *en el mismo plano de la elipse lunar.* Merece comentarse una oscilación muy perceptible en la barquilla como consecuencia de este cambio de rumbo, una oscilación que prevaleció en mayor o menor medida durante un período de muchas horas.

»*13 de abril.* De nuevo me alarmó muchísimo la repetición de aquel fuerte crujido que me había aterrorizado el día 10. Pensé mucho en este asunto, pero fue incapaz de llegar a una conclusión satisfactoria. Gran disminución del diámetro perceptible de la tierra, que ahora subtendía desde el globo un ángulo de poco más de veinticinco grados. No podía ver la luna porque se encontraba en mi cénit. Aún seguía en el plano de la elipse, pero avanzando poco hacia el este.

»*14 de abril.* Disminución extremadamente rápida del diámetro de la tierra. Hoy me sentí realmente impresionado por la idea de que el globo estaría recorriendo ahora la línea de ápsides hacia el punto de perigeo; en otras palabras, que, manteniendo ese rumbo directo, llegaría enseguida a la luna en aquella parte de su órbita más cercana a la tierra. La propia luna se encontraba sobre mí, y, en consecuencia, oculta a mi vista. El trabajo de condensar la atmósfera fue duro y continuado.

»*15 de abril.* Ni siquiera el contorno de los continentes y mares de la tierra podían trazarse con claridad ahora. Sobre las doce, volví a preocuparme, por tercera vez, por ese espantoso ruido que me había sorprendido anteriormente. Sin embargo, ahora continuó durante más tiempo y aumentó su intensidad. Finalmente, mientras esperaba con estupefacción y horrorizado no sé qué horrorosa destrucción, la barquilla vibró con excesiva violencia y una gigantesca masa en llamas, de algún material que no podía distinguir, llegó con un estruendo de mil truenos y pasó al lado del globo. Cuando mis temores y asombro se hubieron calmado en cierta medida, poco me costó suponer que había sido algún enorme fragmento volcánico expulsado de aquel mundo al que ahora me acercaba tan rápidamente y, con toda probabilidad, una de esas sustancias singulares que se recogen en la tierra de vez en cuando, y a la que llaman meteorito a falta de mejor denominación.

»*16 de abril.* Mirando hacia arriba del mejor modo que me era posible, a través de cada una de las ventanas, contemplé con gran deleite que, por todas las partes de la enorme circunferencia del globo, sobresalía una pequeña parte del disco lunar. Mi entusiasmo fue enorme, pues no cabía duda de que pronto llegaría al final de mi peligroso viaje. De hecho, el trabajo que requería ahora el condensador había aumentado hasta un grado opresivo y apenas me daba una tregua para descansar. Dormir casi estaba fuera de toda cuestión. Enfermé, y mi cuerpo temblaba debido al agotamiento. Era imposible que la naturaleza humana pudiera soportar este estado de intenso sufrimiento durante mucho más tiempo. Durante el breve intervalo de oscuridad que se producía en esa etapa, de nuevo pasó cerca de mí un meteorito, y la frecuencia de estos fenómenos empezaban a ocasionarme mucha aprensión.

»*17 de abril.* Esta mañana hizo época en mi viaje. Se recordará que el día trece, la tierra subtendía una amplitud angular de veinticinco grados. El día catorce, había disminuido enormemente; el quince, se observó una disminución aún más rápida; y, al retirarme a descansar el día dieciséis, había observado un ángulo no mayor de siete grados y quince minutos. Por tanto, cuál no sería mi asombro cuando al despertarme de mi breve y agitado sueño a la mañana siguiente, la del día diecisiete, descubrí que de repente la superficie había *aumentado* de volumen de un modo extraordinario debajo de mí, hasta el punto de que el diámetro perceptible subtendía un ángulo no inferior a treinta nueve grados. ¡Estaba atónito! Las palabras no pueden dar una idea del enorme, del absoluto terror y asombro que se apoderó de mí y me abrumó. Me temblaban las rodillas, los dientes me castañeaban, el cabello se me erizó. ¡El globo había estallado! Esta fue la primera idea que irrumpió en mi mente: El globo había estallado, sin lugar a duda... ¡Estaba cayendo... cayendo a la velocidad más impetuosa y sin precedentes! ¡A juzgar por la inmensa distancia que ya había recorrido tan rápidamente, no pasarían más de diez minutos antes de llegar a la superficie de la tierra y ser arrojado a la destrucción! Pero, al final, la reflexión vino a aliviarme. Me calmé; pensé; empecé a dudar. Aquello era imposible. No podía haber descendido tan rápidamente. Además, aunque me estaba acercando a la superficie que se hallaba debajo de mí, lo hacía a una velocidad que de ningún modo era proporcional a la velocidad que había concebido en un principio. Esta deliberación sirvió para calmar la perturbación de mi mente y, finalmente, logré considerar el fenómeno desde el punto de vista apropiado. Cierto es que el asombro me había privado de mis sentidos en gran medida al no ver la enorme diferencia de aspecto que había entre la superficie situada debajo de mí y la superficie de la madre tierra. Esta se hallaba por encima de mi cabeza, completamente oculta por el globo, mientras la luna, la propia luna en toda su gloria, estaba tendida debajo de mí, a mis pies.

»El estupor y la sorpresa causados por este extraordinario cambio de posición fue, quizás, la parte de la aventura menos susceptible a explicaciones. Pues el *bouleversement* no era sólo algo natural e inevitable en sí mismo, sino que lo había previsto mucho antes; era una circunstancia que había de esperarse cuando llegara a ese punto exacto de mi viaje donde la atracción del planeta sería superada por la atracción del satélite, o, con más precisión, donde la gravitación del globo hacia la tierra sería menor que su gravitación hacia la luna. Muy probablemente lo que sucedió fue que desperté aturdido de un profundo sueño y me hallé contemplando un fenómeno realmente sorprendente, un fenómeno que, aunque esperado, no lo esperaba en ese momento. El giro debió de producirse, por supuesto, de un modo sereno y gradual; y no estaba claro que de haber estado despierto en el momento en el que sucedió, hubiera sido consciente de esa inversión por alguna señal *interna,* es decir, por alguna molestia o desajuste tanto en mi persona como en mis instrumentos.

»Ni que decir tiene que, una vez hube comprendido mi situación y superado el terror que había absorbido todas las facultades de mi espíritu, mi atención se fijara, en primer lugar, en contemplar el aspecto físico general de la luna. Extendida por debajo de mí como un mapa, y aunque consideraba que aún me hallaba a una distancia nada despreciable, el relieve de su superficie se veía definido de un modo tan sorprendente como inexplicable. A primera vista, la total ausencia de océanos o mares era la característica más extraordinaria de su geología. Sin embargo, por extraño que parezca, vi vastas regiones llanas de un carácter decididamente aluvial, aunque la mayor parte del hemisferio que tenía a la vista se encontraba cubierto de innumerables montañas volcánicas, de forma cónica, que parecían protuberancias artificiales más que naturales. La más elevada de todas ellas no excedía de las tres millas y tres cuartos de altitud; pero un mapa de las zonas volcánicas de los *Campi Phlegraei* podría proporcionar a sus Excelencias una idea mejor de su superficie en general que cualquier descripción defectuosa que yo intentara realizar. En su mayoría se hallaban en estado de evidente erupción, y me hicieron entender con cierto miedo su furia y su poder con los repetidos truenos de los mal denominados meteoritos que ahora ascendían hacia el globo con una frecuencia cada vez más espantosa.

»*18 de abril.*   Hoy descubrí un enorme aumento en el volumen perceptible de la luna, y la evidente aceleración en la velocidad de mi descenso empezó a alarmarme. Se ha de recordar que, en la primera etapa de mis especulaciones sobre la posibilidad de un viaje a la luna, habían entrado en mis cálculos la existencia de una atmósfera densa a su alrededor y proporcional a la masa del planeta; y ello a pesar de muchas teorías que afirman lo contrario, y, además, la incredulidad en general sobre la existencia de una atmósfera lunar. Pero, aparte de lo que ya he argumentado respecto al cometa de Encke y la luz zodiacal, mi opinión se había fortalecido por ciertas observaciones de Mr. Schroeter de Lilienthal. Él observó la luna de dos días y medio, poco después de la puesta de sol, antes de que fuera visible la parte oscura, y continuó observándola hasta que se hizo visible. Los dos cuernos de la luna parecían estrecharse hasta convertirse en una prolongación afilada, mostrando cada uno de ellos su extremo débilmente iluminado por los rayos del sol antes de resultar visible cualquier otra parte del hemisferio oscuro. Poco después, se iluminó la totalidad de esa zona oscura. Pensé que esta prolongación de los cuernos más allá del semicírculo debía de ser causa de la refracción de los rayos del sol en la atmósfera de la luna. Calculé también la altitud de la atmósfera (capaz de refractar luz suficiente en su hemisferio oscuro como para producir un crepúsculo más luminoso que la luz reflejada desde la tierra cuando la luna está a unos 32º de su fase de luna nueva) era de 1356 pies; con esta perspectiva, supuse que la mayor altitud capaz de refractar los rayos solares era de 5376 pies. Mis ideas sobre este tema también habían sido confirmadas en un pasaje del volumen número ochenta y dos de las *Actas Filosóficas,* en el cual se afirma que, cuando se ocultaron los satélites de Júpiter, el tercero desapareció después de verse poco definido durante uno o dos segundos, y que el cuarto dejó de verse cerca del limbo.

»De la resistencia, o más apropiadamente, del apoyo de una atmósfera existente con una densidad supuesta, dependía completamente la seguridad en mi descenso. Si, después de todo, se demostraba que me había equivocado, no podría esperar mejor consecuencia, como final de mi aventura, que el hacerme pedazos contra la superficie rugosa del satélite. Cierto es que ahora tenía razones para sentirme aterrorizado. La distancia a la que me encontraba de la luna era insignificante en comparación, mientras la labor que requería el condensador no disminuía en absoluto ni advertía la menor indicación de que disminuyera el enrarecimiento del aire.

»*19 de abril.* Esta mañana, para mi gran alegría, sobre las nueve, cuando la superficie de la luna se hallaba terriblemente cerca, y mi aprensión llegaba al límite, la bomba del condensador dio muestra, por fin, de una alteración en la atmósfera. A las diez, tenía razones para creer que la densidad había aumentado considerablemente; a las once, muy poco trabajo requería el aparato; y a las doce, con ciertas dudas, me arriesgué a desatornillar el *tourniquet* y, al no sentir ninguna molestia después de hacerlo, finalmente abrí la cobertura de caucho de la cámara y la retiré de todo alrededor de la barquilla. Como había esperado, espasmos y un violento dolor de cabeza fueron las consecuencias inmediatas de un experimento tan precipitado y lleno de peligro. Pero estos problemas, además de los respiratorios, no fueron tan grandes como para poner mi vida en peligro y decidí soportarlos lo mejor posible pensando en que me abandonarían cuando me acercara a las *capas* más densas próximas a la luna. Sin embargo, este acercamiento aún era demasiado precipitado y pronto me di cuenta, de un modo alarmante, de que, aunque no me hubiese engañado al esperar una atmósfera densa proporcional a la masa del satélite, podría haberme equivocado al suponer que dicha densidad, incluso la más próxima a la superficie, fuera la adecuada para soportar el gran peso que contenía la barquilla de mi globo. Incluso así *debería* haber sido, una densidad similar a la de la superficie de la tierra, suponiendo la gravedad real de los cuerpos en cada planeta en proporción a la condensación atmosférica. Sin embargo, ese *no* era el caso, pues mi precipitada caída daba suficiente testimonio de ello; el *por qué* no era así, sólo podía explicarse si se relacionaba con aquellas posibles alteraciones geológicas a las que he aludido anteriormente. En todo caso, me estaba acercando al planeta y descendía a una terrible velocidad. No perdí un instante y tiré por la borda el lastre primero, luego mis barriles de agua, a continuación, mi aparato de condensación y la cobertura de caucho y, por último, todos los objetos que había en la barquilla. Pero no sirvió de nada. Aún caía a terrible velocidad y no quedaba más de media milla para llegar a la superficie. Por tanto, como último recurso, y después de deshacerme de mi abrigo, sombrero y botas, separé del globo la propia barquilla, cuyo peso no era nada despreciable, y así, agarrándome con ambas manos a la red, apenas tuve tiempo de observar, hasta donde alcanzaba la vista, que el terreno se hallaba salpicado de diminutas viviendas, antes de caer precipitadamente en el corazón mismo de una ciudad fantástica, y en el centro de una enorme multitud de seres pequeños y feos que no pronunciaron una palabra ni se molestaron lo más mínimo en prestarme ayuda; se quedaron como un grupo de idiotas, sonriendo de la forma más ridícula y mirándome a mí y al globo con recelo, con los brazos en jarras. Me alejé de ellos con desprecio, y, mirando hacia arriba, hacia la tierra, que hacía tan poco tiempo que había abandonado, quizás para siempre, la vi como un enorme y sombrío escudo de cobre, de unos dos grados de diámetro, fija e inmóvil en el cielo y guarnecida en uno de sus bordes por un ribete en forma de medialuna del oro más brillante. Ni rastro de tierra o agua podía apreciarse, y en toda ella se veían manchas diversas y unas franjas que correspondían a las zonas tropicales ecuatoriales.

»Así, con permiso de sus Excelencias, después de una serie de grandes preocupaciones, insólitos peligros y huidas sin precedentes, al final, a los diecinueve días de mi partida desde Rotterdam, llegué sano y salvo al final de un viaje que sin duda es el más extraordinario y el más relevante jamás realizado, emprendido o concebido por ningún morador de la tierra. Pero mis aventuras aún están por relatar. Sus Excelencias bien podrían suponer que después de residir durante cinco años en un planeta que no sólo es sumamente interesante por su peculiar carácter, sino doblemente interesante por su íntima conexión, en calidad de satélite, con el mundo habitado por el hombre, posea información destinada confidencialmente al Colegio de Astrónomos de los Estados, de mayor importancia que los detalles, por maravillosos que estos sean, sobre el *viaje* que tan felizmente he concluido. En realidad, este es el caso. Tengo mucha, muchísima información que me produciría un gran placer comunicar. Tengo mucho que decir sobre el clima del planeta; sobre sus maravillosas alternancias de calor y frío; sobre el ardiente calor del sol durante una quincena y la frigidez más que polar en la siguiente; sobre el constante traspaso de humedad, por destilación como se practica *al vacío,* desde el punto situado bajo el sol hasta el punto más alejado de él; sobre una zona variable de agua corriente; sobre las personas mismas, de sus maneras, costumbres e instituciones políticas; de su peculiar aspecto físico, de su fealdad, de su falta de orejas, esos apéndices inútiles en una atmósfera modificada de forma tan peculiar, de su consecuente ignorancia del uso y propiedades del lenguaje hablado; de la sustitución del lenguaje hablado por un singular método de intercomunicación; de la incomprensible conexión entre cada individuo de la luna con algún individuo de la tierra, una conexión análoga y dependiente de la de las esferas del planeta y del satélite, y por medio de la cual, las vidas y destinos de los habitantes del uno están entretejidas con las vidas y destinos de los habitantes del otro; y sobre todo, si les place a sus Excelencias, sobre todos esos oscuros y terribles misterios que se hallan en las regiones más lejanas de la luna, regiones que, debido a la casi milagrosa concordancia entre la rotación del satélite sobre su eje y su movimiento de revolución alrededor de la tierra, jamás se han visto, y ruego a Dios que jamás se vean ni queden al escrutinio de los telescopios humanos. Todo esto y más, mucho más, estaría deseoso de detallar. Pero, para abreviar, debo recibir mi recompensa. Deseo volver a mi familia y a mi hogar, y como precio por realizar más comunicaciones por mi parte, teniendo en consideración la luz que tengo el poder de arrojar sobre muchas ramas importantísimas de la física y de la metafísica, solicito, por mediación de su honorable corporación, el perdón por el crimen del cual soy culpable: dar muerte a los acreedores al partir de Rotterdam. Este es el propósito de la presente carta. Su portador, un habitante de la luna, a quien he convencido e instruido adecuadamente para ser mi mensajero en la tierra, esperará la decisión de sus Excelencias y regresará a mí con el perdón en cuestión, si es posible obtenerlo.

Con el honor de ser muy humilde servidor de sus Excelencias,

HANS PFAALL».

Se dice que, al concluir la lectura de este extraordinario documento, el profesor Rubadub dejó caer su pipa al suelo debido a la extremada sorpresa, y que Mynheer Superbus Von Underduk, después de quitarse los anteojos, limpiarlos y depositarlos en su bolsillo, y olvidándose de sí mismo y de su dignidad, giró tres veces sobre sus talones en la quintaesencia del asombro y de la admiración. No cabía duda sobre el asunto: obtendría el perdón. Así lo decidió, con un juramento rotundo, el profesor Rubadub, y así lo pensó finalmente el ilustre Von Underduk, mientras tomaba del brazo a su colega en ciencias y sin decir una palabra, se dirigieron a casa a deliberar sobre las medidas a adoptarse. Sin embargo, al llegar a la puerta de la casa del burgomaestre, el profesor se atrevió a decir que, como el mensajero había creído oportuno desaparecer —sin duda asustado de muerte por el aspecto salvaje de los burgueses de Rotterdam— el perdón de poco serviría, ya que tan sólo un hombre de la luna llevaría a cabo un viaje a tan enorme distancia. El burgomaestre asintió ante la verdad de esta observación y el asunto se dio por concluido. No obstante, no sucedió así con los rumores y las especulaciones. La publicación de la carta dio origen a varios cotilleos y opiniones. Algunos que se creían más listos quedaron en ridículo al condenar aquel asunto diciendo que no era más que un engaño. Pero el engaño, para esta clase de gente, creo que es un término general que aplican a todos los asuntos que están por encima de su comprensión. Por mi parte, no puedo imaginar en qué información basan tal acusación. Veamos lo que dicen:

Primero. Que ciertos bromistas de Rotterdam sentían una especial antipatía por ciertos burgomaestres y astrónomos.

Segundo. Que un enano muy raro que hacía juegos de manos, a quien le habían cortado las orejas a causa de alguna fechoría, había desaparecido hace varios días de la ciudad vecina de Brujas.

Tercero. Que los periódicos que fueron pegados sobre el pequeño globo eran periódicos holandeses y, por tanto, no podían haberse hecho en la luna. Estaban sucios, muy sucios, y Gluck, el impresor, habría jurado sobre la Biblia que habían sido imprimidos en Rotterdam.

Cuarto. Que el propio Hans Pfaall, el borracho, y los tres holgazanes a los que llamaba acreedores, fueron vistos dos o tres días antes en una taberna de las afueras, después de acabar de regresar, con dinero en los bolsillos, de un viaje a ultramar.

Finalmente. Que es una opinión generalizada, o debería serlo, que el Colegio de Astrónomos de la ciudad de Rotterdam, al igual que todos los demás colegios de todo el mundo —por no mencionar colegios y astrónomos en general— no era, para decir lo último sobre el asunto, ni mejor, ni más grande, ni más sabio de lo que deberían ser los colegios.

CONVERSACIÓN CON UNA MOMIA

La reunión de la noche anterior había sido demasiado para mis nervios. Tenía un terrible dolor de cabeza y sentía una desesperante pereza. Entonces, en vez de salir por la noche, como había pensado, se me ocurrió que no habría nada mejor que cenar algo e irme de inmediato a la cama.

Una cena ligera, por supuesto. Me encantan las tostadas con queso. Sin embargo, más de una libra no es muy aconsejable en algunos casos. Claro que tampoco está prohibido comer dos. Y, en realidad, entre dos y tres, no hay más que una ínfima diferencia. Tal vez, me arriesgué comiendo cuatro. Mi mujer dice que fueron cinco; pero, claramente, debe haber confundido dos asuntos muy diferentes. Admito el cinco como número abstracto; pero, en concreto, se refiere a las botellas de cerveza que, como condimento, exigen las tostadas con queso.

Al terminar la frugal comida, me puse mi gorro de dormir con toda la intención de disfrutar de él hasta la mañana siguiente. Puse la cabeza sobre la almohada y, con la ayuda de una conciencia tranquila, me quedé profundamente dormido.

Pero, ¿cuándo se cumplen los deseos del ser humano? Apenas había dado mi tercer ronquido, cuando la campanilla de la puerta de la calle sonó furiosamente y, luego, me despertaron unos golpes a la puerta de inmediato. A continuación, mientras me estaba refregando los ojos, mi mujer me estampó una nota en la cara. Era una nota de mi viejo amigo el doctor Ponnonner, que decía lo siguiente:

«Venga a casa, como sea, querido amigo, tan pronto como reciba esta nota. Venga a regocijarse conmigo. Por fin, después de tanta diplomacia perseverante, he conseguido la autorización de los directores del Museo de la Ciudad para examinar la momia —usted sabe a cuál me refiero—. Tengo permiso para quitarle las vendas y abrirla, si me parece conveniente. Sólo estarán presentes algunos amigos; usted, entre ellos. La momia ya está en mi casa y empezaremos a quitarle las vendas a las once de esta noche. Su amigo, Ponnonner».

Cuando llegué a la palabra «Ponnonner» me sorprendió estar tan despierto como estaba. Salté de la cama como en éxtasis, tropezándome con todo lo que había en mi camino; me vestí a una velocidad asombrosa y salí tan rápido como pude hacia la casa del doctor.

Allí encontré reunido a un grupo de gente muy ansiosa. Me habían estado esperando con gran impaciencia. La momia se hallaba extendida sobre la mesa del comedor. En cuanto entré, comenzó el examen.

Se trataba de una momia traída junto con otra, unos años atrás, por el capitán Arthur Sabretash, primo de Ponnonner, desde una tumba cercana a Eleithias, en las montañas líbicas, a bastante distancia hacia el norte de Tebas, sobre el Nilo. En esta zona, las grutas, si bien no son tan impactantes como los sepulcros de Tebas, resultan mucho más interesantes, debido a que incluyen mayor cantidad de ilustraciones de la vida privada de los egipcios. La cámara de la cual se había extraído nuestro ejemplar era muy rica en dichas ilustraciones; las paredes estaban completamente cubiertas por frescos y bajorrelieves, a la vez que las estatuas, vasos y mosaicos de fino diseño, indicaban la gran fortuna del difunto.

El tesoro había sido depositado en el museo, precisamente en el mismo estado en que el capitán Sabretash lo había hallado; es decir, el ataúd no había sido dañado. Durante ocho años había permanecido así, expuesto al público sólo en su parte exterior. Por tanto, ahora teníamos a la momia completa a nuestra disposición, y para aquellos que saben lo difícil que es que lleguen a nuestras playas antigüedades no robadas, resultará evidente que nos sobraban razones para celebrar nuestra buena suerte.

Me acerqué a la mesa y vi sobre ella una gran caja, de unos siete pies de largo y unos tres de ancho por dos y medio de profundidad. Era oblonga, pero no tenía forma de ataúd. El material parecía, a primera vista, madera de sicómoro *(platanus),* pero, al cortarlo, vimos que era cartón o, mejor dicho, *papier-mâché,* hecho de papiro. Estaba muy adornada con dibujos de escenas funerarias y otros temas de duelo, entre los cuales, en muchos sitios, había caracteres jeroglíficos que, sin duda, representaban el nombre del difunto. Por suerte, el señor

Gliddon formaba parte de nuestro grupo y podía traducir las letras, que eran simplemente fonéticas y formaban la palabra *Allamistakeo.*

Nos costó un poco abrir esta caja sin dañarla; pero, al hacerlo, encontramos otra con forma de ataúd, mucho más pequeña que la exterior, pero exactamente igual en todos los detalles. El espacio entre las dos estaba relleno con resina, que, en cierto grado, había desgastado los colores de la caja interior.

Al abrir esta última (cosa que hicimos con bastante facilidad), llegamos a una tercera caja, también con forma de ataúd y que no se diferenciaba de la segunda salvo en el material, cedro, que aún despedía el aroma de la madera. Entre la segunda y la tercera caja no había espacio, sino que una encajaba perfectamente dentro de la otra.

Al quitar la tercera caja, descubrimos el cuerpo y lo extrajimos. Hubiéramos esperado encontrarla, como siempre, envuelta en vendajes de lino; pero, en su lugar, encontramos una especie de estuche de papiro cubierto por una capa de yeso, torpemente dorada y pintada. Los dibujos representaban temas relacionados con las diversas obligaciones del alma y su presentación a las diferentes divinidades, con numerosas figuras humanas idénticas, que podrían ser retratos de la persona embalsamada. Todo a lo largo, en forma de columna, podía verse una inscripción en jeroglíficos fonéticos, con su nombre y sus títulos, y los nombres y títulos de sus parientes.

En el cuello de la momia había un collar de cuentas de cristal cilíndricas, de varios colores, que formaban las imágenes de las deidades, el escarabajo y el globo alado. Un cinturón o collar similar ceñía su cintura.

Al quitar el papiro, encontramos el cuerpo en excelente estado de conservación, sin olor perceptible. El color era rojo. La piel era dura, suave y brillante. Los dientes y el pelo se encontraban en buen estado. Parecía que los ojos habían sido extraídos y reemplazados por otros de cristal, de gran belleza y muy reales, excepto por la expresión de su mirada. Los dedos y las uñas tenían un brillante color dorado.

Por el rojo de la epidermis, el señor Gliddon dijo que el embalsamamiento se había realizado con betún; pero al raspar la superficie con un instrumento de acero y al arrojar al fuego el polvo obtenido, apareció un olor de alcanfor y otras gomas aromáticas.

Investigamos el cadáver con mucho cuidado para encontrar las aberturas por las cuales normalmente se extraen las entrañas, pero, para nuestra sorpresa, no pudimos encontrarlas. Ninguno de nosotros sabía hasta ese momento que fuera habitual encontrar momias enteras o que no hubieran sido abiertas. Se solía extraer el cerebro por la nariz; los intestinos, a través de una incisión en el costado; luego, se rasuraba el cuerpo, se lavaba y era puesto en salmuera; después de dejarlo reposar unas semanas, comenzaba la operación de embalsamado propiamente dicha.

Como no encontramos ningún rastro de abertura, el doctor Ponnonner preparó sus instrumentos para efectuar una disección, cuando observé que eran más de las dos. En este punto, se resolvió posponer el examen hasta la noche siguiente, y estábamos a punto de partir, cuando alguien sugirió uno o dos experimentos con la pila voltaica.

La aplicación de electricidad a una momia de, por lo menos, tres o cuatro mil años de antigüedad, era una idea, si no sensata, bastante original, y todos acordamos hacerlo de inmediato. Medio en serio medio en broma, preparamos una batería en el estudio del doctor y llevamos allí a nuestro egipcio.

Con bastante dificultad, pudimos poner al descubierto una parte del músculo temporal que parecía menos rígido que otras partes de la estructura, pero que, tal como había previsto, por supuesto, no presentaba ningún tipo de susceptibilidad galvánica al contacto con el cable. Esta prueba, la primera, parecía decisiva y, riéndonos por lo absurdo de la situación, nos estábamos despidiendo cuando mis ojos se cruzaron con los de la momia y quedaron absortos por la sorpresa. En realidad, mi breve mirada había bastado para asegurar que los ojos, que habíamos supuesto de vidrio y que llamaban la atención por el gesto salvaje, ahora estaban cubiertos por los párpados, de modo que sólo se veía una pequeña parte de la *túnica albuginea*.

Con una exclamación, llamé la atención de los otros sobre este hecho y todos lo observaron de inmediato.

No puedo decir que me haya *alarmado* este fenómeno, ya que «alarmado» no es, en mi caso, la palabra exacta. Sin embargo, de no haber bebido cerveza, me habría puesto un poco nervioso. Los demás integrantes del grupo no hicieron ningún esfuerzo por ocultar el pánico que se apoderó de ellos. El doctor Ponnonner daba pena. El señor

Gliddon, por algún procedimiento inexplicable, se había hecho invisible. El señor Silk Buckingham, creo, no se atrevería a negar que se escondió, a gatas, debajo de la mesa.

Sin embargo, pasado el primer impacto, resolvimos seguir con el experimento. Nuestras operaciones se dirigieron entonces contra el dedo gordo del pie derecho. Practicamos una incisión en la cara exterior del *os sesamoideum pollicis pedis* y así llegamos a la raíz del músculo abductor. Reajustando la batería, aplicamos el fluido a los nervios abiertos y, con un movimiento extremadamente real, la momia levantó primero la rodilla derecha como para acercarla al abdomen y, luego, extendiendo el miembro con una fuerza inconcebible, dio una patada al doctor Ponnonner, que hizo que el caballero fuera lanzado a la calle, a través de una ventana, como una flecha desde una catapulta.

Corrimos en masa para recuperar los restos de la víctima, pero tuvimos la alegría de encontrarlo en la escalera, subiendo a una velocidad inexplicable, con gran fervor científico, y absolutamente convencido de que debíamos continuar los experimentos con fuerza y celo.

Por tanto, siguiendo sus indicaciones, hicimos en ese momento una profunda incisión en la punta de la nariz del difunto, mientras el mismo doctor, con violencia, la puso en contacto con el cable.

El efecto fue electrizante, moral y físicamente, en sentido figurativo y literal. En primer lugar, el cadáver abrió los ojos y los guiñó varias veces, como hace el señor Barnes en su pantomima. En segundo lugar, estornudó. En tercer lugar, se sentó. En cuarto lugar, golpeó con su puño en la cara del doctor Ponnonner. En quinto lugar, volviéndose hacia los señores Gliddon y Buckingham, les dirigió, en egipcio, el siguiente discurso:

—Debo decir, señores, que estoy tan sorprendido como mortificado por su conducta. Del doctor Ponnonner no podía esperar otra cosa. Es un pobre gordito tonto que no sabe nada más. Siento pena por él y lo perdono. Pero de usted, señor Gliddon, y de usted, Silk, que han viajado y han vivido en Egipto tanto que se podría decir que han nacido allí, de ustedes, digo, que han estado tanto tiempo entre nosotros, que hablan egipcio perfectamente como si fuera su lengua; de ustedes que siempre he creído que eran amigos de las momias, realmente esperaba una conducta más caballeresca. ¿Qué debo pensar de su tranquilidad al ver cómo me están maltratando? ¿Qué debo pensar

233

al ver que han permitido a cualquiera que me quitara mis ataúdes y mi ropa, en este horrible clima frío? ¿Cómo debo interpretar, para decirlo de una vez, que ayudaran al miserable doctor Ponnonner a que me tirara de la nariz?

Sin duda, podrá considerarse normal que, al escuchar este discurso en estas circunstancias, todos nos hubiéramos dirigido a la puerta o nos hubiésemos puesto histéricos, o nos hubiéramos desmayado. Quiero decir que podía esperarse cualquiera de estas tres alternativas. En realidad, todas y cada una de estas líneas de conducta podrían haber sido adoptadas perfectamente. Y juro que no puedo explicarme cómo o por qué no seguimos ninguna de ellas. Pero, tal vez, la verdadera razón puede hallarse en el espíritu de estos tiempos, que se rige por la contradicción, que se admite como la solución para todos los problemas por la vía de la paradoja o lo imposible. O, después de todo, quizá fue la forma tan natural con que la momia habló, lo que hizo que no pareciera tan terrible. No importa cómo fue, pero está claro lo que ocurrió y ningún miembro del grupo demostró demasiado espanto o lo consideró algo tan fuera de lo común.

Por mi parte, estaba convencido de que todo había ido muy bien y sólo me alejé del alcance de los puños del egipcio. El doctor Ponnonner se metió las manos en los bolsillos, miró a la momia y se sonrojó bastante. El señor Gliddon se tocó las patillas y se levantó el cuello de la camisa. El señor Buckingham bajó la cabeza y se metió el pulgar derecho en el ángulo izquierdo de la boca.

El egipcio lo miró severamente durante unos minutos y, después, con desprecio, le dijo:

—¿Por qué no habla, señor Buckingham? ¿Escuchó lo que le pregunté o no? ¡Quítese el dedo de la boca!

El señor Buckingham se sobresaltó, se quitó el pulgar derecho del ángulo izquierdo de la boca y, en compensación, se metió el pulgar izquierdo en el ángulo derecho de dicha abertura.

Al no recibir respuesta del señor Buckingham, la momia se dirigió al señor Gliddon y, en un tono perentorio, le preguntó qué era lo que pretendíamos todos.

El señor Gliddon respondió detalladamente, en fonética; y de no ser por la ineficacia de las imprentas norteamericanas para imprimir jeroglíficos, me causaría gran placer registrar, aquí, en el original, la totalidad de su excelente discurso.

También puedo aprovechar esta oportunidad para destacar que toda la conversación con la momia se desarrolló en egipcio antiguo por mediación de los señores Gliddon y Buckingham, que actuaron como intérpretes para mis intervenciones y las de otros miembros del grupo que no habían viajado. Los otros hablaban la lengua de la momia con inimitable fluidez y gracia; pero no pude dejar de observar que (sin duda por la introducción de imágenes completamente modernas y, por supuesto, totalmente nuevas para el extraño) los dos viajeros tuvieron que utilizar, en algunas ocasiones, formas concretas para determinadas palabras. En un momento, por ejemplo, el señor Gliddon no pudo hacer entender al egipcio el término «política» hasta que dibujó con carbón, en la pared, un caballero con la nariz llena de verrugas, con los codos rotos, de pie sobre una tribuna, con la pierna izquierda hacia atrás, el brazo derecho extendido hacia adelante, con el puño cerrado, los ojos mirando hacia el cielo y la boca abierta en ángulo de noventa grados. Del mismo modo, el señor Buckingham no pudo explicar la idea absolutamente moderna de la palabra *Whig*[51] hasta que, por indicación del doctor Ponnonner, se puso pálido y aceptó quitarse la peluca.

Resulta fácil comprender que el discurso del señor Gliddon giró fundamentalmente en torno a los grandes beneficios que había obtenido la ciencia por quitar las vendas y destripar a las momias. Se disculpó, de paso, por las molestias ocasionadas a esta momia en particular, llamada Allamistakeo. Terminó sugiriendo (no era más que una sugerencia) que, una vez aclarados estos puntos, podríamos proceder con la investigación que queríamos llevar a cabo. Entonces, el doctor Ponnonner preparó los instrumentos.

Con respecto a esta sugerencia del orador, parece que Allamistakeo tuvo algunos escrúpulos de conciencia, cuya naturaleza no pude distinguir; pero expresó su satisfacción con las disculpas presentadas y bajó de la mesa para dar la mano a todos los miembros del grupo.

---

[51] *Whig* es un miembro de un partido político norteamericano del siglo XIX, antecesor del Partido Republicano. Se pronuncia igual que *wig,* que significa «peluca». Aquí el autor hace un juego de palabras. *(N. del T.)*

Al finalizar esta ceremonia, nos dispusimos de inmediato a reparar los daños que nuestro bisturí había causado al sujeto. Le cosimos la herida de la frente, le vendamos el pie y le aplicamos un trocito de esparadrapo negro en la punta de la nariz.

Entonces observamos que el conde (este parece ser el título de Allamistakeo) empezaba a temblar, sin duda por el frío. El doctor se dirigió de inmediato a su guardarropas y regresó con una excelente chaqueta negra, de diseño Jennings, un par de pantalones azules con cinto, una camisa rosada de guinga, un chaleco de brocado, un abrigo blanco corto, un bastón con puño, un sombrero sin alas, botas de charol, guantes de cabritilla de color paja, un monóculo, un par de patillas y una corbata del modelo en cascada. A causa de la diferencia de tamaño entre el conde y el doctor (proporción dos a uno), tuvimos alguna dificultad para ajustar estas vestimentas al egipcio; pero cuando todo estuvo arreglado, podía decirse que estaba vestido. Por tanto, el señor Gliddon le ofreció el brazo y lo condujo hasta una cómoda silla cerca del fuego, mientras el doctor hizo sonar la campanilla y ordenó traer cigarros y vino.

La conversación se animó de inmediato. Por supuesto, no ocultamos nuestra curiosidad por el hecho de que Allamistakeo aún estuviera vivo.

—Hubiera pensado —observó el señor Buckingham— que usted debería estar muerto desde hace ya tiempo.

—¿Cómo? —contestó el conde, muy sorprendido—. ¡Si tengo poco más de setecientos años! Mi padre vivió mil y no padecía de chochera cuando murió.

A continuación, comenzó una serie de preguntas y cálculos, por los cuales estaba claro que no habíamos estimado nada bien la antigüedad de la momia. Hacía cinco mil cincuenta años y algunos meses desde que había sido depositada en las catacumbas de Eleithias.

—Pero mi comentario —continuó el señor Buckingham— no se refería a su edad en el momento de su entierro (no tengo inconveniente en reconocer que es usted un hombre joven), sino que hablaba de la inmensidad del tiempo durante el cual, por lo que usted mismo dice, debe haber estado cubierto de betún.

—¿De qué? —preguntó el conde.

—De betún —insistió el señor Buckingham.

—¡Ah, sí! Tengo una leve idea de lo que dice. Podría ser, pero en mi época sólo se empleaba bicloruro de mercurio.

—Pero lo que no podemos comprender —dijo el doctor Ponnonner— es cómo puede ser que, después de haber muerto y sido enterrado en Egipto hace cinco mil años, esté usted hoy aquí, vivo y con tan buen aspecto.

—Si yo hubiera estado *muerto,* como usted dice —respondió el conde—, es más que probable que aún estuviera muerto; pero veo que están todavía en la infancia del galvanismo y no pueden lograr con él lo que era tan común entre nosotros en la antigüedad. Pero el hecho es que caí en estado de catalepsia y mis mejores amigos consideraron que estaba muerto o debería estarlo; por tanto, me embalsamaron de inmediato. Supongo que ustedes conocen el principio fundamental del proceso de embalsamamiento.

—¡Para nada!

—Ah, ya veo, ¡una deplorable ignorancia! Bien, no entraré en detalles ahora; pero es necesario explicar que un embalsamamiento propiamente dicho, en Egipto, consistía en detener indefinidamente *todas* las funciones animales sometidas al proceso. Utilizo la palabra «animal» en su sentido más amplio, incluyendo tanto el ser físico como el moral y el *vital.* Repito que el principio fundamental del embalsamamiento consistía, entre nosotros, en suspender inmediatamente, y mantener latentes para siempre, *todas* las funciones animales sometidas al proceso. Para ser breve, cualquiera que fuera el estado del individuo en el momento del embalsamamiento, permanecía en esas mismas condiciones. Ahora bien, como tengo la fortuna de ser de la sangre del Escarabajo, fui embalsamado *vivo,* como ustedes me ven ahora.

—¡La sangre del Escarabajo! —exclamó el doctor Ponnonner.

—Sí. El Escarabajo era la insignia, el «escudo» de una familia patricia muy distinguida. Ser «de la sangre del Escarabajo» significa, simplemente, pertenecer a la familia cuya *insignia* era el Escarabajo. Estoy hablando en sentido figurado.

—Pero, ¿qué tiene esto que ver con el hecho de que usted siga vivo?

—Bien, la costumbre generalizada en Egipto consiste en extraer las entrañas y el cerebro del cadáver, antes de embalsamarlo. Sólo los miembros de la raza de los Escarabajos no compartían esta costumbre. Por tanto, si yo no hubiera sido un Escarabajo, no tendría mis entrañas ni mi cerebro, y, sin ellos, no es posible vivir.

—Ya veo —dijo el señor Buckingham—, y presumo que todas las momias *enteras* que aparecen son de la raza de los Escarabajos.

—Sin duda.

—Pensaba —dijo el señor Gliddon, tímidamente— que el Escarabajo era uno de los dioses egipcios.

—¿Uno de los *qué* egipcios? —preguntó la momia, poniéndose en pie.

—¡Dioses! —repitió el otro.

—Señor Gliddon, estoy realmente sorprendido de escucharle hablar de este modo —dijo el conde, volviendo a su asiento—. Ninguna nación sobre la faz de la Tierra ha reconocido nunca más de *un dios*. El Escarabajo, el Ibis, etc., eran para nosotros (al igual que otras criaturas han sido para otros) los símbolos o *medios* por los cuales nosotros adorábamos al Creador, demasiado augusto para acercarse directamente a él.

Hubo una pausa. Después, el doctor Ponnonner reanudó la conversación.

—Entonces, no es improbable, por lo que nos ha explicado —dijo—, que entre las catacumbas cercanas al Nilo puedan existir otras momias vivas de la tribu del Escarabajo.

—No hay ninguna duda —respondió el conde—. Todos los Escarabajos embalsamados vivos accidentalmente siguen vivos. Aun algunos de los embalsamados así *a propósito* pueden haber sido olvidados por sus ejecutores y, sin duda, permanecen en sus tumbas.

—¿Podría explicarnos —pregunté— qué significa «embalsamados así a propósito»?

—Con mucho gusto —respondió la momia, después de mirarme atentamente a través de su monóculo, ya que era la primera vez que me atreví a dirigirme a él con una pregunta directa—. Con mucho gusto. La duración de la vida de un hombre, en mi época, era de unos ochocientos años. Pocos morían, a menos que fuera por accidente, antes de los seiscientos años. Pocos vivían más de una decena de siglos. Ocho siglos se consideraba un período normal. Una vez descubierto el principio del embalsamamiento, tal como se lo describí, nuestros filósofos consideraron que sería posible satisfacer una considerable curiosidad y, al mismo tiempo, se podría contribuir a los intereses de la ciencia, si ese período natural se viviera en varias etapas. En el caso de la historia, en realidad, la experiencia ha demostrado que algo así resultaba imprescindible. Un historiador, por ejemplo, que hubiera llegado a los quinientos años de edad, podría escribir un libro con gran esfuerzo y después podría hacerse embalsamar, dejando instrucciones a sus ejecutores *pro tempore* para que lo revivieran después de un cierto tiempo, unos quinientos o seiscientos años. Al reanudar su vida, cumplido este plazo, inevitablemente encontraría su gran obra convertida en una especie de cuaderno de notas reunidas al azar, es decir, en algo así como una arena literaria para todas las dudas conflictivas, los enigmas y las opiniones personales de ejércitos de comentadores exasperados. Estas dudas, llamadas anotaciones o enmiendas, habrían cubierto, distorsionado o sobrepasado el texto de tal forma que el autor necesitaría una linterna para buscar su propio libro. Al encontrarlo, nunca compensaba el esfuerzo de haberlo buscado. Al volver a escribirlo por completo, se consideraba que era obligación del historiador ponerse a trabajar de inmediato para corregir, a partir de su propio conocimiento y experiencia, las tradiciones corrientes sobre la época en la que había vivido con anterioridad. Este proceso de nueva redacción y rectificación personal, realizado, de tiempo en tiempo, por diversos sabios, evitó que nuestra historia se convirtiera en mera fábula.

—Disculpe usted —dijo el doctor Ponnonner en este punto, apoyando suavemente la mano en el brazo del egipcio—. Disculpe usted, señor, pero ¿puedo interrumpirle por un momento?

—Por supuesto, *señor* —respondió el conde.

—Sólo quería hacerle una pregunta —dijo el doctor—. Usted habló de la corrección personal del historiador de las *tradiciones* referentes a su propia época. Dígame, usted, ¿qué proporción de estas tradiciones eran consideradas verdaderas?

—En general, señor, se descubría que las tradiciones coincidían con los hechos relatados en las historias no escritas. Es decir, que nunca se encontraban datos que fueran totalmente incorrectos.

—Pero —continuó el doctor—, ya que es evidente que han pasado por lo menos cinco mil años desde que lo enterraron, entiendo que sus historias de aquella época, si no sus tradiciones, eran suficientemente explícitas en cuanto a un tema de interés universal como es la Creación, que ocurrió, como sabe, sólo unos diez siglos antes.

—¡Señor! —exclamó el conde Allamistakeo.

El doctor repitió sus comentarios, pero sólo después de muchas explicaciones adicionales pudo el extraño comprenderlos y dijo, un poco dubitativo:

—Confieso que las ideas que me sugiere son completamente nuevas para mí. Durante este tiempo, nunca conocí ninguna fantasía tan particular como creer que el universo (o el mundo, si prefiere) hubiera tenido un principio. Recuerdo una vez, sólo una vez, que alguien sugirió sobre las especulaciones acerca del origen de *la raza humana* y este individuo utilizaba la palabra *Adán* (o Tierra Roja) que usted mismo acaba de emplear. Sin embargo, él la utilizaba en un sentido general, con referencia a la generación espontánea a partir de la tierra (al igual que nacen miles de criaturas inferiores); me refiero a la generación espontánea de vastas hordas de hombres, surgiendo simultáneamente en cinco sitios diferentes y casi equivalentes del globo.

Al oír este comentario, todos nos encogimos de hombros, y uno o dos de nosotros nos llevamos el dedo a la sien con aire significativo. El señor Silk Buckingham, después de mirar el occipucio y la coronilla de Allamistakeo, dijo lo siguiente:

—La larga duración de la vida humana en su época, al igual que la práctica ocasional de pasarla, tal como usted ha explicado, en etapas, debe haber influido de manera significativa en el desarrollo y la acumulación de conocimientos. Por eso, entiendo que no debemos atribuir la notable inferioridad de los egipcios en todos los detalles de la ciencia, al compararlo con los modernos y, en especial, con los yanquis, a la mayor dureza del cráneo egipcio.

—Confieso, nuevamente —respondió el conde, con suavidad—, que no lo comprendo. A ver, ¿a qué detalles de la ciencia se refiere usted?

En este momento, todos, en conjunto, detallamos las teorías frenológicas y las maravillas del magnetismo animal.

Después de escucharnos hasta el fin, el conde relató algunas anécdotas que hacían evidente que los prototipos de Gall y de Spurzheim habían florecido en Egipto en tiempos tan lejanos como para haber sido olvidados y que los procedimientos de Mesmer eran, en realidad, despreciables trucos al compararlos con los milagros de los sabios de Tebas, capaces de crear piojos y seres similares.

Pregunté al conde si su pueblo sabía calcular los eclipses. Me sonrió desdeñosamente y dijo que sí.

Esto me desconcertó un poco; pero empecé a hacerle otras preguntas relativas al conocimiento astronómico, cuando un miembro del grupo, que no había abierto la boca, me murmuró al oído que para ese tipo de información sería mejor consultar a Tolomeo (quienquiera que fuera), así como a un tal Plutarco, *de facie lunæ*.

Después interrogué a la momia acerca de espejos y lentes y, en general, acerca de la fabricación del vidrio; pero, antes de terminar con mis preguntas, el miembro silencioso nuevamente me tocó el codo y me pidió, por favor, que consultara a Diodoro Siculo. El conde, por su parte, sólo me preguntó, por toda respuesta, si nosotros, los modernos, teníamos microscopios que nos permitieran tallar camafeos como lo hacían los egipcios. Mientras pensaba la respuesta, el doctor Ponnonner se comprometió de manera extraordinaria.

—¡Mire nuestra arquitectura! —exclamó, indignando considerablemente a los dos egiptólogos, que lo pellizcaban sin conseguir que se callara.

—¡Mire! —gritó, con entusiasmo—. ¡La Fuente del Bowling Green de Nueva York! O, si esto es poco, ¡considere por un momento el Capitolio de Washington, D. C.! —y el doctor continuó hablando con todo detalle acerca de las proporciones del edificio a que se refería. Explicó que el pórtico sólo estaba adornado con no menos de veinticuatro columnas, de cinco pies de diámetro y separadas entre sí por una distancia de diez pies.

El conde expresó su disgusto por no poder recordar en ese momento las dimensiones exactas de cualquiera de los principales edificios de la ciudad de Aznac, cuyos cimientos se habían puesto en la noche de los tiempos, pero cuyas ruinas aún se destacaban en la época en que fue enterrado, en una vasta extensión de arena al oeste de Tebas. Sin embargo, recordaba (hablando de pórticos) que uno de ellos, perteneciente a un pequeño palacio de un distrito llamado Carnac, constaba de ciento cuarenta y cuatro columnas, cada una de las cuales tenía una circunferencia de treinta y siete pies y que se hallaban a una distancia de veinticinco pies una de otra. El acceso a este pórtico, desde el Nilo, se realizaba por una avenida de dos millas de largo, compuesta de esfinges, estatuas y obeliscos, de veinte, sesenta y cien pies de altura. El palacio (por lo que podía recordar) tenía una extensión de dos millas en una dirección y podría tener siete en el circuito total. Las paredes se hallaban ricamente pintadas con jeroglíficos. No pretendía *asegurar* que hasta cincuenta o sesenta de los capitolios del doctor podrían haberse construido entre estas paredes, no estaba muy seguro, pero creía que doscientos o trescientos habrían entrado con algún esfuerzo. El palacio de Carnac era un edificio insignificante, después de todo. Sin embargo, él (el conde) no podía dejar de admitir a conciencia la genialidad, magnificencia y superioridad de la fuente del Bowling Green, tal como la había descrito el doctor. Se vio obligado a admitir que nunca se había visto nada similar en Egipto.

Pregunté al conde qué opinaba de nuestros ferrocarriles.

—Nada, nada en especial —me respondió. Los ferrocarriles eran un poco débiles, mal diseñados y torpemente realizados. No podían compararse, por supuesto, con las enormes calzadas, perfectamente lisas, directas y con vías de hierro, sobre las cuales los egipcios habían trasladado templos completos y sólidos obeliscos de ciento cincuenta pies de altura.

Hablé de nuestras gigantescas fuerzas mecánicas.

Convino en que sabíamos algo de esas cosas, pero me preguntó cómo habría hecho yo para colocar las impostas de los dinteles, incluso en templos tan pequeños como el de Carnac.

Fingí no escuchar esta pregunta y quise saber si tenía alguna idea acerca de los pozos artesianos. Sólo levantó las cejas, mientras el señor Gliddon me guiñó un ojo y me dijo, en voz baja, que hacía poco tiempo los ingenieros contratados para hacer las perforaciones en el Gran Oasis habían descubierto uno.

Después le mencioné nuestro acero; pero el extraño levantó la nariz y me preguntó si nuestro acero podría haber servido para tallar los profundos relieves de los obeliscos y que se realizaban con la sola ayuda de instrumentos de cobre.

Esto nos desconcertó tanto que pensamos que sería mejor desviar la conversación hacia el campo de la metafísica. Mandamos a buscar una copia de un libro llamado *Dial* y leímos un capítulo o dos acerca de algo que no está muy claro, pero que los bostonianos llaman «el Gran Movimiento» o «Progreso».

El conde sólo dijo que los grandes movimientos eran muy comunes en su época y que el progreso en un momento había sido un gran problema que nunca llegó a prosperar.

Después hablamos de la gran belleza y la importancia de la democracia y no fue fácil impresionar al conde con el sentido de las ventajas de que gozábamos al tener sufragio *ad libitum* y no un rey.

Nos escuchó con notable interés y, en realidad, parecía muy entretenido. Cuando habíamos terminado, dijo que, mucho tiempo atrás, había ocurrido algo muy similar. Trece provincias egipcias decidieron ser libres y dar un magnífico ejemplo a toda la humanidad. Los sabios se reunieron y redactaron la constitución más ingeniosa que pueda existir.

Durante un tiempo, funcionó muy bien, pero su tendencia a la fanfarronería era muy fuerte. Sin embargo, esto terminó con la consolidación de los trece estados, sumados a otros quince o veinte, creando el más odioso e insoportable despotismo que haya ocurrido alguna vez sobre la faz de la tierra.

Le pregunté el nombre del tirano usurpador.

Según recordaba el conde, se llamaba *Plebe*.

Sin saber qué decir, alcé la voz para deplorar la ignorancia de los egipcios acerca del vapor.

El conde me miró sorprendido, pero no me contestó nada. Sin embargo, el caballero silencioso me dio un fuerte golpe con el codo en las costillas y me dijo que ya había hecho bastante el ridículo y me preguntó si de verdad era tan tonto como para no saber que la moderna máquina de vapor deriva de la invención de Hero, pasando por Salomón de Caus.

Ahora nos hallábamos en inminente peligro de ser derrotados. Por suerte, el doctor Ponnonner, vino a socorrernos y preguntó si el pueblo egipcio pretendía rivalizar seriamente con los modernos en cuanto a la importantísima cuestión de la vestimenta.

El conde, ante esto, miró las tablas de sus pantalones y después tomó uno de los faldones de la chaqueta y lo observó de cerca durante algunos minutos. Finalmente, la dejó caer y su boca se fue extendiendo de oreja a oreja; pero no recuerdo que haya dicho nada como respuesta.

Recobramos así nuestro ánimo y el doctor, acercándose a la momia con gran dignidad, le pidió que, por su honor de caballero, le dijera si los egipcios habían comprendido alguna vez la fabricación de las pastillas de Ponnonner o las píldoras de Brandreth.

Esperamos ansiosamente una respuesta, pero fue en vano. No llegaba. El egipcio se sonrojó y bajó la cabeza. Nunca se vio un triunfo más completo; nunca se vio una derrota tan mal sobrellevada. En realidad, no podía soportar el espectáculo de la mortificación de la pobre momia. Tomé mi sombrero, me incliné secamente y me fui.

Al llegar a casa, vi que eran más de las cuatro y me fui inmediatamente a la cama. Ahora son las diez de la mañana. Estoy levantado desde las siete, escribiendo esta crónica por el bien de mi familia y de la humanidad. A la primera, no volveré a verla. Mi mujer es una arpía. La verdad es que estoy harto de esta vida y de que todo vaya mal. Además, estoy ansioso por saber quién será presidente en el año 2045. Por eso, no bien haya terminado de afeitarme y de beber mi café, iré a casa de Ponnonner y me haré embalsamar por un par de cientos de años.

EL DIABLO EN EL CAMPANARIO

¿Qué hora en punto es?
Dicho antiguo.

Todo el mundo sabe, de manera general, que el lugar más bello del mundo es (¡ay!, o fue) el pueblo holandés de Vondervotteimittiss[52]. Y aun así, como está situado a alguna distancia de cualquiera de las carreteras principales y se halla en una situación algo apartada, quizá muy pocos de entre quienes me leen lo habrán visitado alguna vez. Por lo tanto, a beneficio de los que no lo han hecho, sería muy apropiado que yo me pusiera a contar algo de él. Y esto es realmente muy necesario, ya que, con la esperanza de captar el apoyo público en nombre de sus habitantes, proyecto dar aquí una narración de los acontecimientos catastróficos que han ocurrido tan recientemente entre sus límites. Nadie que me conozca dudará de que el deber que de esta manera me he autoimpuesto lo llevaré a cabo lo mejor que pueda, con toda esa rigurosa imparcialidad, todo ese cauteloso examen de los hechos y diligente cotejo de las autoridades que debe distinguir siempre a quien aspire al título de historiador.

Con la ayuda conjunta de medallas, manuscritos e inscripciones en piedra, estoy habilitado para decir con seguridad que el municipio de Vondervotteimittiss ha existido desde su origen exactamente en el mismo estado que conserva en el presente. Sin embargo, de la fecha de su origen me temo que sólo puedo hablar con esa especie de certeza indefinida que a veces los matemáticos se ven forzados a tolerar en ciertas fórmulas algebraicas. Respecto a lo remoto de su antigüedad, debo decir que la fecha no puede ser menor que cualquier cantidad que se le quiera atribuir.

En relación con el origen del nombre Vondervotteimittiss confieso con pena que estoy igualmente en falta. Entre la multitud de opinio-

---

[52] Juego de palabras con *wonder-what-time-it-is*, (me pregunto qué hora es). *(N. del T.)*

nes que existen sobre este delicado punto (algunas de ellas agudas, algunas instruidas y otras bastante contrarias), no soy capaz de seleccionar nada que pueda considerarse satisfactorio. Quizá debamos preferir cuidadosamente la idea de Grogswigg[53], que casi coincide con la de Kroutaplenttey[54]. Dice así: «*Vondervotteimittiss; Vonder, lege Donder; Votteimittis, quasi und Bleitziz; Bleitziz obsol: pro Blitzen*». A decir verdad, este origen del nombre se permite aún en ciertas búsquedas del origen del fluido eléctrico evidente en la cima del campanario del edificio del ayuntamiento. No obstante, elijo no comprometerme en un tema de tanta importancia, y para el lector deseoso de información debo referirme al *Oratiunculæ de Rebus Præter-Veteris*, de Dundergutz[55]. Ver también *De derivationibus*, de Bluderbuzzard[56], págs. 27 a 5010, folio, ed. gótica, caracteres rojos y negros, reclamo y sin cifra; donde consultamos también notas marginales que aparecen en la dedicatoria autógrafa de Stuffundpuff, con los subcomentarios de Gruntundguzzell[57].

A pesar de la oscuridad que así rodea a la fecha de fundación de Vondervotteimittiss y al origen de su nombre, he dicho anteriormente que no puede haber duda alguna de que ha existido siempre tal como lo encontramos en esta época. El hombre más viejo del pueblo no puede recordar ni la más mínima diferencia en parte alguna de él, y de hecho cualquier insinuación de tal posibilidad se considera un insulto. El lugar donde se encuentra el pueblo es un valle perfectamente circular, de más o menos cuatrocientos metros de circunferencia, enteramente rodeado de suaves colinas cuyas cumbres el pueblo no se ha aventurado nunca a cruzar. Eso lo atribuyen a la buenísima razón de que no creen que haya nada en absoluto al otro lado de ellas.

Alrededor de los límites del valle (que está bastante nivelado y pavimentado de punta a cabo con baldosas planas), se extiende una hilera continua de sesenta casitas. Como sus espaldas dan hacia las colinas, las casitas deben mirar, por supuesto, al centro de esa llanura, que está exactamente a sesenta metros de la puerta principal de cada

---

[53] «Granpeluca». *(N. del T.)*

[54] «Muchacol». *(N. del T.)*

[55] «Buenzoquete». *(N. del T.)*

[56] «Vagobuitre». *(N. del T.)*

[57] «Stuffunpuff» («Meteysopla»), «Gruntundguzzell» («Gruñeytraga»). Todo este párrafo es una parodia irónica y cargada de humor sobre las formas de expresión académica. *(N. del T.)*

morada. Todas las casas tienen un pequeño jardín delante, con un camino circular, un reloj de sol y veinticuatro coles. Los edificios son tan exactamente similares, que de ninguna manera se pueden distinguir unos de otros. Debido a su enorme antigüedad, el estilo arquitectónico es algo extraño, pero no por ello es menos sorprendentemente pintoresco. Las casas están construidas con ladrillos pequeños y muy cocidos, rojos con las puntas negras, de manera que los muros parecen tableros de ajedrez de gran tamaño[58]. Las buhardillas están orientadas hacia el frente, y hay cornisas tan altas como el resto de la casa sobre los aleros y las puertas principales. Las ventanas son estrechas y hondas, con cristales pequeñísimos y muchos travesaños. Sobre el tejado hay una gran cantidad de tejas, con las cumbreras largas y onduladas. La carpintería es por todas partes de una tonalidad oscura, y hay mucha talla en ella, pero con una insignificante variedad de dibujos porque desde tiempo inmemorial los artesanos talladores de Vondervotteimittiss no han sido nunca capaces de esculpir más que dos objetos: un reloj y una col. Pero estos los hacen sumamente bien, y los intercalan con singular ingenio allá donde encuentran un espacio para el cincel.

Las moradas son tan parecidas por dentro como por fuera, y los muebles están todos situados bajo un esquema. Los suelos son de baldosas cuadradas, las sillas y las mesas están hechas de una madera negra y sus finas patas están curvadas y rematadas en bolita. Las repisas de las chimeneas son anchas y gruesas, y no sólo tienen relojes y coles tallados en el frente, sino que sobre su centro un reloj verdadero emite un prodigioso tictac, y hay una col dentro de una maceta en cada extremo a modo vanguardista. Entre cada uno de las coles y el reloj hay un pequeño chino de gran vientre, y en él un gran agujero redondo por el que se divisa la esfera de un reloj.

Las chimeneas son grandes y profundas, con fieros morillos de aspecto retorcido. Hay constantemente un fuego vivo y un gran caldero sobre él, lleno de *chucrut*[59] y carne de cerdo, de cuya atención se ocupa siempre el ama de la casa. Ella es una señora pequeña y gruesa, de ojos azules y cara colorada, y lleva puesto un gorro enorme como un pan de azúcar adornado con cintas moradas y amarillas. Su vestido es de una mezcla color naranja de lino y lana, muy lleno por detrás y

---

[58]   En el mundo sajón las piezas del ajedrez no son blancas y negras, sino rojas y negras. *(N. del T.)*
[59]   Col blanca fermentada en salmuera (RAE). *(N. del T.)*

muy escaso en la cintura, y ciertamente muy corto en otros aspectos, ya que no llega más abajo de la mitad de sus piernas. Estas son algo gruesas, lo mismo que sus tobillos, pero ella tiene un buen par de medias verdes para cubrirlos. Sus zapatos, de cuero rosa, se cierran con un manojo de cintas amarillas fruncidas en forma de col. En su mano izquierda tiene un pequeño y pesado reloj holandés, y con la derecha hace uso de un cucharón para el chucrut y la carne de cerdo. A su lado hay un gato atigrado y gordo que tiene un dorado reloj despertador de juguete atado a la cola, a la que «los chicos» lo han amarrado a modo de concurso entre ellos.

Esos chicos, los tres, están en el jardín cuidando al cerdo. Cada uno de ellos mide sesenta centímetros de altura. Llevan sombreros de tres picos, chalecos morados que les llegan a los muslos, calzones de ante hasta las rodillas, medias rojas de lana, pesados zapatos con hebillas de plata y largos abrigos con botones de madreperla. Cada uno de ellos´ lleva también una pipa en la boca y un pequeño reloj achaparrado en la mano derecha. Cada uno da una pipada y una mirada, y luego una mirada y una pipada. El cerdo, que es corpulento y perezoso, se ocupa ahora en mordisquear las hojas sueltas que caen de las coles, y luego en dar coces hacia atrás al despertador dorado, que los pillos han atado también en su cola para hacer que se le viera tan bien parecido como el gato.

Justo ante la puerta principal, en un sillón de alto respaldo, asiento de cuero y patas curvas rematadas en bolita como las mesas, se sienta el mismísimo amo de la casa. Es un viejo caballero pequeño y sumamente hinchado, de ojos grandes y redondos y una enorme papada. Su vestimenta se asemeja a la de los chicos y no tengo nada más que decir sobre eso. Toda la diferencia consiste en que su pipa es algo más grande que las de ellos y que él puede hacer más humo. Él, como ellos, tiene un reloj, pero lo lleva en el bolsillo. A decir verdad, tiene algo más importante que un reloj que vigilar, y eso lo explicaré en este momento. Se sienta con su pierna derecha sobre la rodilla izquierda, tiene una expresión seria y mantiene siempre al menos uno de los ojos enfocado resueltamente hacia cierto objeto notable situado en el centro del valle.

Este objeto está colocado en la torre del ayuntamiento. Los miembros del Ayuntamiento son todos hombres muy pequeños, robustos, gordos e inteligentes, de ojos grandes como platillos y gruesas papadas; y sus abrigos son mucho más largos y las hebillas de sus zapatos mucho más grandes que los que tienen los habitantes corrientes de Vondervotteimittiss. Desde mi estancia en el pueblo, han tenido reuniones especiales y han adoptado estas tres resoluciones importantes:

«Que es un error alterar el buen curso de las cosas»;
«que no hay nada que sea tolerable fuera de Vondervotteimittiss»;
y «que no abandonaremos nunca a nuestros relojes ni a nuestras coles».

La torre está sobre la sala de sesiones del Consejo, y en la torre se halla el campanario, donde existe y ha existido desde tiempo inmemorial el orgullo y maravilla del pueblo: el gran reloj del pueblo de Vondervotteimittiss. Y ese es el objeto hacia el que están vueltos los ojos del viejo caballero que se sienta en el sillón de asiento de cuero.

El gran reloj tiene siete esferas, una en cada uno de los siete lados de la torre, de manera que pueda verse fácilmente desde todas partes. Sus esferas son grandes y blancas, y sus manecillas pesadas y negras. Hay un encargado del campanario cuyo único deber es cuidar del reloj. Pero ese deber es la más perfecta de las sinecuras, porque aún no se ha conocido que el reloj de Vondervotteimittiss haya existido problema alguno jamás. Hasta hace poco, la sola suposición de algo así se consideraba una herejía. Desde los períodos más remotos de la antigüedad a los que se refieren los archivos, las horas han sonado regularmente en la gran campana. Y, ciertamente, el caso era exactamente el mismo para todos los demás relojes de todo tipo del pueblo. Nunca hubo un lugar destinado a llevar cuenta de la hora real. Cuando al gran badajo le parecía adecuado decir «¡las doce en punto!», todos sus obedientes seguidores abrían sus gargantas al unísono y respondían como el mismísimo eco. En pocas palabras, los buenos de los ciudadanos tenían aprecio por su chucrut, pero estaban orgullosos de sus relojes.

A todo aquel que adquiere un cargo de sinecura se le tiene más o menos respeto, y como el encargado del campanario de Vondervotteimittiss tiene la más perfecta de las sinecuras, él es el hombre más perfectamente respetado del mundo. Es el dignatario principal del pueblo, y hasta los cerdos lo miran con un sentimiento de reverencia. Los faldones de su abrigo son muchísimo más largos; su pipa, las hebillas de sus zapatos, sus ojos y su vientre muchísimo más grandes que las de cualquier otro caballero del pueblo; y en cuanto a su papada, no sólo es doble, sino triple.

He descrito de esta manera tan feliz el territorio de Vondervotteimittiss; ¡ay, que un panorama tan hermoso tenga alguna vez que experimentar un revés!

Hace mucho tiempo que circula el dicho entre los habitantes más sesudos de que «nada bueno puede llegar desde las colinas», y verdaderamente parecía que las palabras llevasen algo del espíritu de la profecía. El día de antes de ayer, al mediodía le faltaban cinco minutos cuando algo de aspecto muy extraño apareció sobre la cumbre de la cadena de colinas hacia el este. Por supuesto, un suceso así atrajo la atención universal, y todos los pequeños caballeros que se sentaban en los sillones de asiento de cuero volvieron uno de sus ojos con mirada consternada sobre el fenómeno, con el otro siempre puesto en el reloj de la torre.

Para cuando sólo le faltaban tres minutos al mediodía, se percibió que el gracioso objeto en cuestión era un joven diminuto de aspecto extranjero. Descendió de las colinas a gran velocidad, de manera que todo el mundo pudo echarle enseguida un buen vistazo. Verdaderamene era el personajillo más quisquilloso que se hubiera visto nunca en Vondervotteimittiss. Su semblante era del color del rapé oscuro y tenía una larga nariz ganchuda, ojos como guisantes, boca ancha y una dentadura excelente que después pareció ansioso de mostrar, pues sonreía de oreja a oreja, lo que, con mostacho y bigotes, no dejaba ver nada del resto de su rostro. Llevaba la cabeza descubierta y el cabello cuidadosamente emperifollado en *papillottes*[60]. Su vestimenta consistía en un abrigo negro muy ajustado de cola de golondrina (de uno de cuyos bolsillos pendía una gran tira de pañuelo blanco), calzones negros de cachemira hasta las rodillas, medias negras y zapatillas de aspecto chato con enormes manojos de cinta de satén negro por lazos. Bajo un brazo llevaba un gran *chapeau-de-bras*[61], y bajo el otro un violín casi cinco veces más grande que él. En su mano izquierda llevaba una cajita dorada de rapé, de la cual, mientras bajaba a saltos por la colina y daba toda clase de fantásticos pasos, iba tomando sin cesar con aire

---

[60] «Rizos». En francés en el original. *(N. del T.)*
[61] Sombrero pequeño de tres picos que se podía plegar y llevar bajo el brazo. *(N. del T.)*

del mayor orgullo posible. ¡Que Dios me bendiga!, ¡esto era toda una visión para los honrados vecinos de Vondervotteimittiss!

Por hablar llanamente, a pesar de su sonrisa, el sujeto tenía una cara del tipo siniestro y audaz y, mientras hacía cabriolas hasta llegar al pueblo, la extraña apariencia achaparrada de sus zapatillas levantó, no pocas sospechas, y muchos de los vecinos que lo contemplaron aquel día habrían dado alguna bagatela por mirar bajo el pañuelo de batista que pendía tan ostensiblemente del bolsillo de su abrigo de cola de golondrina. Pero lo que principalmente provocó una justificada indignación fue que el canallesco fantoche, mientras marcaba un fandango aquí y unas vueltas allá, no parecía tener ni la más remota idea en este mundo de algo como *mantener el tiempo* en los pasos que daba.

Sin embargo, las buenas gentes del pueblo tuvieron apenas la oportunidad de abrir completamente los ojos y, cuando sólo faltaba medio minuto para el mediodía, el granuja saltó justo en mitad de ellos, como digo; hizo un *chassé*[62] por aquí, y un *balancé*[62] por allí, y luego, tras una *pirouette*[62] y un *pas-de-zéphyr*[62], se elevó como con alas de paloma hasta el campanario del ayuntamiento, donde el sorprendido encargado del campanario estaba sentado y fumando en un estado de dignidad y consternación. Pero el diminuto individuo lo agarró enseguida por la nariz, tiró de ella y se la torció, le encasquetó el gran *chapeau-de-bras* en la cabeza, lo estiró sobre sus ojos y su boca y luego levantó el gran violín y le golpeó con él con tanta fuerza y por tanto tiempo que, entre que el encargado era tan gordo y el violín tan hueco, uno podría haber jurado que había un regimiento de tamborileros con sus grandes tambores redoblando frenéticamente en el campanario de la torre de Vondervotteimittiss.

No hay manera de saber qué acto desesperado de venganza podría haber suscitado en los habitantes este ataque sin escrúpulos, de no ser por el importantísimo hecho de que ahora sólo faltaba medio segundo para el mediodía. La campana estaba a punto de sonar y era asunto de absoluta y suprema necesidad el que todo el mundo mirase bien a su reloj. No obstante, era evidente que justo en ese momento el individuo de la torre hacía algo que no debía con el reloj. Pero como este empezó

---

[62] Términos del *ballet* clásico: cazado, equilibrado, giro y paso del céfiro. En francés en el original. *(N. del T.)*

a tocar, nadie tuvo tiempo de vigilar sus maniobras, pues todos ellos tenían que ir contando las campanadas mientras sonaban.

«¡Una!», dijo el reloj.

«¡Uúnna!», dijeron como un eco todos los pequeños caballeros sentados en todos los sillones con asiento de cuero de Vondervotteimittiss. «Uúnna», dijo también su reloj; «¡uúnna!», dijo el reloj de la esposa, y «¡uúnna!» dijeron los relojes de los chicos y los pequeños despertadores dorados de las colas del gato y del cerdo.

«¡Dos!», continuó la gran campana; y

«¡tooss!», repitieron todos los despertadores.

«¡Tres!, ¡cuatro!, ¡cinco!, ¡seis!, ¡siete!, ¡ocho!, ¡nueve!, ¡diez!», dijo la campana.

«¡Tgess!, ¡cuatgo!, ¡sinco!, ¡saiss!, ¡siétte!, ¡oshio!, ¡noive!, ¡tiess!», respondieron los otros.

«¡Once!», dijo el grande.

«¡Onntse!», asintieron los hombrecitos.

«¡Doce!», dijo la campana.

«¡Tósie!», respondieron, muy satisfechos y bajando la voz.

«¡Y lass tósie soónn!», dijeron todos los pequeños caballeros poniendo en punto sus relojes. Pero la gran campana todavía no había acabado de tocarlas.

«¡Trece!», dijo.

«Der Teufel!»[63], resoplaron los pequeños caballeros, que palidecieron, dejaron caer las pipas y bajaron sus piernas derechas de encima de sus rodillas izquierdas.

«Der Teufel! —gimieron—, Tgetse, tgetse!, Mein Gott[64], soonn lass tgetse enn bunnto!».

¿Para qué intentar describir siquiera la terrible escena que siguió? Todo Vondervotteimittiss desembocó inmediatamente en un lamentable estado de alboroto.

«¿Ké ha bassato konn mein bagguiga? —rugieron todos los chicos—, ¡he esstato jambgiennto tota essta hoga!».

«¿Ké ha bassato konn mein shukrutt? —chillaron todas las esposas—, ¡tse ha estgopeato tota essta hoga!».

---

[63] «¡Diablo!». En alemán en el original. (N. del T.)

[64] «¡Dios mío!». En alemán en el original. (N. del T.)

*«¿Ké ha bassato konn mein pipa? —*maldijeron todos los pequeños caballeros—, *Donder und Blitzen!*[65], *¡se ha fumato sola tota essta
hoga!»,* y volvieron a llenarlas muy airados, se arrellanaron en su sillones y fumaron tan aprisa y tan encarnizadamente que todo el valle
se llenó inmediatamente de un humo impenetrable.

Mientras tanto, todas las coles se pusieron muy rojas de cara y
pareció como que el mismísimo Satanás hubiera tomado posesión de
todo lo que tuviese forma de reloj. Los que estaban tallados en los
muebles empezaron a bailar como si estuvieran embrujados; mientras que los que estaban sobre las repisas apenas podían contenerse
de furia, y siguieron dando tan continuamente las trece y retorciendo
tanto sus péndulos que era cosa horrible de ver. Pero lo peor de todo es
que ni los gatos ni los cerdos podían soportar más la conducta de los
pequeños despertadores atados a sus colas, y molestos corrían a toda
prisa por todas partes, arañaban y empujaban, chillaban y chirriaban,
maullaban, berreaban y saltaban a las caras, y corrían bajo las ena-
guas de las mujeres, y creaban enteramente el estrépito y la confusión
más abominables que a una persona razonable le sea dado concebir.
Y para hacer las cosas aún más alarmantes, era evidente que el pícaro
bribonzuelo de la torre se esforzaba al máximo. De cuando en cuando
uno podía entrever al sinvergüenza a través del humo. Y allí estaba,
sentado en el campanario sobre el encargado, que estaba tumbado de
espaldas. El malvado sujetaba la cuerda de la campana con los dientes
y le daba tirones con la cabeza, con lo que se alzaba tal estruendo que
mis oídos vuelven a pitar de sólo pensarlo. Sobre su regazo tenía el
gran violín, del que rascaba, con ambas manos y haciendo un gran
espectáculo, de entre todas las épocas y canciones (¡el muy bobo!)
«Judy O'Flanagan» y «Paddy O'Rafferty»[66].

Como el asunto estaba de aquella penosa manera, dejé el lugar,
disgustado, y ahora apelo a la ayuda de todos los amantes del tiempo
exacto y del chucrut de calidad. Vayamos juntos como uno al pueblo
y restauremos el antiguo orden de las cosas en Vondervotteimittiss
expulsando de la torre a aquel hombrecillo.

---

[65] «¡Rayos y truenos!». En alemán en el original. *(N. del T.)*
[66] Canciones tradicionales irlandesas. *(N. del T.)*

ÍNDICE